Stefan Bauer (Hrsg.)

Alles kein Beinbruch!

Geschichten zum Gesundlachen

BASTEI LÜBBE

BASTEI LÜBBE TASCHENBUCH
Band 14 858

1. Auflage: Februar 2003

Vollständige Taschenausgabe

Bastei Lübbe Taschenbücher ist ein Imprint der Verlagsgruppe Lübbe

Originalausgabe

Übersetzer- und Copyrightnachweise der
einzelnen Geschichten am Ende des Bandes
Illustrationen: Rugero Leò
Umschlaggestaltung: Gisela Kullowatz
Titelillustration: Gisela Kullowatz
Satz: hanseatenSatz-bremen, Bremen
Druck und Verarbeitung: Nørhaven Paperback A/S, Viborg
Printed in Denmark
ISBN 3-404-14858-4

INHALT

Einleitung

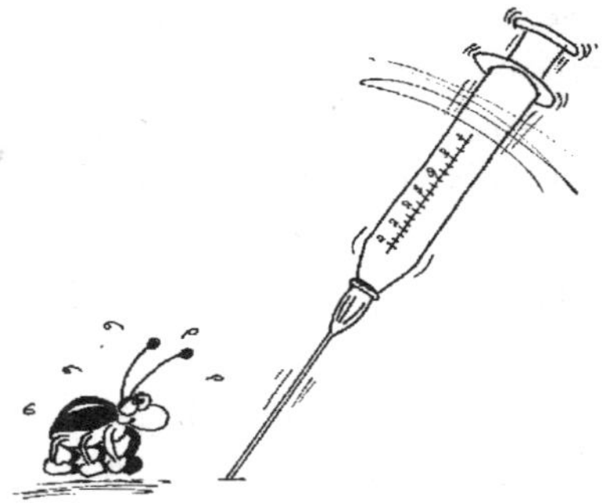

Was haben wir nicht alle schon gelitten? Und an was haben wir nicht alles schon gelitten? Sehen Sie sich nur all die armen, bedauernswerten Menschen (und in einem Fall: Tiere) in diesem Buch an: Sie haben Eier verschluckt, leiden unter den Nebenwirkungen von Medikamenten. Sie rauchen und trinken zu viel, werden von Grippen heimgesucht und bemühen sich, ihr Übergewicht loszuwerden. Sie leiden unter Lebererkrankungen (von manch Fachunkundigen als bloße Faulheit diagnostiziert). Sie leiden unter Stress. Ganz zu schweigen von einem der heftigsten Leiden überhaupt: dem Liebeskummer.

Gegen Letzteres gibt es noch keine Versicherung, wohl aber gegen fast alle anderen Unbilden des Lebens, wie der pfiffige Ukridge in P.G. Wodehouses klassischer Geschichte beweist.

Und kein Leid ist so groß, dass es nicht noch schlimmer kommen könnte, zum Beispiel, wenn man sein Krankenzimmer mit einem unerträglichen Zeitgenossen teilen muss.

Wie können wir helfen? Medikamente haben oft schädliche Nebenwirkungen. Gegen den blauen Dunst ist kein Kraut gewachsen. Sport ist Mord.

Nun, wir wissen nicht, was Ihnen andere empfehlen. Wir empfehlen bei Kopf-, Glieder-, Gelenk- und sonstigen Schmerzen: total dieses Buch. Wenn manchmal ein bisschen Schadenfreude dabei ist: macht nichts! Sie ist bekanntlich die schönste von allen, und Lachen ist nach wie vor die beste Medizin. Dann ist selbst ein gebrochenes Bein kein Beinbruch mehr.

In diesem Sinne, viel Spaß und alles Gute!

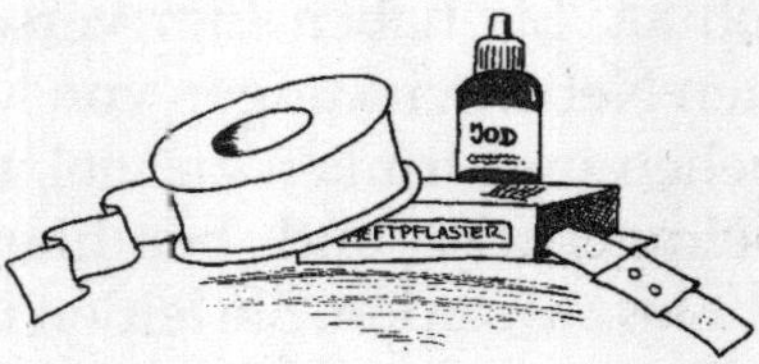

Stefan Bauer
Bergisch Gladbach
September 2002

»Humor ist, wenn man trotzdem lacht.«

(Bierbaum)

Kerstin Gier

Drei-Bett-Zimmer

Erinnern Sie sich an den letzten Sommer? Er fiel auf einen Dienstag, und das war genau der Tag, an dem man mich am Blinddarm operierte. Ich habe den *›Medicus‹* mindestens fünfmal gelesen und wusste sofort, dass es sich um die rätselhafte »Seitenkrankheit« handelte, als ich diese Bauchschmerzen bekam, auch wenn mein Mann mir weismachen wollte, ich hätte mir lediglich eine Sommergrippe eingefangen. Noch in der Notaufnahme wollte er nicht an eine Blinddarmentzündung glauben, obwohl eine Schwester bereits mein Schamhaar rasierte und eine andere mir kleidsame Duschhauben über die nackten Füße stülpte. Erst als der Anästhesist kam und mich fragte, ob meine Zähne auch wirklich meine eigenen seien, verwarf mein Mann seine Sommergrippe-Theorie und versuchte mir ein paar tröstende Worte mitzugeben, bevor man mich in den Aufzug schob. Keine Angst, sagte er. Er habe bereits drei Tage nach seiner Blinddarm-OP ein Tennisturnier bestritten und gewonnen. Obwohl ich überhaupt kein Tennis spiele, bauten mich seine Worte ungemein auf, während ich sanft in die Bewusstlosigkeit hinüberglitt.

Nun ja. Heute weiß ich, dass mein Mann das mit dem Tennisturnier frei erfunden hat. Kein Mensch gewinnt drei Tage nach einer Blinddarm-Operation ein Tennisturnier. Ich jedenfalls brauchte nach drei Tagen immer noch eine Viertelstunde, um mich aus dem Bett zu hieven und zur Toilette zu schlurfen, wobei ich mir auf die Lippen beißen musste, um nicht bei jeder kleinsten Bewegung laut zu stöhnen. Das tat ich aus Rücksicht auf meine Zimmergenossin Anastasia, der man zwanzig Zentimeter vom Dickdarm weggeschnitten hatte, zusammen mit einem riesigen Tumor, der sich glücklicherweise als gutartig erwiesen hatte.

Gutartig hin oder her, ein entfernter Tumor übertraf natürlich eine simple Blinddarmoperation, und es war eine Sache des Anstands, vor Anastasia nicht zu jammern und zu stöhnen. Sie selbst jammerte und stöhnte nämlich nie, sondern fuhr klaglos ihre diversen Infusionsständer mit sich herum und verbreitete gute Laune, wo sie auch lag oder stand. Anastasia war gebürtige Griechin, um die vierzig, gutaussehend, gepflegt und sehr unterhaltsam. Sie war Dolmetscherin und sprach neben Griechisch und Deutsch fließend Englisch, Spanisch und Hebräisch. Auf ihrem Nachttisch lagen dicke Romane in all diesen Sprachen, und ich bewunderte sie sehr. Wir teilten uns ein Drei-Bett-Zimmer, an dessen kahler, limonengrüner Wand ein Zettel hing, der die Überschrift: »Genießen Sie Ihren Aufenthalt« trug. Ich hatte das Bett am Fenster, Anastasia das Bett an der Tür, gleich neben dem Waschbecken. Das mittlere Bett war leer.

Nun, das ist vielleicht Geschmackssache, aber ich finde, das Bett am Fenster ist dem Bett am Waschbecken auf jeden Fall vorzuziehen, und das Bett am Waschbecken ist besser als das Bett in der Mitte. Beim Bett in der Mitte weiß man nie so recht, welches der fahrbaren Nachtschränkchen das eigene ist, und wenn das Fensterbett und das Waschbeckenbett Besuch haben, kommt man sich in der Mitte reichlich blöde vor, vor allem, wenn die Leute auf die Idee kommen, ihre Jacken und Mäntel bei einem abzulegen. In einem Drei-Bett-Zimmer ist es ohnehin schon eng genug, aber für den Dummen in der Mitte ist es am schlimmsten. Es war gut, dass das mittlere Bett nicht besetzt war. Unser Besuch durfte darauf sitzen, wir selbst legten unsere Bademäntel darauf ab und allerlei Dinge, die sonst im Weg gewesen wären.

Ich bin von Natur aus ein positiv denkender Mensch. So haderte ich nur wenig damit, den Sommer für dieses Jahr verpasst zu haben, und tröstete mich damit, dass ich drei Kilo abgenommen hatte und endlich mal zum Lesen kam. Ich hatte in den letzten Monaten zu viel gearbeitet, und die Ruhe tat meinen Nerven gut. Anastasia war eine angenehme Zimmergenossin, und hätten wir nicht solche Schmerzen gehabt – wer weiß, vielleicht hätten wir unseren Aufenthalt tatsächlich genossen.

Ursprünglich hatte ich gehofft, zum Wochenende wieder nach Hause zu dürfen, aber diese Hoffnung hatte ich bereits beim ersten Verbandswechsel aufgegeben. Als ich die Wunde sah, wusste ich wenigstens, warum ich die vergangenen Nächte nur mit unanständig viel Paracetamol überstanden hatte. Ja, ja, runzeln Sie ruhig ungläubig die Augenbrauen, das kenne ich schon. Eine Blinddarmoperation ist doch harmlos, sagen Sie. Da sind Sie nicht die einzigen. Ich hatte eine Menge Besuch bekommen seit Dienstag, und jeder zweite hatte sein T-Shirt hochgekrempelt und mir seine Blinddarmnarbe gezeigt, winzig kleine, weiße Linien unterhalb der sogenannten Bikinilinie, keine länger als drei Zentimeter. Meiner Schwiegermutter war der Blinddarm vor zwei Jahren sogar endoskopisch entfernt worden, völlig narbenlos durch den Bauchnabel. Nichts davon sah so aus, als hätte es einmal Ähnlichkeit mit der Wunde gehabt, die ich auf meinem Bauch trug, mitten im Bikinibereich übrigens. Eine leicht gekrümmte, elf Zentimeter lange Narbe, die mit elf riesenhaften Stichen genäht worden war, elf blaue, fette Fäden, die zu elf blauen, fetten Knoten gebunden waren. Bei Anastasia sah es ganz ähnlich aus: Von subcutanen Nähten und selbstauflösenden Fäden schien in diesem Krankenhaus noch niemand gehört zu haben.

Dr. Michael Randstatt, der Oberarzt der Chirurgischen Abteilung, machte keinen Hehl daraus, dass er höchstselbst der Urheber der überdimensionalen Operationsmale gewesen war, und nicht etwa ein vorwitziger Medizinstudent oder der besoffene Pförtner, wie Anastasia und ich manchmal vermuteten. Dr. Randstatt war ein smart aussehendes Kerlchen mit schütterem hellblonden Kinderhaar und einem stark ausgeprägten Selbstwertgefühl. Der unerschütterliche Gleichmut, mit dem er bei der täglichen Visite sein Schlachtwerk betrachtete, versetzte Anastasia und mich zunehmend in Wut.

»Unsere Wundheilung verläuft zufriedenstellend«, sagte er und klopfte mit spitzen Fingern auf Anastasias Bauchdecke herum. »Könnte doch nicht besser für uns aussehen, was?«

So gutgelaunt und beherrscht Anastasia sonst auch sein mochte, bei Dr. Randstatt verlor ihr Gesicht stets alles Liebenswürdige, und sie knurrte ihn an: »Da haben Sie Recht. Dafür, dass mich dieser betrunkene Seemann mit seinem Krummsäbel aufgeschlitzt und mich anschließend bei Windstärke zwölf mit seinem Seemansgarn wieder zusammengeflickt hat, könnte es wirklich kaum besser aussehen!«

Dr. Randstatt besaß die Dreistigkeit zu lachen. »Wie gut, dass wir unseren Humor nicht verloren haben«, sagte er, während er Anastasia den Rücken zukehrte und zu mir hinüber kam, samt seinem weißbekittelten Gefolge.

»Und wie geht es uns, Frau – äääh ... akute Appendicitis ... Müller?«

»Aua«, sagte ich, als er seinen Finger in meine Wunde stieß.

»Tut uns das noch weh?« Dr. Randstatt gelang es, gelindes Erstaunen in seine Stimme zu legen.

»Ihnen wohl weniger«, erwiderte ich bitterböse.

»Keine Sorge, das ist bald überstanden«, sagte Dr. Randstatt. »Obwohl ich lange keinen so entzündeten Blinddarm mehr unter dem Messer hatte. Es ist ein Wunder, dass Sie nicht schon viel früher Bauchschmerzen hatten.«

Es war klar, worauf er hinaus wollte: Er versuchte eine Theorie aufzustellen, die in etwa Folgendes besagte: Je entzündeter der Blinddarm, desto größer die Narbe. Nun ja, versuchen konnte er es ja mal. Aber ich mochte es nicht, wenn man mich für dumm verkaufte. Also sagte ich, dass ich gestern Nachmittag Besuch von meinem Anwalt gehabt hätte.

»Der meinte, wenn er's nicht besser wüsste, würde er denken, ich hätte mich selbst operiert«, sagte ich.

Wieder lachte Dr. Randstatt herzlich, als hätte ich einen Witz gemacht. Er machte sich nicht mal die Mühe einer Erwiderung. Höchst amüsiert rauschte er samt seines weißbekittelten Hofstaates aus dem Zimmer.

»Im nächsten Leben lasse ich mich auf jeden Fall privat krankenversichern«, sagte Anastasia.

»Und ich trete einer Rechtschutzversicherung bei«, sagte ich. Das mit dem Anwalt war nämlich leider frei erfunden. Ich hatte gehofft, Dr. Randstatt damit ein wenig zu erschrecken.

»Allmählich fange ich an, ihn zu hassen«, sagte

Anastasia. »Irgendwie wünsche ich mir meine Narbe in seinem kinderpopoglatten Gesicht!«

»Und die dazugehörigen Schmerzen«, ergänzte ich. »Ich würde ihm so schrecklich gerne mal ein paar saftige Beleidigungen an den Kopf werfen, aber das muss ich mir wohl für den Tag meiner Entlassung aufheben.«

»Ja, noch sind wir ihm ausgeliefert.« Anastasia seufzte. Dann aber kehrte ihre gute Laune zurück, und sie sagte: »Auf der anderen Seite: Wann haben wir schon mal so viel Ruhe? Lass uns noch ein wenig Paracetamol schlucken, und genießen wir den Aufenthalt!«

Aber daraus wurde nichts. Am selben Tag nämlich wurde das mittlere Bett von zwei Krankenschwestern abgeholt, und als es wieder hereingefahren wurde, saß Elena Palaca Alexandria Moutsopakas darin, eine Griechin aus Thessaloniki, die sich auf Deutschlandreise befand und sich bei der Besichtigung des Kölner Doms einen Achillessehnenriss zugezogen hatte. Einfach so, beim Aufstehen aus der Kirchenbank. So etwas kann passieren. Dr. Randstatt hatte Elenas Sehne wieder angenäht und den Fuß eingegipst. Und dann hatte man sie zu uns gebracht, weil Elena kein Wort Deutsch sprach und man hoffte, dass Anastasia den Dolmetscher für sie spielen würde.

Dr. Randstatt geleitete Elena neben ihrem Bett höchst persönlich ins Zimmer und hielt dabei – wir trauten unseren Augen kaum – ihre Hand. Zunächst argwöhnte ich, dass es sich um eine Privatpatientin handelte, aber das war natürlich Unsinn, sonst wäre sie in einem Einzelzimmer untergebracht und vom Chefarzt operiert worden. Es lag wohl eher an Elenas Aussehen, dass Dr. Randstatt sich so freundlich besorgt zeigte. Sie war etwas jünger als ich, Mitte zwanzig, groß, schlank, mit den Maßen eines Dessousmodels, mit taillenlangen, schwarzglänzenden Haaren und glutvollen Augen. Sie sah aus wie Verona Feldbusch, möglicherweise noch eine Spur besser. Im Gegensatz zu Anastasia und mir wurde Elena nicht in betäubtem Zustand hereingefahren, sie war hellwach. Und obwohl weder Dr. Randstatt noch die Schwestern Griechisch verstanden, redete sie unablässig auf sie ein. In einem so energischen, fordernden Tonfall, dass man nicht glauben mochte, dass sie soeben erst aus der Narkose erwacht war. Unangenehmerweise hatte sie auch eine Stimme wie Verona Feldbusch.

Dr. Randstatt sah Anastasia erwartungsvoll an.

»Sie möchte auf keinen Fall in der Mitte liegen«, dolmetschte Anastasia. »Sie braucht den Platz am Fenster, sonst bekommt sie Platzangst.«

»Oh, das wollen wir aber auf keinen Fall zulassen«, sagte Dr. Randstatt, und ehe ich wusste, wie mir geschah, wurde mein Bett in die Mitte geschoben, und Elena erhielt meinen Platz am Fenster.

»Das ist nicht fair«, stotterte ich. »Ich war schließlich zuerst da.«

»Na, na, na«, sagte Dr. Randstatt tadelnd. »Wir wollen uns doch gastfreundlich zeigen, nicht wahr,

Frau äääāh ...? Die junge Dame bekommt sonst am Ende gar keinen guten Eindruck von Deutschland.« Er löste seinen Blick nur ungern von Elenas perfektem Dekolleté (mir fiel auf, dass sie das grüne OP-Hemd verkehrt herum trug, und das war irgendwie ziemlich sexy) und wandte sich an Anastasia. »Sagen Sie Ihrer entzückenden Landsmännin bitte, dass die Operation ganz nach Plan verlaufen ist. Und dass sie sich keine Sorgen um ihre schönen Beine machen soll. Die Narbe wird später nur noch mit der Lupe zu erkennen sein.«

Anastasia übersetzte, und ich grübelte finster. Was denn? Konnte Dr. Randstatt etwa auch ganz anders operieren? Bis jetzt hatte ich ihn schlichtweg für einen Stümper gehalten, aber möglicherweise war das alles eine Frage des Willens. Konnte er etwa ohne weiteres feine, kleine Schnitte machen und ganz ohne dicken blauen Fäden nähen, vorausgesetzt die Patientin hatte schöne Beine? Und bedeutete das im Umkehrschluss, dass er Anastasias und meinen Bauch nicht schön genug gefunden hatte?

Mehr denn je wünschte ich mir, ihn ganz offen beleidigen zu dürfen. Aber ich fürchtete mich. Jemandem, der vor solch riesigen Schnitten nicht zurückschreckte, traute ich auch noch ganz andere Dinge zu.

Grimmig sah ich zu, wie er noch einmal Elenas Hand und ihre Wange tätschelte und seinen Blick in den OP-Kittel versenkte, bevor er von dannen zog.

Elena setzte einen schmachtenden Blick auf und sagte etwas.

Anastasia schnaubte. »Sie findet ihn unglaublich süß und sexy«, übersetzte sie für mich.

»Wie bitte?«, fragte ich ungläubig.

Anastasia zuckte mit den Schultern. »Würden wir vielleicht auch finden, wenn er uns nicht solche Piratennarben verpasst hätte«, sagte sie.

»Ausgeschlossen«, sagte ich und griff wieder zu meinem Buch. Anastasia tat dasselbe. Aber kaum hatten wir eine Zeile gelesen, brach Elena neben mir in lautes Geheule aus und jammerte in den höchsten Tönen auf Griechisch.

»Mein Gott, was hat sie denn?«

»Schmerzen«, sagte Anastasia und rief per Knopfdruck eine Schwester herbei. Bis sie erschien, steigerte sich Elenas Geheule in unvorstellbare Höhen und Lautstärken. Die Fenster begannen zu klirren. Ich hatte Dr. Randstatt sofort im Verdacht, den Fuß amputiert zu haben. Aber nein, da kamen doch fünf dunkelrotlackierte Zehennägel aus dem Gips, an fünf unversehrten Zehen. Die Schwester brachte Elena Paracetamol und ein Glas Wasser. Als Elena das sah, hörte sie auf zu heulen und zeterte stattdessen laut los.

Anastasia übersetzte: »Sie will keine alberne Säuglingspille, sondern eine anständige Spritze für Erwachsene. Und zwar schnell!«

Die Schwester eilte hinaus, und Elena begann wieder mit ihrem Geheule. Ehe ich begann, auf dem linken Ohr taub zu werden, beschloss ich, mich ins Bad zu begeben und dort eine erste postoperative Dusche zu nehmen. Meine Haare schrien nach Shampoo. Unter der Dusche war es himmlisch still, aber als ich zurückgehumpelt kam, jammerte und stöhnte Elena noch immer lautstark.

»Mein Gott, die Ärmste! Hat sie immer noch keine Spritze bekommen?«

»Doch, hat sie«, sagte Anastasia. »Und zwar vom Doktor persönlich. Sie hat so lange gezetert, bis er kam. Nur zu ihm habe sie Vertrauen, hat sie gesagt, und er fand's ganz reizend.«

»Und wann wirkt die verdammte Spritze endlich?«

Elenas Jammern wurde leiser.

»Jetzt«, sagte Anastasia.

Elena sagte etwas zu mir.

»Du sollst sie bitte zudecken«, sagte Anastasia. »Wo du doch gerade stehst.«

Während ich Elena zudeckte, sagte ich zu Anastasia, sie sollte ihr erklären, dass meine Blinddarmwunde bei jeder Bewegung entsetzlich schmerzte.

Elena hörte auf zu stöhnen, als sie das vernahm. Sie lächelte sogar, schlug die Decke beiseite und zog ihren OP-Kittel hoch. Auf ihrem braun gebrannten Bauch war eine winzige, weiße Narbe zu erkennen. Wenn man genau hinsah.

»Er war schon beinahe durchgebrochen«, ließ Elena mich durch Anastasia wissen. »Es war eine höchst dramatische Operation. Aber der Schmerz war *gar nichts* gegen das hier. Das hier ist viel, viel schlimmer.«

»Na ja, das ist wohl bei jedem anders«, sagte ich verstimmt.

»Das Kissen«, sagte Anastasia. »Du sollst ihr bitte noch das Kissen aufschütteln. Und wenn du so nett wärst und ihren Kosmetikkoffer aus dem Spind holen könntest ...?«

Ich war so nett. Schon weil ich mir keine Blöße geben wollte. Elena mochte ja ein Jammerlappen sein – ich war keiner! Als ich endlich wieder im Bett lag, war ich schweißgebadet. Die Dusche war also ziemlich umsonst gewesen.

Ich hätte gern ein wenig geschlafen, aber Elena ließ uns nicht. Sie telefonierte zunächst – von meinem Apparat, denn ihrer war noch nicht freigeschaltet –, und sie tat es lautstark, stundenlang und natürlich auf Griechisch. Es war sehr wahrscheinlich, dass sie auf meine Kosten mit Thessaloniki telefonierte. Offensichtlich hatte sie den ihren viel zu erzählen. Sie legte erst auf, als das Abendessen kam, und da veranstaltete sie sogleich noch ein riesiges Gezeter.

»Sie mag keinen Käse«, übersetzte Anastasia.

Die Schwester der Abendschicht war ein harter Knochen. Sie zuckte nur mit den Schultern. »Da kann man jetzt nichts mehr machen«, sagte sie. »Die Zettel werden am Vortag ausgefüllt, und für neue Patienten ohne Zettel wird in der Küche entschieden, was sie essen sollen.«

Ja, das war deutsche Bürokratie. Dagegen war Elena machtlos. Aber so leicht gab sie nicht auf. Mit zittriger Stimmer redete sie auf Anastasia ein.

»Sie möchte meine Salami und meine Tomate«, sagte Anastasia. »Und deinen Joghurt.«

»Aber den habe ich doch extra angekreuzt«, sagte ich.

Elena heulte schon wieder. Es war klar zu erkennen, dass es nur einen Weg gab, um sie zum Schweigen zu bringen. Also brachten Anastasia und ich ihr Salami, Tomate und Joghurt hinüber. Ihre Tränen versiegten. Schniefend stopfte sie alles in sich hinein, während Anastasia und ich uns schwesterlich den verschmähten Käse teilten. Ich vermutete, dass ich an diesem Tag wieder ein Pfund abgenommen hatte. Immerhin.

Nach dem Essen fiel Elena unweigerlich in einen tiefen Schlaf, und um sie nicht zu stören, empfingen wir unseren abendlichen Besuch diesmal auf dem Flur in der Raucherecke. Ich machte mich ziemlich gierig über die Weintrauben her, die mein Mann mir mitgebracht hatte, und Anastasia aß einem ihrer Söhne einen Schokoriegel weg.

Als unser Besuch sich verabschiedet hatte, schleppten wir uns zurück in unser Zimmer, wo wir uns für die Nacht fertig machten. Elena schlief noch, als wir vom Zähneputzen zurückkamen, und sie schlief auch noch, als wir unsere nächtliche Dosis Paracetamol einwarfen, die Kopfenden in die Liegeposition rückten und uns eine gute Nacht wünschten. Es war ein harter Tag gewesen, und wir waren beide müde. Aber gerade als ich in einen angenehmen Traum dämmerte, wurde Elena wach. Die Wirkung der Spritze hatte nachgelassen, und sie begann wieder mit ihrem ohrenbetäubenden Geheule. Anastasia rief die Schwester herbei und richtete ein paar unfreundliche Worte an Elena.

»Was hast du gesagt?«, wollte ich wissen.

»Dass sie verdammt noch mal Rücksicht nehmen soll«, sagte Anastasia. »Wir haben sie ja schließlich auch schlafen lassen.«

»Und was sagt sie dazu?«

»Sie will den sexy Doktor sprechen.«

Der aber hatte längst Feierabend, und nur nach langem Hin- und Her und großartigem Gezeter erklärte sich Elena einverstanden, sich von einem anderen Arzt eine Schmerzspritze geben zu lassen. Als diese endlich wirkte und sie ihr Geschrei einstellte, war es eine halbe Stunde vor Mitternacht.

»Gute Nacht«, sagte Anastasia erschöpft.

Aber Elena war durch ihr eigenes Geschrei und das ausgiebige Schläfchen zuvor erfrischt und wollte sich nun unterhalten.

Unentwegt quasselte sie über mein Bett hinweg auf Anastasia ein. Dass Anastasia überhaupt nichts erwiderte, schien sie nicht zu stören.

»Sag ihr, sie soll das Maul halten«, sagte ich schließlich.

»Dann fängt sie doch wieder an zu flennen«, sagte Anastasia.

Ich seufzte und setzte mich mühsam auf. »Jetzt bin ich sowieso wieder hellwach.«

»Ich auch«, sagte Anastasia.

Elena sagte etwas auf Griechisch.

»Sie sagt, sie will so gerne etwas Deutsch lernen«, dolmetschte Anastasia. »Damit sie morgen früh mit Dr. Randstatt flirten kann.«

»Widerlich«, sagte ich. Aber dann kam mir eine Idee.

»Und sie kann wirklich überhaupt kein einziges Wort Deutsch?«, fragte ich.

Anastasia schüttelte den Kopf. »Nicht mal *Sauerkraut*.«

Wir sahen uns an. Plötzlich taten sich ungeahnte Möglichkeiten auf.

»Denkst du, was ich denke?«, fragte Anastasia.

Zum ersten Mal, seit Elena bei uns im Zimmer war, lächelte ich. »Sag Elena, die Deutschstunde kann beginnen!«

Als Erstes wollte Elena wissen, was »Guten Morgen, mein Held« auf deutsch hieß. »Sie sind ein wunderbarer Arzt mit göttlichen Händen« und »Ich liebe blonde Männer«, waren das nächste, was sie lernen wollte. Nun, das war in etwa auch das, was Anastasia und ich Dr. Randstatt schon immer mal hatten sagen wollen. Ich muss zugeben, Elena war ein echtes Sprachtalent. Bis vier Uhr morgens übte sie unablässig die Worte, Phrasen und Sätze, die wir ihr beibrachten, ihr Gedächtnis war phänomenal, und sie brachte sie beinahe akzentfrei heraus, mit genau der richtigen Betonung. Es machte richtig Spaß, ihr zuzuhören.

Um vier Uhr morgens aber ließ die Schmerzspritze wieder nach, und Elena begann zu jaulen und zu jammern wie gehabt. Um fünf Uhr schlief sie endlich ein, und Anastasia und ich streckten uns völlig übermüdet, aber höchst zufrieden in unseren Betten aus, wo wir an die Decke starrten und Elenas lautem Schnarchen lauschten. Die Zeit bis zu Dr. Randstatts Morgenvisite verging nur sehr, sehr langsam. Als Elena endlich erwachte, hielt sie uns und die Schwestern auf Trab, indem sie alle für ihre Morgentoilette einspannte.

Als es endlich soweit war und Dr. Randstatt, heute ganz ohne Gefolge, das Zimmer betrat, lagerte sie in einem durchsichtigen Spitzenneglige auf dem Bett, das Gipsbein elegant hochgelegt, die langen Haare, glänzend gestriegelt, über eine Schulter nach vorne fallend, die Lippen mit dunkelrotem Gloss betont – kurz, ein Anblick, bei dem Dr. Randstatt überwältigt stehen blieb.

»Meine Lieblingspatientin«, rief er aus und schritt an Anastasia und mir vorbei, als wären wir gar nicht vorhanden. Er ließ sich auf Elenas Bettkante nieder, griff mit seiner Linken nach ihrer Hand und streichelte mit seiner Rechten ihre Wange.

Elena lächelte strahlend.

»Gar keine Tränen heute Morgen«, gurrte Dr. Randstatt. »Braves Mädchen. Frau ääääh«, sagte er dann ohne Gurren über seine Schulter zu Anastasia. »Sagen Sie ihr, dass sie sehr tapfer ist.«

»Oh, das war wohl ein Missverständnis«, sagte Anastasia und lächelte Elena aufmunternd zu. »Sie versteht nämlich sehr gut Deutsch. Sie traut sich nur nicht zu sprechen, weil sie meint, ihr Akzent ist zu stark.«

»Oh, wie süß«, gurrte Dr. Randstatt gerührt. »Aber Sie müssen sich doch nicht schämen, Elena!«

Und Elena schämte sich auch gar nicht.

»Guten Morgen, Sie eingebildeter Gockel«, sagte sie klar und fast akzentfrei. Dabei lächelte sie schmachtend, wie jemand, der der festen Überzeugung ist, gerade »Guten Morgen, mein Held«, gesagt zu haben. Anastasia und ich tauschten einen triumphierenden Blick.

Dr. Randstatt verstand nicht so recht.

»Ich stehe nicht auf schütter behaarte Angeber«, sagte Elena mit einem sehr erotischen Augenaufschlag. Ihr Gedächtnis war wirklich phänomenal. Sie legte sich die Hand aufs Dekolleté und senkte ihre Stimme verführerisch. »Sie sind ein wirklich mieser Kurpfuscher.«

Dr. Randstatt nahm seine Pfoten von Elena und starrte sie entsetzt an. Sein Gesicht war ziemlich rot geworden.

»Aber ... wie ... warum?«, stotterte er und wollte aufstehen, aber Elena klammerte sich an seinen Arm und küsste seine Hand.

Anastasia und mir schmerzten vor unterdrücktem Lachen die Wunden. Wenn ich nicht wollte, dass die fetten blauen Fäden rissen, musste ich mir die Decke über den Kopf ziehen, um endlich hemmungslos losprusten zu können.

»Ich merke sofort, wenn jemand impotent ist«,

hörte ich Elena gedämpft sagen. »Und Ihnen ist nicht mehr zu helfen.«

Ich sah es zwar nicht, aber Dr. Randstatt war offensichtlich aufgesprungen. »Also, das ist doch ...«, sagte er.

Ich konnte nicht mehr, das Lachen hatte mich gepackt und schüttelte mich, dass das ganze Bett bebte. Wenn Dr. Randstatt jetzt nach meiner Narbe schauen wollte und meine Decke wegzog, würde ich ihm ins Gesicht lachen müssen. Aber offensichtlich zog er es vor, das Zimmer zu verlassen.

»Bis bald, Sie Mäusepimmel«, rief Elena ihm noch hinterher, und Anastasia und ich tauchten glucksend und kichernd unter unseren Decken hervor.

»Schade, dass er schon weg ist«, sagte ich, als ich wieder sprechen konnte. »Wir hatten ihm doch noch so viel zu sagen.«

Elena sagte etwas in Griechisch.

»Sie glaubt, der Ärmste ist vor lauter Verlegenheit getürmt«, sagte Anastasia. »Jetzt hält sie ihn für ein Weichei.«

»Das kann sie ihm ja dann beim nächsten Mal sagen«, meinte ich und fühlte mich mit einem Mal so gut, dass ich sogar bei einem Tennisturnier mitgemacht hätte. Vielleicht im nächsten Sommer.

Bis dahin: Genießen Sie Ihren Aufenthalt!

»Ohne ein bisschen Bosheit kann man unmöglich witzig sein.«

(Macaulay)

Lillian Beckwith

Unpässlichkeiten

Die Frau im Nachbarbett schwang die Beine vorsichtig über den Bettrand. Die Schwester wartete neben ihr mit dem Morgenrock.

»Am Freitag lassen sie mich heim«, sagte sie zu mir.

»Wo sind Sie denn daheim?«, fragte ich, und sie schilderte mir ein Dörfchen, dessen Namen ich mit manchen anderen oft in den ›Oban Times‹ gelesen hatte.

»Und Sie?«, fragte sie, und als ich es ihr sagte, war sie sofort ganz Anteilnahme. »Das ist furchtbar weit weg«, sagte sie. »Kein Wunder, dass Sie so selten Besuch kriegen.«

Mein einziger Besuch war gestern Abend gekommen, und zwar lange nach Ende der Besuchszeit. Das Abendessen war verteilt und jene beschauliche Ruhe eingekehrt, die gewöhnlich herrschte, ehe man uns zur Nacht herrichtete. Nur das rasche Kommen und Gehen der Schwestern und Papiergeraschel dort, wo Geschenke ausgepackt wurden, durchbrachen die Stille. Plötzlich hörten wir schwere, unsichere Tritte klobiger Stiefel. Alles drehte sich um nach dem großen, verlegenen Mann, der in Homespun-Anzug und Tuchmütze in der Tür stand. Freudestrahlend gelang es mir, den Arm zu einer Art Winken zu heben, und er kam auf mein Bett zu, anfangs zögernd, dann in ungeschickter Eile, wobei seine Stiefel auf dem gebohnerten Boden ausrutschten.

»Hector!«, sagte ich, und meine Augen füllten sich mit Tränen. »Hector! Wie wunderbar!«

»Aber Miss Peckwitt«, sagte er sichtlich erschrocken über mein verfallenes Aussehen. »Ich konnt's erst gar nicht glauben, dass Sie's sind, bis Sie was gesagt haben. Ach herrje, herrje.«

Er schüttelte den Kopf so bekümmert, dass ich ihm ermutigend zulächeln musste.

»Mir geht es schon viel besser«, sagte ich, obwohl er bisher zu erschüttert gewesen war, um mich nach meinem Befinden zu fragen. »Aber sagen Sie, wie sind Sie denn hergekommen, Hector?«

»Hab gehört, dass der Transporter mit ein paar Schafen in die Gegend fährt, und hab gefragt, ob er mich mitnimmt, und da bin ich.« Er lächelte etwas unsicher. »Behag hat gemeint, das soll ich Ihnen bringen.« Er stellte eine Tüte Obst auf meinen Nachttisch. »Und ich hab mir gedacht, das hier intressiert Sie vielleicht.« Damit legte er mir eine Fußballzeitschrift auf die Bettdecke.

»Erzählen Sie mir mal, was es alles Neues gibt«, bat ich, nachdem ich meine Freude über die Mitbringsel zum Ausdruck gebracht hatte. Er schabte sich stirnrunzelnd das Kinn und konzentrierte sich. Nach wenigen Augenblicken glättete sich seine Stirn.

»Viele Leute haben gesagt, ich soll Ihnen sagen, dass sie nach Ihnen gefragt haben«, begann er und haspelte eine ganze Liste von Namen herunter. »Und Morag hat gesagt, ich soll Ihnen sagen, der Kuh und den Hühnern geht's gut«, schloss er.

Ich nickte dankbar. »Und wie geht es allen in Bruach?«, fragte ich.

»Ach, denen geht's prima«, sagte er. »Die sind noch genau da, wo die Flut sie hingespült hat, als Sie sie das letzte Mal gesehen haben.«

Ich war schon ein paar Wochen im Krankenhaus und überzeugt, dass sich selbst in Bruach während dieser Zeit irgendetwas ereignet hatte. Es hatte doch gewiss jemand eine neue Kuh gekauft, oder eine alte war ihm eingegangen. Oder jemand war das Heu weggeweht worden oder das Pferd über eine Felsklippe abgestürzt.

»Waren die Stürme schlimm?«, half ich nach.

»Aye. Einige schon. Im letzten hat der blöde Donald sein Dingi verlorn. War ganz zerschmissen, das Dingi. Sie müssen bedenken, es war so mürb wie Scheiße.«

»Der arme Donald«, meinte ich mitleidig. »Er wird seine ›Schwalbe‹ sehr vermissen. Wenn er auch nie mit ihr hinausgefahren ist, hat er sich doch immer an ihr zu schaffen gemacht.«

»Aye, aber er hat schon ein andres«, sagte Hector. »Hat es erst vor paar Tagen von 'nem Mann auf'm Festland gekriegt, und neulich war er bei meiner Tante und hat gefragt, was für 'n Namen es haben soll.«

»Und hat sie einen vorgeschlagen?«

»Sie hat nur gesagt, warum nennst du sie nicht wieder ›Schwalbe‹, Donald. Und das hat er gemacht. Gestern war ich unten am Ufer, da hat er in Riesenbuchstaben WIEDERSCHWALBE aufs Heck gemalt.« Er lächelte ein rasches Koboldlächeln. »Man kriegt so 'n komisches Gefühl im Hals, wenn man's sieht«, gestand er, und wir grinsten einander verständnisvoll zu.

»Keine Kühe gestorben? Keine Kälber geboren?«, fragte ich.

»Nein, aber neulich war der Hengst draußen für Tearlaichs Stute, der andern, der, die nicht krepiert ist. Das Männlein, das ihn gebracht hat, hat gesagt, ihm langt's.«

»Wieso?«

»Er hat gebrummt, weil er den ganzen Weg vom Pier hat zu Fuß raufgehn müssen mit dem Vieh und danach den ganzen Weg abends wieder zurück, weil kein Platz für ihn zum Übernachten war.«

»Das glaub ich, dass er es satt hatte«, murmelte ich.

»Und im Moment, wo der Hengst die Stute bedient hatte, nimmt doch das Männlein ein Büschel Nesseln und rammt sie der Stute untern Schweif. Mein Gott. Und das ganz schnell. War auch nötig, denn die hat ausgeschlagen, kein' Zoll von seinem Kopf. So, hat er zu Tearlaich gesagt und ihm zugezwinkert: So, jetzt hält sie's bestimmt, und ich brauch nicht noch mal herkommen. Tearlaich fährt auf ihn los: Mann, sagt er, du hast Glück, dass du noch lebst und deswegen nicht wiederkommen musst«, berichtete Hector mit großen Augen. »Und ich sag Ihnen, der hatte wirklich Glück.«

Hector hatte beim Betreten des Krankensaales die Mütze nicht abgenommen, und als er nun merkte, dass ihn die Nachtschwestern, die zum Dienst kamen, neugierig musterten, zog er sie sich tief über die Augen, um sie nicht sehen zu müssen.

»Und niemand ist gestorben oder krank gewesen?«, fragte ich.

Er schüttelte den Kopf und holte tief Luft in dem Versuch, sich an etwas zu erinnern, das mich interessieren könnte.

»Hamishs Schwester ist wieder da«, fiel ihm plötzlich ein.

»Tatsächlich? Geht es ihr denn besser?«

Hamishs Schwester hatte zusätzlich zu ihren anderen absonderlichen Gewohnheiten angefangen, sich bei Annäherung eines Fremden hinter einem nahe gelegenen Schuppen oder Gebäude zu verstecken und dort naturgetreu wie eine Ente zu quaken. Vor ein paar Monaten hatte man sie in eine Anstalt zur Behandlung eingeliefert.

Hector überlegte sich die Antwort auf meine Frage. »Na ja, besser, ich weiß nicht«, sagte er zweifelnd. »Aber sie ist ganz anders jetzt.«

»Wie anders?«

»Sie quakt nicht mehr. Wenn sie jetzt jemand

kommen sieht, saust sie hinter irgendwas und kräht wie 'n Hahn. Das kann sie verdammt gut«, sagte er mit anerkennendem Lächeln.

Die Schwester trat ans Fußende des Bettes, und obwohl Hector sein hinreißendstes Lächeln an sie verschwendete, ließ sie sich nicht betören. Er zuckte die Achseln und warf einen verstohlenen Blick auf die Reihe aufmerksamer Gesichter. Ich dachte schon, er würde mir einen Abschiedskuss geben, doch dann verließ ihn der Mut. Stattdessen tätschelte er meine Hand.

»Machen Sie sich kein' Kummer«, sagte er, »nach dieser Operation sind Sie besser dran. Sie wer'n sehn. Unsern Hamish, den haben sie mal am Magen operiert, und er hat nie wieder damit zu tun gehabt, bis er gestorben ist.«

Er blieb noch einen Augenblick. »Zu Neujahr kommen Sie heim?«, prophezeite er zweifelnd, und als ich den Kopf schüttelte, verzog er mitleidig das Gesicht. Ich sah ihm gerührt nach, als er aus dem Saal schlidderte, und er wandte sich um und winkte mir, ehe er auf dem Korridor verschwand. Dann legte ich mich in die Kissen zurück und dachte über seine Abschiedsworte nach.

Ob ich Neujahr daheim sein würde? Möglichst nicht, nahm ich mir vor. Zwar hoffentlich nicht mehr in der Klinik, aber auch nicht in Bruach, wo Neujahr zu einem Trinkgelage ausartete, bei dem ich, die ich hemmungslose Trinkerei nicht ausstehen kann, die Rolle des Beobachters würde spielen müssen. Bei meinem ersten Neujahr, als ich noch in Morags Haus wohnte, hatte ich mich vor der Unmäßigkeit der Crofter so geekelt, dass ich schon damals beschloss, wenn ich je ein eigenes Haus hätte, mich von dieser Feier fern zu halten. Morag, die immer meine Interessen im Auge behielt, empfand es als ihre Pflicht, mir auseinander zu setzen, wie viel Neujahr hier zu Lande bedeute, und wie wichtig es sei, mit meinen Freunden zu trinken, und wenn es nur ein »winziges Schlückchen« war. Ich werde zwar nie begreifen, wieso sich die Schotten darauf freuen, in dieser speziellen Nacht sturzbetrunken zu sein, war aber doch zur Einsicht gezwungen, dass mein Verhalten unhöflich und ungesellig wirken würde. Ich hatte nachgegeben, mir eine Flasche Whisky gekauft und war aufgeblieben, um diejenigen zu bewirten, die vielleicht noch nüchtern genug waren, um bis zu meinem Cottage zu wanken. Es wurde eine lange Nacht grenzenloser Langeweile, und als ich erst besser akklimatisiert war, fand ich die beste Art heraus, mitzufeiern: Ich zog selbst kurz vor Mitternacht los und machte mit einer mitgebrachten Flasche Whisky die Runde in den Häusern meiner Bekannten, wünschte jedem ein gutes neues Jahr und akzeptierte ein »winziges Schlückchen«. Selbst dann wurde es eine lange, mühselige Nacht, doch dafür saß ich nicht zu Hause, von schlaffen Alkoholleichen umgeben, die sangen, beteten, heulten oder denen entsetzlich schlecht war.

Und doch gab es selbst an Neujahr ein paar lustige Augenblicke. Ich wusste es noch vom vorigen Mal.

Alles hatte damit angefangen, dass der »Postler« ins Cottage platzte, ein paar ziemlich angeschmuddelte Briefumschläge auf den Tisch kippte und eine Flasche Whisky aus der Posttasche zog. Seine Augen glänzten silvesterlich.

»Scheißwetter für Neujahr«, begann er zutraulich. »Der Wind hat mir die Post aus der Tasche fast den ganzen Hang raufgeweht, eh ich sie wieder beisammen hatte.«

Er machte eine Pause, um zu Atem zu kommen. »Ich hätt sie überhaupt nicht wiedergekriegt, wenn sie nicht im Gebüsch hinter Sandys Haus hängen geblieben wär.« Er bat mich, zwei Gläser zu holen, und als sie standen, füllte er sie randvoll und stürzte das eine in einem Zug hinunter. »Ich seh Sie dann heut Abend noch«, drohte er und schnallte seine Tasche um, um den Kampf mit dem Sturm wieder aufzunehmen. »Ich geh zu Erchy rauf, wenn ich fertig bin, und dann fangen wir mit der Runde an.«

»Dann warten Sie aber nicht zu lange«, warnte ich ihn. »Ich geh noch vor zwölf zu Morag hinauf.«

»Bis dahin sind wir auch dort«, versprach er.

Ich schlug die Tür hinter ihm zu und sank auf einen Stuhl. Mir war seit einer Woche nie mehr so recht wohl, und in Wahrheit hatte ich nicht vor, zu Morag hinaufzugehen. Ich hoffte, dass ungefähr um Mitternacht der Wind nachließe, ich das Licht löschen und in mein Bett kriechen könnte, mochten alle denken, ich sei wie üblich zu einem Neujahrs-*ceilidh* in den Häusern meiner Nachbarn. Den ganzen Abend lang kamen und gingen immer wieder Grüppchen in unterschiedlichen Stadien der Trunkenheit. Von unbeherrschten Händen eingeschenkter Whisky wurde auf dem Tisch vergossen, und die Reden in den kurzen Zwischenräumen hatten wenig Sinn und viele Wiederholungen.

Um halb zwölf blieb ich im Cottage glücklich allein und wollte eben das Licht löschen und die Tür verriegeln, da wurde gebieterisch erst ans Fenster, dann an die Tür geklopft, und Morag kam herein.

»Was, keiner da?«, fragte sie und lugte unter den Tisch und hinter die Stühle, wo sie erwartete, Neujahrfeiernde zu entdecken. Ich erzählte ihr, wer gekommen und gegangen war. »Und unser Hector und Erchy warn noch nicht da?« Ich schüttelte den Kopf. »Na, dann setz ich mich wohl besser hin und warte, bis sie kommen«, verkündete sie und setzte sich ans Feuer, »denn die sind ganz bestimmt da, eh's Morgen wird.«

Ich holte wieder die Flasche und ein paar Häppchen, doch sie bestand darauf, es dürfe »nur ein winziges Schlückchen« sein, damit man nicht sagen könne, sie habe es abgelehnt, mit mir zu trinken. Die Frauen von Bruach tranken kaum mehr, als nötig war, um ein bisschen lustig zu werden. Nur die Männer bestanden auf Quantität. Wir saßen und unterhielten uns bis zwei Uhr früh, und noch immer hörte man keine Tritte näher kommen.

»Schade, dass Sie Neujahr nicht so feiern wie wir alle«, meinte Morag. »Haben Sie denn, wie Sie in England warn, auch nichts Besondres draus gemacht?«

»Eigentlich nicht«, sagte ich. »Für uns war Weihnachten die Hauptsache.« Bei der Erinnerung musste ich lächeln. »Das Einzige, was an Neujahr daheim anders war als sonst, war mein Vater, der blieb auf, um ›das neue Jahr hereinzulassen‹, und hatte dabei gewöhnlich eine Flasche Wein und eine Zigarre neben sich.«

»Eine Zigarre. Na so was!« Morag war sichtlich beeindruckt.

»Ja«, sagte ich. »Meine Mutter schenkte ihm jedes Jahr zwei teure Zigarren zu Weihnachten, und die eine rauchte er am ersten Feiertag und die andere am Silvesterabend.«

Schon die kleine Menge Whisky, die ich getrunken hatte, machte mich so schläfrig, dass ich ein Gähnen nicht unterdrücken konnte. Auch Morag schien ein bisschen müde. Die Uhr schlug drei.

»Ich hab gedacht, Erchy hätt nicht mehr so viel Geld für Whisky, nachdem er die Woche so viel verlorn hat«, sagte Morag.

»Erchy hat Geld verloren?«, fragte ich. »Das ist das Erste, was ich höre. Wie ist denn das zugegangen?« Meine Schläfrigkeit ließ vorübergehend nach.

»Was, Sie haben's nicht gehört? Am Montag ist er aufs Festland mit ein paar Tieren, die er dort verkaufen wollte, und Hector sollte mit. Erchy ist auf'm Viehprahm gefahrn, aber unser Hector – ach, Sie wissen ja, was für 'n Mensch das ist ...« Sie machte eine resignierte Handbewegung. »Hat er doch zu Erchy gesagt, er würd ihn an der Fähre treffen, weil er morgens mit der Gemeindeschwester mitfährt zum Schmied, weil er was braucht für sein Boot. Ja, ja, und er geht zum Schmied, und dann steht er draußen und wartet drauf, dass ihn der Bus zur Fähre bringt, da hält neben ihm ein Wagen. ›Du bist doch der Hector aus Bruach, stimmt's?‹ sagt der Fahrer. ›Ich kenn dich schon, ich bin mal mit deinem Boot gefahrn.‹ Hector kann sich nicht an sein Gesicht erinnern, aber der Mann fragt, ob er ihn mitnehm' soll. Und Hector steigt ein und freut sich.« Morag lachte rau. »Dem fiel vielleicht das Herz in die Hosen, als der Wagen wendet und wieder nach Bruach fährt.«

»Aber hat denn Hector nichts gesagt, als er merkte, wo es hinging?«, fragte ich.

»Hat er nicht. Der Idiot hat gemeint, das kann er nicht, wo der Mensch so freundlich zu ihm war.«

Hector hatte immer solche Angst, jemand zu kränken, dass ich mir manchmal zum Spaß ausmalte, was wohl passieren würde, wenn er auf einer verkehrsreichen Straße einen Wagen führe. Ich war sicher, dass er auf einen höflichen Wink des vor ihm Fahrenden lieber überholen als in seine eigentliche Richtung abbiegen würde.

»Jedenfalls«, fuhr Morag fort, »ist der Hector nicht zur Auktion gekomm', und Erchy war allein da und hat zweihundert Pfund für die Tiere gekriegt. Und wie Erchy nun mal ist, musst er sich unbedingt betrinken und wacht am nächsten Morgen auf, im Warteraum vom Bahnhof, und ihm ist kalt und er schuddert und steckt die Hand in die Tasche, und die Brieftasche fehlt. Und das ganze Vieh-Geld ist weg.«

»Der arme Erchy«, sagte ich. »Was hat er nur gemacht?«

»Das ist noch nicht alles«, sagte Morag. »Er musst noch hingehn und sich von 'nem Mann, den erkennt, ein Pfund borgen, damit er heimkommt.«

Ich lauschte begierig, denn nun, das merkte ich an ihrem Verhalten, würde gleich die Pointe kommen.

»Ach, wie war dem armen Erchy, wie er vor seine Mutter treten und ihr sagen muss, was er getan hat! Und die arme Alte muss sich's anhören.«

»Und keine Spur von der Brieftasche?«, fragte ich.

»Und wie's zwölf Uhr wird«, fuhr Morag fort und gebot mit einem Kopfnicken Schweigen, »da hält doch vor Erchys Haus ein Taxler. Und fängt an, Pakete mit Lebensmitteln und Torten auszuladen. ›Hier sind die Waren, die Sie bestellt haben‹, sagt er zu Erchy. ›O Gott‹, sagt Erchy und ist ganz besorgt, welche Dummheiten er noch angestellt hat. ›Hab ich das bestellt?‹ Denn er kann sich an nichts erinnern. ›Jawohl, haben Sie‹, sagt der Fahrer ganz bissig. ›Und Sie haben mein Taxi bestellt, dass ich heut um zwölf alles herbring.‹ – ›Und wie viel hab ich Ihnen dafür bezahlt?‹ fragt Erchy. ›Sie haben gar nichts bezahlt‹, sagt der Fahrer. ›Sie haben versprochen, Sie zahlen mir zwei Pfund zehn, wenn ich es bestimmt heut um zwölf bring, und hier ist das Papier, auf dem Sie's mit Name und Adresse unterschrieben haben.‹ Und Erchy schaut sich das Papier an, und es ist kein Irrtum. Grad will er dem Alkohol für immer abschwörn, da zieht der Fahrer was raus und gibt's ihm. ›Und hier ist Ihre Brieftasche, die ich für Sie aufheben sollte‹, sagt er. ›Schaun Sie lieber gleich nach, ob noch alles drin ist. Gestern Abend warn's hundertfünfundneunzig Pfund, haben Sie gesagt, und so viel sollten's auch jetzt noch sein.‹ Der Erchy traut kaum seinen Ohren, und wie er in die Brieftasche schaut, sind hundertfünfundneunzig Pfund drin!«, schloss sie mit skeptischem Ausruf.

»O wie gut. Da hat er sein Geld schließlich doch nicht verloren«, sagte ich so erleichtert, als sei es meines.

»Nein, nur zwanzig Pfund«, sagte Morag. Ich hob fragend die Augenbrauen, und sie erzählte weiter.

»›Und jetzt‹, sagt der Fahrer, ›wär ich froh,

wenn Sie mich zahlen täten, damit ich heimfahrn kann.‹

›Wie viel hab ich Ihnen versprochen?‹ fragt Erchy.

›Zwei Pfund zehn‹, sagt der Fahrer und meint, Erchy will handeln.

›Mann‹, sagt Erchy, ›ich bin so verdammt froh, dass Sie gekomm' sind, ich geb Ihnen zweiundzwanzig Pfund zehn.‹ Und zwingt den Fahrer auch noch, es anzunehmen.«

»Du liebe Zeit«, sagte ich, »Erchy hat bestimmt ein Dankgebet gesprochen.«

»Vielleicht feiert er jetzt immer noch sein Glück«, sagte Morag und stand auf. »Ich glaub, es ist das Beste, wenn wir hingehn und nachschaun, wo er und Hector überhaupt sind«, schlug sie vor. »Irgendwo müssen sie ja sein, und wenn's im Straßengraben ist. Aber eins ist sicher, *mo ghaoil*, wenn Sie nicht mit denen heut Nacht einen heben, hat's gar keinen Sinn, dass Sie ins Bett gehn, denn die holn Sie wieder raus, egal wie spät es ist.«

So zog ich denn, statt mein warmes Bett aufzusuchen, Ölzeug und Gummistiefel an und stolperte mit Morag hinaus in die sturmdurchtoste Nacht.

Wir hatten schon in mehreren Häusern das »winzige Schlückchen« zu uns genommen, ehe wir schließlich Erchy und seine Kumpanei in Dugalds Cottage einholten. Dort hingen in der ganzen Küche Männer herum, manche mit dem Kopf auf der Schulter eines der schwergeprüften Mädchen, die auch noch nach vier Uhr morgens und nachdem sie seit dem frühen Abend gefeiert hatten, so taufrisch wirkten, als kämen sie eben von den Hügeln herein. Der Teint der Highländerinnen hat für mich nie aufgehört, eine Quelle des Neides und Staunens zu sein. Dugald selbst saß auf der Bank – von beiden Seiten gestützt durch seine ältesten Busenfreunde, während im Alkovenbett hinter zugezogenen Vorhängen seine stocktaube Frau abwechselnd schnarchte und kreischend auf die Versammlung schimpfte. Vom Fußboden neben dem Schrank hörte man ein bedenkliches Gerülpse, dort äußerte Tearlaich zwischen asthmatischen Schluchzern Reue über seine Missetaten. Seine Religiosität machte ihm zwar bewusst, wie oft er sündigte, doch hielt ihn das nie davor zurück. Hector kam herangetorkelt und schwenkte eine Whiskyflasche über einem leeren Glas, das er auf mich zuschob. Mit größter Feierlichkeit wünschten wir einander ein glückliches neues Jahr. Dann war Erchy an der Reihe, dann Ruari, und so ging es weiter, bis alle befriedigt waren, mir einen Drink eingeschenkt zu haben und mich das Glas an die Lippen heben zu sehen. Dugald versuchte sich an einem Lied, doch noch ehe er mit dem ersten Vers zu Ende war, sank ihm der Kopf auf die Brust, und er sackte schlaftrunken in sich zusammen. Ich errechnete mir schon meine Chancen, mich in aller Heimlichkeit davonzumachen, da sah ich Erchy auf mich zuwanken.

»Ihr Haar riecht so schön nach gekochten Zwiebeln«, vermerkte er und zog genüsslich die Luft ein, und ohne mir Zeit zu lassen, sein Kompliment zu akzeptieren, fuhr er fort: »Miss Peckwitt, Sie müssen mir helfen.«

Ich deutete an, ich sei durchaus willens, ihm zu helfen, wenn ich könne.

»Es ist dieser Dugald. Der ist so besoffen, und jemand muss ihn heut Nacht irgendwie heimschaffen«, erklärte er. Er schwankte seitwärts und hielt sich an meiner Stuhllehne fest. »Ich glaub, Sie und ich sind die einzgen hier, die noch nüchtern genug sind. Kommen Sie schon«, forderte er mich auf, »wir zwei schaffen's, wir beide.«

»Aber Erchy«, protestierte ich, »Dugald ist hier daheim. Es ist doch sein Haus.«

Erchy wich vor mir zurück mit dem Ausdruck schmerzlicher Betroffenheit. »Weib!«, mahnte er mich, »Sie müssen verdammt blau sein, wenn Sie das glauben.« Er rüttelte Morag an der Schulter. »Bring diese Frau da lieber in ihr Bett«, beschwor er sie, »die ist so betrunken, dass sie nicht mehr weiß, wo sie ist.«

Und am nächsten Tag war er dann, anzusehen wie etwas, an dem die Mäuse die ganze Nacht genagt hatten, zu mir ins Gottage gekommen, um mich wegen meines »dicken Kopfs« zu bemitleiden.

Die Frau im Nebenbett sagte: »Es ist wundervoll zu denken, dass ich Freitagabend wieder in meinem eignen Zimmer schlaf und nicht morgens aufwach und diese Gedenktafeln überm Bett sehn muss. Die machen mir echt 'ne Gänsehaut.«

Darin war ich ganz ihrer Meinung. Es ist beunruhigend und deprimierend, aus einer Narkose aufzuwachen, mit Schmerzen im ganzen Körper, und sich unter einer glänzend polierten, düsteren Plakette wiederzufinden, derzufolge das Bett von liebenden Verwandten dem Andenken eines Verstorbenen gewidmet ist. Auf den ersten Blick vermittelt so etwas, zusammen mit den weißen Gewändern der Schwestern und den vielen Blumen, den Eindruck, auf der eigenen Beerdigung zu sein.

»Es wär gescheiter, sie hängten Bilder über die Betten statt dieser Dinger«, meinte meine Nachbarin. »Tarzans Abenteuer würden uns Frauen viel besser aufmuntern als diese alten Gedenktafeln.«

»Es ist psychologisch falsch«, sagte ich. »Ich bin überzeugt, ein paar knackige Pin-up-Girls würden der Männerstation gut tun.«

Meine Nachbarin lachte. »Sie jedenfalls haben Ihr Teil beigetragen, meine Beste.« Wieder lachte sie, und ich warf ihr einen giftigen Blick zu, während ich mich innerlich vor Verlegenheit krümmte.

»Ach, Ihr verflixter Schwager«, sagte ich.

Am Vortage hatte ich splitternackt unter der Infrarotlampe auf meinem Bett gelegen, und obwohl ich von Wandschirmen umstellt war, hatte die Schwester eine Öffnung gelassen, damit ich die Stationsuhr sehen und sie rufen konnte, wenn ich lange genug gebraten hatte. Ich dehnte mich wohlig in der angenehmen Wärme und achtete kaum auf den großen Mann im Morgenrock, der die Station betrat und mit der Schwester sprach. Dass er ihrem zeigenden Finger folgte und an der Bettenreihe entlang auf mich zukam, merkte ich erst ein paar Sekunden zu spät. An einen intravenösen Tropf gefesselt und ohnehin zu schwach für eine schnelle Reaktion, konnte ich ihn nur entsetzt anstarren, als er die Arme auf einen der Wandschirme stützte und mich mit verdutzter Freundlichkeit begrüßte. Ich kniff die Augen fest zu und hörte gleich darauf die vorwurfsvolle Stimme meiner Nachbarin.

»Andrew! Hier drüben bin ich.«

Sein Kopf verschwand, und ich durfte wagen, die Augen aufzuschlagen. Vom Nachbarbett her hörte man aufgeregtes Flüstern. Als er gegangen, meine Bestrahlung beendet und ich wieder in Decken gehüllt war, rief die Nachbarin mir zu: »Das war mein Schwager. Den haben sie gestern auf der Männerstation zum Röntgen eingeliefert.«

»Ist mir egal, ob es Ihr Schwager ist«, sagte ich energisch, »ein ungehobelter Kerl ist er jedenfalls.«

Sie lachte aufreizend zufrieden. »Der hat sich nur geirrt und gedacht, die Schwester zeigt auf Ihr Bett«, entschuldigte sie ihn. »Er hat mir aber aufgetragen, ich soll Ihnen sagen, es tut ihm riesig Leid, dass er Sie so beschlichen hat.« Sie bemühte sich, ernst auszusehen.

»Es ist mir peinlich«, murrte ich, »immer werde ich fürchten, ihm irgendwo zu begegnen, einem völlig Fremden, der mich im Evaskostüm gesehen hat.«

»Ach, Liebchen, da brauchen Sie sich keinen Kummer machen. Der erkennt Sie bestimmt nicht.«

»Das hoffe ich inständig.«

»Ehrlich, wird er nicht. Er hat mir gesagt, dass er Ihr Gesicht überhaupt nicht angeschaut hat.«

Am Donnerstagabend setzte sich meine Nachbarin auf mein Bett und schwatzte mit mir, solange die Schwester es zuließ. Im Stillen nannte ich sie immer »Rosie«, denn ihre oberflächliche Herzlichkeit, ihre üppige Figur und ihre Gewohnheit, jeden mit »Liebchen« anzureden, erinnerten mich an eine typische englische Barfrau. In Wahrheit war sie Posthalterin in einem Dorf, das mir nach ihrer Schilderung kaum fortschrittlicher schien als Bruach. Über ihre Krankheit sagte sie: »Der Meinige hat gemeint, die hätten mich hier nicht so lang behalten brauchen, wenn wir gleich zu Anfang den Doktor hätten holen können. Aber in unsrem Dorf ist es ja jedes Jahr dasselbe.« Sie seufzte resigniert. »Wenn die Jagdzeit für Moorhühner mal angefangen hat, kriegt man keinen Doktor mehr, denn dann hat er zu viel zu tun.« Sie fütterte mich mit einem Apfelsinenschnitz. »Wissen Sie, die Leute beklagen sich nicht gern über den Doktor«, sagte sie. »Da gibt's Doktoren in den Highlands, denen würden die Leute einen Mord nachsehen und kein Wort darüber verlieren. Der vorige Arzt, den wir hatten, ist mal zu einem Kranken gerufen worden und hat versprochen hinzugehen und es dann total vergessen. Und wie er ein paar Tage später am Haus vorbeikommt, da war da gerade Beerdigung. Da fällt ihm der Kranke ein, und er steigt aus und erkundigt sich nach ihm. Und ist dann einfach hinter der Bahre her zum Friedhof mitgegangen. Später haben die Verwandten gesagt: ›So schlecht ist er nicht, der Doktor, wie wir ihn gemacht haben, er ist immerhin zur Beerdigung gekommen‹«

»Dort, wo ich wohne, sind wir besser dran«, sagte ich. »Ich erinnere mich aber an einen Arzt, der gern Vieh kaufte. Wenn er ein schönes Tier irgendwo an der Straße sah, gab er keine Ruhe, ehe er nicht wusste, wem es gehörte, und mit ihm um die Kuh verhandelt hatte. Das dauerte oft stundenlang, ganz gleich, zu was für einem dringenden Fall er gerufen worden war.«

»Rosie« stand auf. »Ich geh jetzt besser in mein Bett. Dann wird es um so schneller Morgen.«

»Wann kommt denn der Krankenwagen Sie holen?«, erkundigte ich mich.

»Krankenwagen? Den nehme ich nicht«, versicherte sie. »Der Meinige hat einen Wagen für mich gemietet, seit er davon gehört hat, was der letzten Frau aus unserem Dorf passiert ist, die mit dem Krankenwagen heim sollte.«

»Hatte er eine Panne?«, fragte ich.

»Nein, nein. Aber die Frau sagte, es hätte ihr sehr gefallen, wie der Fahrer des Krankenwagens sich immer wieder zu ihr umdrehte und fragte, ob es ihr gut geht. Und sie hat ihm immer wieder gesagt, es geht ihr prima. Dann hat er gesagt, ob sie nicht im nächsten Hotel, an dem sie vorbeikommen, eine Tasse Tee möchte. Sie hat gesagt, ja gern, und er hat sie reingeführt und ihr eine schöne Tasse Tee spendiert. Dann ist sie zurück in den Krankenwagen, und sie sind wieder losgefahren, und als sie ungefähr halb zu Hause waren, hat der Fahrer sie gefragt, ob es ihr wirklich gut geht. Und sie hat gesagt, ihr geht es immer noch prima. ›In dem Fall‹, hat er gesagt, ›haben Sie vielleicht nichts dagegen, den Rest des Wegs die Eisenbahn zu nehmen, ich zahl Ihnen auch das Billett.‹ Sie hat gestaunt. Und dann kam: ›Wissen Sie, ich habe hier eine Freundin, und wenn Sie mit dem Zug heimfahren, kann ich bei ihr bleiben, bis ich wieder zurück muss ins Krankenhaus.‹«

»Und ist sie dann mit dem Zug heim?«

»O ja. Sie wollte es ihm nicht abschlagen, wo er sie doch zum Tee eingeladen hat, aber der Meinige sagt, er möchte nicht riskieren, dass mir so was passiert.« Damit kletterte sie ins Bett, und es gab Papiergeknister, als sie anfing, zum Abendessen Kekse zu futtern, denn für »Rosies« Appetit waren die Krankenhausrationen zu knapp.

Auf der Station wurden die Lichter auf Nachtbeleuchtung zurückgedreht, und als ich meinen armen Hintern in die am wenigsten schmerzhafte Lage gebracht hatte – er war durchlöchert wie ein

Sieb von den vielen Spritzen –, döste ich zunächst in kurzen Traumperioden, die tiefem, betäubtem Schlaf vorausgingen. Aus ihm wurde ich lange vor fünf Uhr früh geweckt, damit man mein Bett machen konnte. Dieses frühe Aufgescheuchtwerden ließ mich mehr als alles andere mein eigenes Bett und die trägen, anspruchslosen Wintermorgen in Bruach herbeisehnen.

Als der Morgen kam, wurde »Rosie« von einem pflichtgemäß entzückten Ehemann und einer sanft betulichen Schwester abgeholt, und bald kam ein Mädelchen an ihr Bett, das mich so sehr an Fiona erinnerte, dass sie bis auf die Haarfarbe ein und dieselbe hätten sein können. Sie war ebenso bockbeinig, ebenso herrisch und noch keine paar Stunden in der Klinik, da kannte sie schon die komplette Familiengeschichte jeder Pflegerin und jeder Patientin auf der ganzen Station.

Die langen Tage dehnten sich immer länger, je mehr die Genesung fortschritt. Jeden Morgen kamen die Ärzte, anonym in ihren weißen Mänteln, lächelten kühl und distanziert auf mich herab, piekten mich mit gewandtem Finger in den Leib, setzten Stethoskope auf meinen Magen, der aufgetrieben war wie bei einem Botticelli-Engel, und gratulierten mir feierlich zu seinem hörbaren Gerumpel.

Endlich kam der Tag meiner Entlassung, danach musste ich noch in ein Genesungsheim, und dort verbrachte ich ein glücklicherweise völlig nüchternes Neujahrsfest.

Morag hatte Feuer gemacht: Warm und blitzend hieß mein Cottage mich willkommen, als ich endlich nach Bruach und zu der überwältigenden Freundlichkeit all meiner Nachbarn heimkehrte.

»Hat man Ihnen gesagt, was Ihnen gefehlt hat?« wollte Morag schließlich wissen. »Bei uns hat's nur geheißen, es geht Ihnen recht schlecht, aber niemand hat so richtig gewusst, was es ist.«

»Ich weiß es selber nicht«, erwiderte ich. »Die Leutchen in der Klinik waren nicht sehr mitteilsam.«

Als daher die Gemeindeschwester mich ein paar Wochen später aufsuchte, fragte ich sie, ob sie wüsste, was mir gefehlt hätte.

»Es hat nur geheißen, Sie waren innerlich schrecklich eingeschnürt, und es war eine sehr schwere Operation«, erwiderte sie.

»Was das wohl heißen mag?«, fragte ich. Sie zuckte nur die Achseln.

Kurz nach diesem Gespräch traf ich Hector und Erchy, die mit Spachteln und Pinseln vom Ufer heraufkamen und aussahen, als hätten sie den ganzen Tag schwer gearbeitet.

»Wir haben die ›Ealasaid‹ auf Strand gehabt«, erklärten sie auf meinen fragenden Blick.

»Was hat ihr denn gefehlt?«, fragte ich.

»Aye, sie war fürchterlich eingeschnürt.«

»Eingeschnürt?«, wiederholte ich und wäre an dem Wort beinahe erstickt. »Wie meint ihr das?«

»Ich meine, sie war am Bug total verdreckt«, erläuterte Hector. »Alles voll Algen und großen

Muscheln. Seit Tagen kratzen wir sie ab und scheuern sie. Wir hatten wirklich viel Arbeit mit ihr.«

»Und ist sie jetzt in Ordnung?«stammelte ich und unterdrückte das hemmungslose Gelächter, das mich zu zersprengen drohte.

»In Ordnung?«, wiederholte Erchy. »Das will ich wohl meinen! Warten Sie nur, bis Sie sie in Fahrt sehn. Sie werden sie kaum wiedererkennen, soviel schneller ist sie jetzt.«

Auch ich bin jetzt viel schneller.

»Der Witz ist das einzige Ding, was umso weniger gefunden wird, je eifriger man es sucht.«

(Hebbel)

Willy Breinholst

Ich habe ein Ei verschluckt, Doktor!

Josiasen, der Geflügelzüchter, hatte schlechte Nerven. Natürlich werden Sie denken, dass das der Fall war, weil er einer der Produzenten von diesen geschmacklosen, schwammigen, vakuumverpackten Fließband-Hühnchenimitationen war, die die Kühltruhen im Supermarkt füllen. Aber wenn Sie dieser Ansicht sind, möchte ich Sie bitten, sich die Sache noch einmal zu überlegen. Josiasen war ein ernsthafter Arbeiter, der sich mit der Entwicklung einer besseren Art der Hühnerzucht beschäftigte. Wir sollten froh sein, dass unsere Gesellschaft noch Platz für solche Individualisten hat. Ursprünglich züchtete Josiasen die Rotkamm-Wyandotte, die für ihren dicken, fleischigen Körper, die wenig gefiederten Beine und ihre Kapazität beim Eierlegen bekannt ist – diese Art trug die Fünf-Zehen-Auszeichnung des Geflügels. Es war eine Rasse, mit der man nicht falsch liegen konnte. Als aber in späteren Jahren der Wettbewerb härter wurde, begann Josiasen ziemlich riskante Experimente mir kurzschwänzigen japanischen Zwerghennen, schwarzbeinigen englischen Gartenhennen, ausgefallenen Zwergkampfhennen und schwanzlosen holländischen

Rumpfhennen. Aber all diese Experimente scheiterten mehr oder weniger, und das war es, was seine Nerven schwächer werden ließ. Vielleicht war es auch mehr als nur kaputte Nerven. Die Leute hielten ihn sogar für verrückt.

Dann kamen plötzlich Magenprobleme hinzu. Zuerst weigerte er sich, zum Arzt zu gehen, weil er dachte, dass er ein hoffnungsloser Fall war und dass seine Beschwerden so einmalig waren, dass kein Arzt sie heilen könnte. Schließlich überredete ihn seine Frau aber doch, zu ihrem Hausarzt, Doktor Lund, zu gehen.

»Was kann ich für Sie tun, Josiasen?«

»Nun ja«, sagte Josiasen und zwinkerte unaufhörlich mit den kleinen, runden wässrigblauen Augen. »Eines Morgens, als ich mit der Legebatterie kämpfte, habe ich ein Ei verschluckt, und jetzt ist es in meinem Bauch ausgeschlüpft. Ich habe ein lebendes Küken in mir. Ich weiß nicht, was Sie dazu meinen, Herr Doktor, aber es ist ein schrecklicher Gedanke, finde ich.«

»Das sind nur die Nerven«, entschied Doktor Lund schroff.

»Nerven?«, protestierte Josiasen. »Sagten Sie Nerven? Sie können verdammt noch einmal wetten, dass es nicht die Nerven sind! Wenn ich eine Hand voll Hühnerfutter schlucke und dann ganz still stehe, kann ich das Küken in mir herummarschieren fühlen, wie es die Körner aufpickt. Und da ist noch etwas, Herr Doktor. Etwas, worüber ich mir in letzter Zeit große Sorgen gemacht habe.

Was ist, wenn das Küken groß genug wird, um Eier zu legen? Ich werde auf der Hühnerstange sitzen und gackern müssen, was mich zum Gelächter unter meinen Farmburschen machen wird. Und was passiert, wenn ich eine Bruthenne werde?«

Offensichtlich stimmte es: Der arme Geflügelzüchter hatte den Verstand verloren. All seine schwarzfüßigen englischen Gartenhennen und schwanzlosen holländischen Rumpfhennen hatten ihn ruiniert.

Doktor Lund dachte leise über seinen Patienten nach. Dann traf er eine Entscheidung.

»Ich möchte, dass Doktor Mogensen einen Blick auf Sie wirft. Er ist der Chefarzt im Bezirksspital.« So wurde Doktor Lund Josiasen leicht und schmerzlos los.

Am nächsten Tag saß der leidende kleine Geflügelzüchter im Zimmer von Doktor Mogensen.

»Die schreckliche Wahrheit ist, dass ich ein lebendes Küken in meinem Bauch habe. Es pickt Körner da drinnen und flattert herum, um mir das Leben schwer zu machen. Was soll ich tun? Legen Sie Ihr Ohr an meinen Bauch, Herr Doktor, damit Sie sich selbst überzeugen können, wie dieses kleine dumme Küken da herumläuft und piepst und flattert und so viel isst, dass es jeden Tag größer und fetter wird.«

Gegen jede Vernunft hörte Doktor Mogensen Josiasens Bauch mit dem Stethoskop ab. Er konnte nichts hören. Natürlich war kein Küken in Josiasens Bauch! Der Patient hatte eine Zwangsvorstellung, die ihm schwer auszureden sein würde. Chefarzt Mogensen wusste aber genau, was er zu tun hatte.

»Machen Sie sich keine Sorgen, Josiasen«, sagte er. »Wir werden Sie einfach operieren und das Küken herausnehmen. Danach sind Sie so gut wie neu!«

»Das wäre wunderbar, Herr Doktor!«, rief Josiasen erleichtert.

Der Arzt überwies ihn auf die Abteilung für Spezialoperationen. Dann besorgte er sich ein süßes kleines Küken, legte Josiasen auf den Operationstisch, machte einen oberflächlichen Schnitt in seinen Bauch, nähte ihn wieder zusammen, und damit war die Operation vorbei. Eine halbe Stunde später wachte Josiasen aus der Narkose auf.

»Sehen Sie sich das an!«, sagte Doktor Mogensen und hielt das kleine, weiche gelbe Küken in die Höhe, damit Josiasen es sehen konnte. »Nun ist alles vorbei, und Sie sind wieder ein hundertprozentig gesunder Mensch! Wir haben das Küken entfernt. Sehen Sie es sich nur an! Hier ist es!«

Josiasen lächelte glücklich, setzte sich auf und sah sich das Küken näher an. Plötzlich gefror sein Lächeln, und Enttäuschung machte sich auf seinem Gesicht breit.

»Das kann niemals mein Küken gewesen sein«, sagte er bitter. »Mein Küken ist ein schwarzer, fünfzehiger Rotkamm-Andalusier!«

Ephraim Kishon

Schlaflose Narkose

Anästhesie ist nicht die geheimnisumwitterte Tochter des letzten Zaren, sondern ein medizinischer Vorgang, der dazu dient, den Patienten für die Dauer der Operation in Schlaf zu versetzen. Der nachstehend geschilderte Albdruck, eigentlich ein Horror-Einakter, entstand, als sein Verfasser die Rachenmandeln einbüßte und sich nicht dazu aufraffen konnte, dem Chirurgen während der Operation mitzuteilen, dass die Anästhesie nicht gewirkt hatte. Der Chirurg wäre sonst nervös geworden.

PERSONEN: Der Chirurg
Sein Assistent
Die Operationsschwester
Der Patient
ORT DER HANDLUNG: Ein Operationssaal

Alles ist für die Operation vorbereitet. Die Tür steht offen. In der Ecke ein kleiner Radioapparat

SCHWESTER *(bereitet die Instrumente vor).*
ASSISTENT *(durch die Tür):* Schwester! Der Blinddarm vom zweiten Stock kommt angerollt. Ist alles vorbereitet?

SCHWESTER: Jawohl.

ASSISTENT: Genug Äther für die Anästhesie?

SCHWESTER *(geht zum Regal):* Zwei Flaschen sind voll, in einer ist nur noch ein kleiner Rest. *(Hebt die zuletzt beschriebene hoch)* Höchstens ein paar Tropfen ...

ASSISTENT: Das lohnt sich nicht mehr. Füllen Sie die Flasche mit Wasser auf, und wir verwenden sie zur Desinfektion.

SCHWESTER: In Ordnung. *(Tut es. Plötzliches Glockenzeichen. Sie stellt die Flasche zu den Instrumenten)* Der Patient! *(Läuft hinaus)*

CHIRURG *(tritt mit dem Assistenten ein, beide maskiert):* Fertig? *(Prozedur des Händewaschens)*

ASSISTENT: Es ist alles vorbereitet, Herr Professor. *(Ruft)* Herein mit ihm!

CHIRURG: Ein leichter Fall. Darf uns nicht lange aufhalten. Ich habe heute noch drei Operationen.

STIMME DES PATIENTEN *(von draußen):* Es wird weh tun. Ich weiß, dass es weh tun wird. *(Der Patient wird hereingerollt)*

SCHWESTER: Beruhigen Sie sich, Herr Neumann, es wird *nicht* weh tun. Es ist eine ganz leichte Operation. Glauben Sie mir.

PATIENT: Warum soll ich Ihnen glauben? Sind Sie eine medizinische Autorität? Sie sind eine Krankenschwester. Ich möchte es von einem Fachmann hören. Welcher von den Herren ist der Professor?

CHIRURG: Ich. Und ich kann Ihnen versichern,

dass Sie von der Operation überhaupt nichts spüren werden.

PATIENT: Das sagen Sie nur, um mich zu beruhigen. Schwören Sie!

CHIRURG: Seien Sie nicht kindisch, mein Lieber. *(Zur Schwester)* Schläfern Sie ihn ein.

SCHWESTER: Sofort, Herr Professor. *(Nimmt die mit Wasser gefüllte Flasche)*

PATIENT: Einen Augenblick! Wenn der Herr Professor sich weigert, zu schwören, dann möchte ich in mein Zimmer zurückgebracht werden. Dann lasse ich mich nicht operieren. Entweder der Herr Professor schwört, dass er mir nicht weh tun wird, oder die Operation findet nicht statt.

CHIRURG: Also gut, ich schwöre.

PATIENT: Auf was?

CHIRURG: Auf die Bibel.

PATIENT: Das genügt nicht. Schwören Sie bei Ihrer Karriere.

CHIRURG *(nachsichtig, wie zu einem harmlosen Narren):* Ich schwöre es bei meiner Karriere.

PATIENT: Sind Sie verheiratet?

CHIRURG: Ja.

PATIENT: Dann schwören Sie bei der Gesundheit Ihrer Frau!

CHIRURG *(wie oben):* Ich schwöre bei der Gesundheit meiner Frau.

PATIENT: Kinder?

ASSISTENT: Jetzt ist es aber genug, Herr Neumann. *(Zum Professor)* Vergessen Sie nicht, dass wir heute noch drei Operationen haben.

CHIRURG: Richtig. *(Zur Schwester)* Legen Sie ihm die Äthermaske auf.

PATIENT *(wehrt sich verzweifelt):* Ich lass' mich nicht einschläfern, ich lass' mich nicht einschläfern. Wenn ich schlafe, bekomm' ich Albdrücken.

CHIRURG: Machen Sie weiter, Schwester.

PATIENT: Herr Professor, versprechen Sie mir wenigstens, dass Sie mich aufwecken, wenn ich im Schlaf schreie. Ich schreie immer: »Oj, Spiegel!«

ASSISTENT: Wer ist Spiegel?

PATIENT: Keine Ahnung. Ich kenne ihn nur aus meinen Albträumen. Er verfolgt mich immer mit einem gezückten Messer. Ich versuche davonzurennen und schreie: »Oj, Spiegel! Oj, Spiegel!« Bitte wecken Sie mich auf, wenn Sie das Stichwort »Oj, Spiegel!« hören.

CHIRURG: Gut, ich werde Sie aufwecken.

PATIENT: Schwören Sie.

(Assistent und Schwester drücken die Äthermaske auf sein Gesicht. Die Schwester tränkt sie mit der Flüssigkeit aus der Desinfektionsflasche.)

CHIRURG: Und jetzt beginnen Sie zu zählen, lieber Freund. Wollen mal sehen, wie weit Sie kommen.

PATIENT: Was heißt das, wie weit ich komme? Ich war in meiner Klasse immer der Beste in Mathematik. Ich habe ein kolossales Gedächtnis für Ziffern, Herr Professor.

CHIRURG *(gibt der Schwester ein Zeichen, weiterzuschütten):* Das trifft sich gut. Dann sagen Sie uns ein paar Ziffern und überlassen Sie alles Weitere uns.

PATIENT: 53, 846, 701, 60, 503 ...

CHIRURG: Was machen Sie da?

PATIENT: Ich nenne Ziffern, Herr Professor.

CHIRURG: Sie sollen *zählen,* verstehen Sie?

PATIENT: Ach so. Ich dachte, das spielt keine Rolle. Aber wenn die Reihenfolge so wichtig ist – mir kann's recht sein, 1, 2, 3 ... *(Flüsternd)* ... 4, 5, 6, 7 ... *(Beinahe unhörbar)* ... 8, 9, 10, 11, 12, 13 ... *(Der Professor nimmt das Skalpell und schickt sich an, mit der Operation zu beginnen, als Herrn Neumanns Stimme sich plötzlich belebt)* 14, 15, 16 ... *(laut)* ... 17, 18, 19, 20, 21.

CHIRURG: Um Himmels willen, Schwester, was ist das für eine Anästhesie? Wieso schläft der Patient noch nicht?

PATIENT: Vielleicht habe ich in der Nacht zu viel geschlafen. Ich leide an einer Überdosis von Schlaf.

SCHWESTER *(schüttet weiter):* Das müsste für ein Pferd ausreichen, Herr Professor.

CHIRURG: Zählen Sie.

PATIENT: Wo bin ich stehen geblieben? Sehen Sie, jetzt kann ich mich nicht erinnern. Sie reden zu viel. Das verwirrt mich.

CHIRURG: 24.

PATIENT: Nein, nein. Ich weiß ganz genau, dass 24 noch nicht herausgekommen ist. Wie soll man in diesem Durcheinander arbeiten? Also ich beginne bei 30.

CHIRURG: Bitte.

PATIENT: 31, 32, 33 ... *(Seine Stimme wird schwächer)* ... 34, 35, 36. *(Er verstummt)*

CHIRURG: Endlich! *(Beugt sich über den Patienten. Lautstark)* Wie heißen Sie?

PATIENT *(noch lautstärker):* Samuel Neumann.

SCHWESTER *(schreit auf).*

ASSISTENT: Ich werde verrückt.

CHIRURG: Geben Sie ihm noch mehr Äther.

ASSISTENT *(schüttet).*

PATIENT: Vielleicht gehört das nicht hierher, aber ich werde mir demnächst den Namen ändern lassen. Wissen Sie einen schönen hebräischen Namen für mich? Ich hatte noch keine Zeit, darüber nachzudenken;

CHIRURG: Zählen Sie!

PATIENT: Wie Sie wünschen. 37, 38, 75, 100, 200 ...

CHIRURG: Was ist denn *das* schon wieder?

PATIENT: Ich überspringe die unwichtigen Ziffern, damit ich schneller einschlafe. 300, 400, 500, 750, 1000 ... *(Er verstummt).*

CHIRURG *(aufatmend):* Gott sei Dank! Jetzt können wir anfangen.

PATIENT *(setzt sich auf):* Wissen Sie, Herr Professor, ich war nicht nur in Mathematik sehr gut, sondern auch in Geographie. Ich kenne die Namen aller bedeutenden Hafenstädte der Welt. Soll ich sie hersagen?

CHIRURG: Meinetwegen.

PATIENT: Aden, Bombay, Port de Galle, Mandalay, Kalkutta, Rangun, Singapur, Pago-Pago, Batavia, Surabaja, Pandang, Madagaskar, Dar-es-Salam, Bagamoya, Sansibar, Togo, Mombasa ...

ASSISTENT: Hören Sie auf mit dem Unsinn. Schlafen Sie.

PATIENT *(legt sich hin und richtet sich sofort wieder auf):* Punta Aranhas, Valparaiso, Buyaquil, Panama, Tehuantepec, Acapulco, Guadalajara, San Francisco, Honolulu.

ASSISTENT *(wütend):* Mund halten! Hinlegen!

PATIENT *(liegend):* Malaga, Valencia, Marseille, Toulon, Genua, Livorno, Neapel, Palermo, Cagliari, Piräus, Haifa ... Bitte alles für die Zollinspektion vorbereiten ... *(Verstummt)*

CHIRURG: Jetzt sind wir aber soweit! Skalpell – Jod-Schere ... *(Er macht sich ans Werk)*

PATIENT *(lacht):* Kitzeln Sie mich nicht, Herr Professor! Ich zähle noch immer.

CHIRURG: Was? Wieso? Ich habe Sie nicht gehört.

PATIENT: Weil ich im Geist weitergezählt habe.

CHIRURG *(schreiend):* Äther! Schütten Sie drauflos!

SCHWESTER: Ich schütte ja die ganze Zeit.

ASSISTENT: Das ist doch nicht zu fassen ... Zählen Sie!

PATIENT: 1500, 1750, 2000. *(Verstummt)*

CHIRURG *(wie zuvor):* Wie heißen Sie?

PATIENT: Pst. Ich schlafe.

CHIRURG: Na endlich. *(Nimmt seine Tätigkeit wieder auf)* Das war vielleicht eine Anstrengung. So etwas von Widerstand hab' ich noch bei keinem Patienten erlebt. Aber jetzt müssen wir uns beeilen ... *(Zum Assistenten)* Übrigens habe ich Sie gestern im Theater gesehen. Wie fanden Sie das Stück?

PATIENT: Großartig.

ASSISTENT *(steht wie vom Schlag gerührt).*

SCHWESTER *(ebenso).*

CHIRURG *(macht weiter, als ob er nichts bemerkt hätte):* Podmanitzky war so gut wie schon lange nicht.

PATIENT: Ja, das stimmt. Er hat alle an die Wand gespielt.

CHIRURG: War das Ihre Frau, die neben Ihnen gesessen ist?

ASSISTENT: Nein. Meine Freundin.

CHIRURG *(wirft erst jetzt einen Blick auf den immer noch reglos dastehenden Assistenten):* Was höre ich? Sie sind erst seit zwei Monaten verheiratet und zeigen sich in aller Öffentlichkeit mit einer Freundin?

PATIENT: Mir scheint, Sie verwechseln mich mit irgendjemandem, Herr Professor. Ich bin seit zehn Jahren geschieden.

CHIRURG: Äther!

SCHWESTER *(schüttend):* Ich versteh' überhaupt nichts mehr.

ASSISTENT: Herr Professor ... Mir ist übel ... Ein Schwindelanfall ... *(Wankt)*

CHIRURG: Zählen Sie, zum Teufel!

PATIENT: 2500, 3000, 5000 ... Darf ich wieder von vorn anfangen?

CHIRURG: Äther! Noch mehr Äther! Oder ich lasse alles stehen und liegen!

SCHWESTER *(schüttet. Ein paar Sekunden vergehen.)*

PATIENT *(leise, aber gut hörbar):* Oj, Spiegel! Oj, Spiegel!

CHIRURG: Jetzt schläft er.

PATIENT *(setzt sich auf):* Keine Spur. Ich wollte Sie nur auf die Probe stellen. Ich wollte sehen, ob Sie mich wecken, wenn ich »Oj, Spiegel« riefe. Sie haben mich nicht geweckt. Und jetzt werde ich nie mehr einschlafen.

ASSISTENT: Ich falle ihn Ohnmacht.

CHIRURG: Äther! Warum schütten Sie nicht?

SCHWESTER: Es hilft nichts, Herr Professor. Der Mann ist schlimmer als ein Elefant. Er scheint gegen Schlaf immun zu sein.

CHIRURG: Schlafen Sie! Schlafen Sie!

PATIENT: Ich habe genug geschlafen. Jetzt will ich aufstehen.

CHIRURG: Äther!

SCHWESTER: Nichts mehr da. Er hat fünf Liter bekommen.

ASSISTENT: Herr Professor, ich gebe meine Stellung auf. *(Schlüpft aus dem Operationskittel)*

SCHWESTER *(ebenso):* Ich gehe nach Hause. Was zu viel ist, ist zu viel. Man hat mir sowieso einen Posten im Kindergarten angeboten.

CHIRURG: Warten Sie! Es gibt eine Notlösung für extreme Dringlichkeitsfälle. *(Zum Assistenten)* Bitte drehen Sie das Radio auf.

ASSISTENT *(tut es).*

RADIO *(im bekannt langweiligen Tonfall regierungsoffizieller Verlautbarungen):* ... Und wie wir alle wissen, lässt sich das Rad der Geschichte nicht rückwärts drehen. Die Initiative des ebenso aufbauwilligen wie unternehmungstüchtigen Geistes, der unser Volk sowohl durchdringt als auch beherrscht, ist nicht auf die Vergangenheit gerichtet, sondern auf die Zukunft. Wir schauen vorwärts, nicht rückwärts oder seitwärts. Ohne das Erbe unserer großen Tradition zu verraten, stehen wir mit beiden Beinen auf dem Boden jener unwiderleglichen Tatsachen, die uns von der Fortsetzung unserer Kontinuität auferlegt sind. Wir haben diese Herausforderung vor aller Welt angenommen und werden sie erfüllen, auch wenn wir dabei die größten Opfer bringen müssen ...

CHIRURG *gähnt, setzt sich auf den Operationswagen, zieht nach einer Weile die Beine hoch und legt sich neben den laut schnarchenden* PATIENTEN. ASSISTENT *und* SCHWESTER *folgen in kurzen Abständen.*

Allgemeines rhythmisches Schnarchen.

»Der Humor ist keine Gabe des Geistes, er ist eine Gabe des Herzens.«

(Börne)

Willy Breinholst

Nächster Patient, bitte!

Seine Kollegen sagten, er sei der Typ, der, noch bevor er ein weich gekochtes Frühstücksei aufschlägt, es erst einmal mit dem Stethoskop abhorcht, um absolut sicher zu sein, dass kein Küken drinnen ist. Niemals unternahm er etwas, was nicht durchdacht war. Niemals traf er vorschnelle Entscheidungen oder Maßnahmen, die nicht bis ins Einzelne vorgeschrieben oder geprüft worden waren. Solch ein Arzt ist natürlich bei seinen Patienten sehr beliebt, und er hat eben auch viele. So wie Dr. Hansen.

Eines Tages kam eine neue Patientin, eine junge Dame namens Nancy Berg. Da sie die weibliche Hauptrolle in unserer Geschichte spielt, wollen wir kurz über sie berichten.

Sie war eine außergewöhnlich reizende, ungewöhnlich gutgebaute, natürliche und moderne junge Frau von zweiundzwanzig sonnigen Lenzen. Stellen Sie sich vor: dunkles Haar, braune Augen mit einem Sternrubinglanz, dem die meisten Männer verfallen, und feste, volle Brüste, die weder Büstenhalter noch andere Mätzchen nötig hatten. Schmücken Sie dieses Bild noch aus mit einem lieblichen, reizenden, natürlichen Lächeln, und Sie haben Nancy Berg vor sich, wie sie leibt und lebt, eine Bankangestellte und erstmals Patientin bei Dr. Martin Hansen.

Sie hatte etwas ins Auge bekommen, deshalb saß sie in seinem Wartezimmer.

»Nächster Patient, bitte.«

Nancy war an der Reihe.

Er führte sie in sein Behandlungszimmer und bot ihr einen Platz an.

»Was kann ich für Sie tun?«

»Ich bin durch den Park geradelt«, fing Nancy an, »und es war ziemlich windig. Da flog mir was ins Auge, ich weiß nicht, ob's ein Insekt war oder etwas Schmutz, aber es tut weh, wenn ich mit den Augen blinzele.«

Dr. Hansen lehnte sich in seinen Sessel zurück und musterte seine Patientin von oben bis unten.

»Haben Sie die üblichen Kinderkrankheiten gehabt? Masern, Mumps, Pocken, Scharlach?«, fragte er etwas automatenhaft.

»Glaube schon«, sagte Nancy.

Dr. Hansen notierte es auf ihrem Patientenblatt.

»Sind Sie gegen Windpocken geimpft?«

Nancy nickte.

»Gab es Geisteskrankheiten in Ihrer Familie?«

»Wie bitte?«

»Hat jemand in Ihrer Familie einmal an geistigen Störungen gelitten, an Morbus mentalis oder ähnlichen Krankheiten mit psychischen Symptomen?«

»Nicht, dass ich wüsste. Abgesehen vom Bruder meines Vaters, der in Australien lebt. Der gilt als exzentrisch, aber die Leute glauben, das kommt nur von dem vielen Geld, was er da unten gemacht hat.«

Dr. Hansen notierte das. Dann stand er auf und knöpfte seinen Laborkittel zu.

»Darf ich mal Ihre Zunge sehen?«

»Aber ... ich bin doch nur wegen meinem Auge ...«

»Darf ich bitte Ihre Zunge sehen?«, sagte Dr. Hansen resolut, und Nancy streckte die Zunge heraus.

»Hmm!« Der Arzt schaute ihr in den Hals. Dann betastete er die Drüsen dort auf beiden Seiten und fühlte den Puls.

»Ich möchte auch noch ein Blutbild machen.«

Nancy war ziemlich verwundert, aber bevor sie etwas tun konnte, hatte er schon ihr Ohrläppchen angestochen und quetschte ein paar Blutströpfchen auf ein Glasscheibchen, das er unter dem Mikroskop betrachtete.

»Hmm!«, sagte er und drehte sich zu Nancy um. »Ziehen Sie sich bitte aus, ich möchte Ihr Herz und Ihre Lunge untersuchen.«

»Aber wie ich schon sagte, Herr Doktor, ich hab da etwas im Auge, und es tut furchtbar weh, wenn ich blinzeln muss ...«

Dr. Hansen schrieb sich das Ergebnis seiner Mikroskopuntersuchung auf. »Haben Sie Kinder?«, fragte er.

»Nein, überhaupt nicht ... Ich bin weder verheiratet noch verlobt.«

»Also keine Kinder. Sie erwarten auch keins?«

»Aber ich bitte Sie, Herr Doktor! Ich bin zufällig ein anständiges Mädchen!«

»Tief einatmen, bitte ... Atem anhalten! Jetzt langsam ausatmen«, sagte Dr. Hansen. »Bitte jetzt husten!«

Nancy hustete. Das Auge tat ihr weh. Wenn er doch bald danach sehen würde! Sie hatte zwar gehört, dass Dr. Hansen ein sehr gewissenhafter Arzt sei, aber ...

»Noch mal husten!«

Nancy hustete.

»Schlafen Sie gut? Haben Sie Schwierigkeiten einzuschlafen?«

»Ich schlafe wie ein Klotz, Herr Doktor.«

Dr. Hansen prüfte dann die Reflexe. Danach tastete er den Bauch ab und bemerkte offensichtlich befriedigt, dass der Blinddarm schon herausgenommen worden war. Schließlich maß er den Blutdruck.

»Gut, Miss Berg, Sie können sich wieder anziehen. Ach, übrigens, darf ich mal kurz Ihre Zähne sehen?«

Nancy machte den Mund weit auf. Da war keine einzige Füllung, sogar die Weisheitszähne waren in bestem Zustand. Dr. Hansen schob den Blutdruckmesser zur Tischmitte und rollte die Luftmanschette sorgfältig zusammen.

Dann sagte er etwas, bei dem das liebe kleine Herz Nancys fast stehen blieb.

»Also, Miss Berg«, sagte er, »ich habe Sie schon tausend Mal in der Bank gesehen, als ich da Einzahlungen machte, und Sie haben immer fröhlich und gesund ausgesehen. Jetzt habe ich Sie genauer untersucht – abgesehen von Ihrem Auge, um das ich mich gleich kümmern werde –, und ich kann mit gutem Gewissen sagen, dass Sie eine völlig gesunde junge Frau sind. Der Mann, der Sie einmal gewinnt, ist bestimmt nicht hereingefallen. Liebe Miss Berg – um die Sache kurz zu machen –, wollen Sie meine Frau werden?«

Eva Völler

Mitleid mit dem besten Stück

Die Story sollte lustig sein, und sie sollte mit Impotenz zu tun haben«, sagte Agnes, unsere Chefredakteurin.

»Tut mir Leid, aber mir erschließt sich nicht auf Anhieb der Zusammenhang zwischen Humor und Impotenz«, warf Robert, der Chef des Reiseressorts ein.

Allgemeines Giggeln und Kichern antwortete ihm, das jedoch von Agnes sofort energisch unterbunden wurde. »Nach den neuesten Erhebungen sind achtundneunzig Prozent unserer Leser weiblich. Und für eine nicht unbeträchtliche Anzahl unter ihnen hat die erektile Dysfunktion beim Mann einen durchaus erheiternden Aspekt. Er muss nur richtig herausgearbeitet werden.«

Erneutes Gekicher. Unsere Redaktion bestand zu achtundneunzig Prozent aus Frauen, einschließlich meiner Wenigkeit. Ich arbeitete für die Zeitschrift *Women's Power,* die einmal im Monat erscheint. Allerdings fand ich persönlich das Thema nicht besonders komisch. Das lag unter anderem daran, dass ich diejenige war, die diesmal für die Titelstory verantwortlich war. Mit anderen Worten, ich sollte mit einer spritzigen, witzigen, unschlagbar aussagekräftigen Geschichte aufwarten, die alle Leserinnen unseres Frauenmagazins vom Hocker haute. Und das bis übernächste Woche.

»Unser Ansatz war doch eigentlich allgemeiner«, sagte ich. »Wir hatten überlegt, dass das Thema lauten sollte: *Der kranke Mann,* und zwar ironisch-überspitzt dargestellt.« Ich hob meinen Bleistift, um meine Argumentation zu untermauern. »Es gibt viele Krankheiten beim Mann.« Ich wandte die Augen zur Decke, als könnte ich da eine Liste mit typisch männlichen Krankheiten entdecken, die einen Lachreiz fördernden Charakter besaßen. Leider sah ich auf Anhieb keine.

»Ich sehe da auf Anhieb keine«, meinte Vanessa, unsere Volontärin. »Im Gegenteil. Ich finde, die Agnes hat völlig recht. Habt ihr nicht das Buch gelesen? Das von dem impotenten Traummann? Das war doch einfach zum Brüllen.«

»Mir persönlich hat es nicht besonders gefallen. Außerdem ist das schon mindestens fünf Jahre alt und total out. Und überhaupt – Krankheit in jeglicher Form finde ich einfach nicht richtig amüsant, da könnt ihr sagen, was ihr wollt.«

Agnes fegte meinen Einwand vom Tisch. »Dir wird schon was Lustiges einfallen, Charlotte. Schließlich kriegst du ja Geld dafür.«

In manchen Lebenssituationen sind Freundinnen einfach unverzichtbar. Vor allem in Kombination mit meinem Lieblingsitaliener.

Also ging ich abends zu Luigi, um Annabelle und Britta bei *abbacchio al forno con patate novelle* mein Problem zu unterbreiten. Die beiden waren schon da, als ich reinkam. Sie hatten rote Bäckchen und warfen ständig das Haar nach hinten, für mich ein sicheres Zeichen, dass ein toller Mann in der Nähe war. Ein kurzer Rundblick, und ich hatte ihn ausgemacht. Er saß am Nachbartisch und sah ein bisschen aus wie Antonio Banderas. Bis auf die Nase. Die war nicht ganz so platt, sondern eher römisch. Ich hatte ihn bisher noch nicht hier gesehen, obwohl ich fast jede Woche zum Essen herkam.

»Guck dich nicht um, aber schau dir mal den Typ da hinter mir an«, zischte Annabelle mir ins Ohr, nachdem ich mich gesetzt hatte. »Sieht er nicht genauso aus wie Antonio Banderas?«

»Besser«, flüsterte Britta. »Er ist viel größer und hat nicht diese platte Nase.«

Er schien Luigi sehr gut zu kennen, denn die beiden riefen einander immer wieder launige Bemerkungen zu, und hin und wieder verließ Luigi seinen Platz hinter der Theke und kam zu ihm rüber, um mit ihm über irgendwelche privaten Dinge zu reden. So erfuhren wir ganz beiläufig seinen Namen – Tobias – und das Datum von Luigis Geburtstagsparty, zu der Tobias eingeladen war. Annabelle und Britta hatten die Ohren gespitzt und lauschten ständig rüber zum Nebentisch. Ich hatte Mühe, sie an den eigentlichen Zweck unserer Zusammenkunft zu erinnern.

»Die Sache ist die: Ich habe zu diesem Thema quasi eine Schreibblockade, aber das konnte ich natürlich in der Redaktionsbesprechung schlecht sagen. Ich kann bestimmt zehn lustige Geschichten schreiben – aber über Impotenz? Ich weiß nicht. Es geht einfach nicht.«

»Hast du eigene schlechte Erfahrungen damit gemacht?«, wollte Annabelle mit geblähten Nüstern wissen.

Ich nickte betreten, und Annabelle riss die Augen auf. »Wann war das denn?«

»Du hast uns gar nichts davon erzählt«, sagte Britta vorwurfsvoll.

»Muss ich euch denn alles erzählen?«

»Klar«, sagte Annabelle. »Wir erzählen dir ja auch alles.«

Deswegen hatte ich die beiden heute zu einem außerplanmäßigen Freundinnen-Krisen-Gespräch eingeladen. Vielleicht hatten sie den ein oder anderen Schwank zum Thema Impotenz auf Lager. Wenn jemand in Sachen Liebeserfahrung aus dem Vollen schöpfen konnte, dann Annabelle und Britta. Falls es das Kamasutra nicht schon gegeben hätte – sie hätten es schreiben können.

»Ich wollte eigentlich von euch etwas über das Thema wissen. Etwas möglichst Komisches.«

»Erst musst du uns erzählen, was du erlebt hast«, sagte Annabelle.

»Muss das wirklich sein?«

»Ja«, sagten die beiden wie aus einem Mund.

»Das ist eine ganz blöde Geschichte«, sagte ich

so leise wie möglich, damit der Typ vom Nachbartisch nicht mithören konnte. »Es war die Sache mit Hermann.«

»Hermann?«, trompetete Annabelle. »Der *Hallo-Leute-wie-bin-ich-wieder-gut-drauf-Hermann,* mit dem du vorletztes Jahr auf La Gomera warst?«

Ich zuckte zusammen. Genau der Hermann. Der einzige und garantiert letzte Hermann, mit dem ich was hatte.

»Mit dem warst du doch fast drei Monate zusammen«, sagte Britta.

»Wir dachten die ganze Zeit, es würde doch noch klappen«, erwiderte ich. »Deshalb sind wir ja auch gemeinsam in Urlaub gefahren.«

Annabelle stellte mit einem Knall ihr Glas ab. »Du meinst, er hat kein einziges Mal ...?«

Trübselig schüttelte ich den Kopf, während ich mich an die Details meiner wenigen, demütigenden Zusammenkünfte mit Hermann erinnerte.

»Es hat schon beim ersten Mal nicht funktioniert«, sagte ich.

»Was habt ihr gemacht?«

Ich beugte mich vor. »Na ja, rumgeknutscht, ein bisschen gefummelt«, wisperte ich. »Das Übliche eben. Ich habe sogar alles getan, was er wollte.«

Ein sensationslüsternes Funkeln trat in Brittas Augen. »Was denn genau?«

Ich schaute mich nach allen Seiten um, dann flüsterte ich: »Er sagte zu mir, er hätte es gern, wenn ich ihm einen ... Ihr wisst schon.«

Annabelle guckte mich fragend an und pustete dann in die Luft, um sicher zu gehen, dass ich meinte, was ich meinte. Ich hatte genau das gemeint und nickte leidend.

»Und du hast es getan?«

»Klar, wieso nicht.«

»Aber es klappte nicht«, schlussfolgerte Britta mitleidig.

»Kein bisschen«, stimmte ich zu. »Aber das war nicht mal das Schlimme.« Seufzend hob ich mein Glas und trank einen kräftigen Schluck von meinem Montepulciano.

»Jetzt sag schon, was war das Schlimme?«, zischte Annabelle.

»Das, was er sagte.« Ich warf einen Blick über die Schulter, aber der Typ nebenan redete wieder mit Luigi. »Also, ich war gerade mittendrin, und ich gab mir wahnsinnig Mühe, wirklich. Aber es tat sich einfach nichts. Null. Und da sagte er ...« Ich schluckte und hielt kurz inne, um mich für die Ungeheuerlichkeit zu sammeln. »Hermann sagte zu mir: *Passiert dir das öfter, Liebling?*«

Annabelle spie eine Fontäne Prosecco quer über den Tisch, und Britta verfiel in wilde Zuckungen. Die beiden kreischten derart laut, dass Luigi launig sein Kellnerhandtuch schwenkte.

»He, isse lustige Abend hier, was?«, rief er. »Brauchte noche wasse ssu Trinken?«

»Nein danke, wir haben alles«, sagte ich erbittert.

Annabelle gackerte leise vor sich hin. »Entschuldige. Aber das war der Brüller. *Er* sagte: Passiert *dir* das öfter ... Nee, also echt!«

Britta kicherte haltlos. »Tut mir Leid. Aber es ist wirklich lustig.«

Ich stand auf. »Ich sehe schon, mit euch kann man über das Thema nicht reden.«

Annabelle fasste mich am Ärmel und zog mich zurück auf meinen Stuhl. »Quatsch. Du darfst das Ganze nicht so verbissen sehen, das ist alles. Ein bisschen locker vom Hocker, und dann findest du es auch komisch.«

Ich warf ihr einen strafenden Blick zu. »Vielleicht möchtet ihr jetzt mal über eure Erfahrungen reden, dann kann ich möglicherweise eher den witzigen Ansatz erkennen.«

»Ich finde, Charlotte hat Recht«, sagte Britta. »Soll ich anfangen, oder willst du lieber?«

»Meinetwegen ich«, sagte Annabelle, während sie einen schrägen Blick rüber zum Nachbartisch warf, wo Luigi dem Vorzugsgast Tobias gerade eine Portion *insalata di gamberi al balsamico* servierte.

»Der hat nach uns bestellt und kriegt sein Essen vorher«, murmelte sie.

»Wer gut aussieht, den belohnt das Leben«, sagte Britta.

»Es gibt verschiedene Arten von Impotenz«, dozierte Annabelle, während sie mit ihren langen, schlanken Fingern ihr Proseccoglas massierte. »Nämlich diejenige, die aus dem Kopf kommt, und die andere.«

»Ich weiß nicht«, sagte Britta. »Neulich habe ich mal gelesen, dass Erektionsstörungen fast nur organisch sind.«

»Das stimmt nicht«, widersprach ich. »In siebzig Prozent aller Fälle ist es organisch. Bleiben noch dreißig, bei denen es aus dem Kopf kommt.«

So weit hatte ich immerhin schon recherchiert. Über die harten Fakten war ich inzwischen bestens informiert. Nur nicht über die weichen Manifestationen des Phänomens, geschweige denn über seine witzigen Implikationen.

»Wenn ihr mich fragt, gibt es auch sowohl-als-auch-Fälle«, sagte Annabelle. »Ich sage nur: Erik.«

Britta staunte. »Du meinst den toll aussehenden Einmeterneunzig-Typ, mit dem du letzten August auf Simones Geburtstagsparty warst?«

»Derselbe.«

»Du meinst, er hatte ...«

»Nichts in der Hose«, ergänzte Annabelle. »Das, was ich den ganzen Abend beim Tanzen für einen gigantischen Ständer gehalten habe, war in Wahrheit ein Penisfutteral. Mit buchstäblich nix dahinter.«

»Ein P...« Britta schlug beide Hände vor den Mund. Ich erlegte mir weniger Zwang auf und wieherte laut heraus. »Ein Penisfutteral! Das ist der Hammer!«

»War es eben nicht«, meinte Annabelle, während sie sich indigniert im ganzen Lokal umschaute.

Ich fiel fast unter den Tisch vor Lachen, und Britta grölte derart, dass Luigi, der uns gerade das

Essen brachte, sich abermals zu einem fröhlichen Kommentar bemüßigt fühlte.

»Habte richtig Spaß heute, eh? Seidde sehr lustige Mädels! Wollte auch ssu de Geburtstagsparty von mir kommen? Isse nächsten Samstag! Seidde herzlich eingeladen alle drei!«

Annabelle und Britta richteten sich wie auf Kommando kerzengerade auf.

»Danke für die Einladung, Luigi!«, sagte Annabelle. »Wir kommen gern!«

»Wir wollten doch in das BAP-Konzert«, maulte ich.

»Wer will schon BAP sehen, wenn dieser Tobias auf die Party kommt«, flüsterte Britta, während sie einen glühenden Blick über die Schulter warf. »Wie war das mit Erik? Was hat er gesagt?«

Annabelle zuckte die Achseln. »Es war so ähnlich wie bei Charlotte. Nur mit dem Unterschied, dass er nicht versucht hat, es mir in die Schuhe zu schieben, sondern den Umständen. Wir waren in seinem Wagen, und er meinte, es wäre da zu eng und zu zugig. Also fuhren wir in seine Wohnung, aber da konnte er nicht, weil sein Hamster zugeschaut hat. Ich habe eine Decke über den Käfig gehängt, aber da war dann das Geräusch von dem Laufrädchen, das ihn hemmte.«

Ich röhrte los. »Wahnsinn. Das Laufrädchen.«

Britta presste beide Hände vor den Mund, um sich zu bremsen.

»Ja«, sagte Annabelle säuerlich. »Es war wirklich irrsinnig komisch.«

Ich wischte mir die Lachtränen aus den Augen. »Ich kann nicht mehr, echt.«

»Jetzt du«, sagte Annabelle zu Britta. »Was war dein größter Reinfall?«

Britta hörte auf zu kichern und wurde ernst. »Bei mir war es bei weitem nicht so komisch wie bei euch.«

»Erzähl«, sagte ich.

»Also, die Geschichte, die ich erlebt habe, war mit Hannes«, sagte Britta.

»Der Hannes, mit dem du den Tauchkurs auf Mallorca gemacht hast?«

Britta nickte düster. »Eigentlich stimmte alles. Er sah spitze aus, tauchte wie ein Gott, tanzte toll, und küssen konnte er auch gut.«

»Aber im Bett regte sich nichts«, ergänzte ich.

»So direkt kann man das nicht sagen«, meinte Britta. »Er konnte schon, aber er brauchte dazu ein ... ähm, Hilfsmittel.«

»Handschellen?«, fragte Annabelle mit glitzernden Augen. »Oder eine Peitsche?«

»Nein. Er wollte, dass wir zum Vögeln die Taucheranzüge anlassen, weil sonst nix bei ihm gegangen wäre. Ich hab's versucht, aber das Quietschen hat mich wahnsinnig gemacht.«

Annabelle hielt sich Halt suchend an der Lehne ihres Stuhls fest, während sie den größten Lachkrampf aller Zeiten erlitt. Ich selbst konnte kaum noch etwas hören: Mein Gewieher ließ mir fast die Trommelfelle bersten.

Britta zuckte hilflos die Achseln. »Ich gebe zu,

wenn man es so unvoreingenommen hört, muss es witzig klingen. Aber damals war es alles andere als erfreulich.«

An diesem Abend nahm ich nicht nur eine nette Geschichte für die nächste Ausgabe von *Women's Power* mit nach Hause, sondern auch die Erkenntnis, dass es bei den lustigen Dingen im Leben immer auf den jeweiligen Standpunkt ankommt.

Annabelle und Britta waren schon nach Hause gefahren – die beiden teilten sich seit Studienzeiten eine Wohnung –, als mich auf dem Parkplatz hinter Luigis Restaurant ein Mann ansprach. Es war ziemlich dunkel, und ich sah nur Schatten und den Umriss einer hoch gewachsenen Gestalt, was automatisch in meinem rechten Fuß ein gewisses Zucken auslöste (vor nicht allzu langer Zeit hatte ich zusammen mit Annabelle und Britta einen Selbstverteidigungskurs bei der VHS belegt).

»Entschuldigen Sie, dass ich Sie einfach so anquatsche«, sagte der Mann. »Ich bin Tobias, Luigis Freund.«

Jetzt erkannte ich ihn wieder, und mein Fuß entspannte sich. »Hallo. Wir drei waren wohl drinnen gerade ziemlich laut, oder?«

»Nein, ich fand's nett. Ich hab zwar kaum was von Ihrer Unterhaltung verstanden, aber Lachen braucht ja bekanntlich keine Worte. Sie kommen auch zu Luigis Party?«

»Meine Freundinnen haben es vor.«

»Und Sie?«

»Na ja, ich denke, ich komme auch. Wir kennen Luigi seit fünf Jahren, und er hat uns schon alles Mögliche über seine Frau und seine drei Bambinis erzählt, aber privat eingeladen hat er uns bis jetzt noch nicht.«

»Er ist ein netter Bursche«, sagte Tobias. »Wir haben uns vor Jahren in der Toskana kennen gelernt. Er hat da seine Mutter besucht.«

»Richtig, die wohnt ja noch da. Und seine Großmutter auch.«

Ehe ich mich versah, war ich in eine angeregte Unterhaltung mit diesem sympathischen Unbekannten vertieft.

»Hier ist es sehr dunkel«, sagte er.

War das mein Herz, das so laut klopfte?

»Das kommt daher, dass die Laterne kaputt ist«, sagte ich.

»Gehen wir noch irgendwo was trinken? Ich meine natürlich nur, wenn Sie noch nichts anderes vorhaben. Oder ist es schon zu spät?«

Natürlich war es noch nicht zu spät, und ich hatte auch nichts vor.

Gleich um die Ecke gab es eine nette Kneipe, genau das Richtige für einen schönen kleinen Absacker und eine erste Unterhaltung mit einem neuen Mann. Tobias war zweiunddreißig, sah gut aus, roch gut und war zu allem Überfluss auch noch Single – alles in allem war er fast zu perfekt, um echt zu sein. Und er schien sich für mich zu interessieren!

»Mit Ihnen kann man super reden«, sagte er. »Und Sie sehen toll aus! Wollen wir nicht ›du‹ sagen?«

Wieso eigentlich nicht? Ich beschloss, für die Heimfahrt ein Taxi zu bestellen, und genehmigte mir noch ein Glas Wein, um mit ihm Brüderschaft zu trinken. Abgesehen davon ging mir sein Kompliment runter wie Öl. Ich persönlich fand, dass Annabelle und Britta wesentlich besser aussahen als ich, schon allein deswegen, weil sie beide rund fünfzehn Zentimeter größer waren, aber es gibt immer wieder Männer, die auf den niedlichen Zwergtyp stehen. Schon meine Lehrerin in der ersten Klasse hatte immer gesagt: Charlotte, du bist klein, aber kompetent.

Ich himmelte diesen tollen Typ an und fragte mich, ob er wohl je Probleme mit erektiler Dysfunktion gehabt hatte.

»Was machst du eigentlich beruflich?«, wollte ich wissen.

»Weißt du, ich habe gelogen«, meinte er anstelle einer Antwort. »Ich habe vorhin doch einen Teil eurer Unterhaltung mitgehört.«

Ich merkte, wie mir das Blut ins Gesicht schoss. »Wirklich?«

»Ich wollte nicht lauschen. Aber ein paarmal ... es war ja teilweise nicht zu überhören.«

Mein Gott, wie peinlich. Ich suchte nach einem Loch im Fußboden, in dem ich versinken konnte. Aber ich sah nur Tobias' gut geputzte Schuhe.

»Charlotte, es ist nicht meine Art, Frauen gleich

am ersten Abend mit solchen privaten Problemen zu überfallen, aber ich hatte nach eurem Gespräch vorhin den Eindruck, als könntest du vielleicht Verständnis dafür haben.«

Ich starrte ihn entsetzt an. Sein Gesicht zeigte einen Ausdruck reiner, tiefer Verzweiflung.

»Du meinst ...«

Er nickte gequält. »Seit einem Jahr.«

»O Gott.«

»Gott hilft in solchen Fällen nicht. Ich habe es versucht.«

»Äh ... was denn? Gebetet?«

»Nein, ich war für ein Wochenende im Kloster. Die bieten da meditative Entspannungskurse und Gruppentherapie. Mit allem Drum und Dran. Atemübungen, Vollwertkost und so weiter. Alles zum Pauschalpreis.«

»Und es hat nichts genützt?«, fragte ich töricht.

»Nicht ein bisschen.«

Beklommen schaute ich ihn an. Du liebe Zeit, wie tragisch! Dieser attraktive, kernige Mann! Diese breiten Schultern und kraftvoll zupackenden Hände!

»Ich leide schrecklich darunter«, sagte er.

»Das verstehe ich.«

»Es macht mich total fertig.«

»Warst du schon beim Arzt?«

Er nickte. »Ich bin einer von den dreißig Prozent, bei denen es aus dem Kopf kommt. Er sagte, ich müsse mich einfach entspannen, dann würde es mit der Zeit schon werden.«

»Hattest du mal ein traumatisches Erlebnis?«

»Na ja«, überlegte er. »Ich habe meine Freundin zusammen mit meinem besten Freund im Bett erwischt. Vielleicht lag es daran. Danach war nichts mehr so, wie es war.«

»Und was ist mit Viagra?«

»Ich weiß nicht«, sagte Tobias zweifelnd. »Man hört so viel von den Nebenwirkungen.«

In der Beziehung konnte ich ihn beruhigen. Meine Recherchen zu diesem Thema hatten zweifelsfrei ergeben, dass allenfalls ältere Männer mit Herzschwäche ernsthafte Folgen befürchten mussten, und das in aller Regel auch nur bei exzessivem Gebrauch der Wunderdroge.

»Du solltest es einfach mal ausprobieren«, munterte ich ihn auf.

»Danke für deinen guten Rat. Und du meinst wirklich, ich wäre nicht der Einzige, der unter dieser Sache leidet?«

Ich hielt ihm aus dem Stehgreif einen mindestens zehnminütigen Vortrag, in den ich meine gesamten Erkenntnisse zu der Thematik einfließen ließ, einschließlich der Storys, die Annabelle und Britta mir heute Abend erzählt hatten. Tobias hatte im Restaurant nicht alles ganz mitbekommen und wollte unbedingt noch mal die Einzelheiten hören. Einfach nur so, zur Stärkung seines angeschlagenen Selbstwertgefühls.

»Du weißt sagenhaft viel darüber«, meinte er.

»Ich habe mich informiert.«

»Warum?«

»Das ist eine ziemlich langweilige Geschichte«, wiegelte ich ab. Inzwischen waren wir beim dritten Glas Wein, und ich fühlte mich prächtig. Gerade hatte ich begonnen, mir vorzustellen, wie wir gemeinsam eine Art Feldforschung betrieben. Nur er, ich und eine viereckige blaue Tablette ...

Irgendwann bestellte ich mir ein Taxi, und er wartete mit mir zusammen draußen vor der Kneipe, bis es kam.

Zum Abschied drückte er mich an sich und küsste mich. Ganz ohne Vorankündigung und mit der allergrößten Selbstverständlichkeit. Und er tat es so, dass es mir richtig gehend den Boden unter den Füßen wegzog. Ich musste mich an ihm festklammern.

»Du bist eine tolle Frau«, sagte er mit rauer Stimme.

»Du auch«, hauchte ich. »Ähm ... Ich meine natürlich ein *Mann*.«

»Eines Tages werde ich es dir beweisen«, versprach er.

Ich konnte es kaum erwarten.

Für die Party bei Luigi brezelte ich mich auf wie schon lange nicht mehr. Ich hatte mich gerade in mein neues Outfit gequetscht, als Agnes anrief.

»Wie weit bist du mit der Story?«

»Ich bin so gut wie fertig«, sagte ich wahrheitsgemäß. »Heute und morgen geh ich noch mal drüber, und am Montag hast du den Artikel.«

»Ich habe gehört, du gehst heute Abend zu Luigis Geburtstagsparty.«

Woher sie das wohl schon wieder wusste?

»Ich bin da gewissermaßen beruflich«, behauptete ich. »Diese Woche habe ich einen Typ kennen gelernt, der mir ein Exklusivinterview zum Thema Impotenz angeboten hat. Aus der Sicht des Betroffenen. Damit wollte ich das Ganze etwas abrunden.«

»So so«, sagte Agnes. »Sieh zu, dass du bald fertig wirst. Ich habe Sorge, dass *Men's Strength* vielleicht etwas Ähnliches in Arbeit hat. Wir müssen auf jeden Fall schneller sein. Ich kriege einen Nervenzusammenbruch, wenn wieder so etwas passiert wie im März.«

Da hatte uns das männliche Konkurrenzmagazin eine Titelstory über *Lust am Arbeitsplatz* weggeschnappt. Agnes hatte jemanden aus der Redaktion in Verdacht, den Maulwurf zu spielen, aber bis jetzt hatte sie niemanden drankriegen können. Das Problem war, dass *Men's Strength* immer jeweils drei Tage früher erschien als *Women's Power.* Als die Sache mit der gecoverten Titelstory herauskam, hatten wir nur wenige Stunden vor Drucklegung in einer hektischen Nachtschicht die ganze Ausgabe umstellen müssen.

»Viel Spaß auf der Party«, sagte Agnes. »Und schön am Ball bleiben.«

»Wird gemacht«, sagte ich.

»Wen willst du denn heute noch rumkriegen?«, fragte Annabelle, als sie und Britta mich abholen kamen.

»Charlotte, dieses Top sieht echt verboten aus«, meinte Britta. »Wo kommt auf einmal dieser Wahnsinnsbusen her?«

»Das ist mein neuer Wonderbra. Und ich wäre euch sehr dankbar, wenn ihr die Finger von Tobias lassen könntet.«

Damit waren die Fronten abgesteckt. Natürlich bestürmten Annabelle und Britta mich sofort mit Dutzenden von Fragen.

»Ich fasse es nicht«, sagte Annabelle, nachdem ich die wichtigsten Fakten ausgepackt hatte. »Der und impotent?«

»Kaum zu glauben«, meinte Britta. »Aber bei Erik hätte es ja auch keiner geglaubt.«

»Bei Tobias ist es nichts Funktionelles«, widersprach ich.

»Na, dann mal ran an die Buletten«, grinste Annabelle.

Die Party wurde ein voller Erfolg. Sie fand in Luigis Restaurant statt, das an diesem Abend für Publikumsverkehr geschlossen war. Tobias und ich waren unzertrennlich. Wenn wir nicht gerade zusammen tanzten, standen wir gemeinsam am Büfett oder saßen nebeneinander am Tisch und unterhielten uns. Um uns herum lärmte die ganze italienische Großfamilie, inklusive aller möglichen Nichten, Neffen, Cousins und Cousinen. Außerdem waren zahlreiche Freunde von Luigi da, zu denen wir uns jetzt offenbar auch zählen durften. Annabelle und Britta schäkerten mit zwei glutäugigen Sizilianern, die ebenfalls um drei Ecken mit Luigi verwandt waren. Ab und zu hob Annabelle ihr Glas in meine Richtung und kniff verschwörerisch ein Auge zu. Ich tat jedes Mal so, als hätte ich es nicht gesehen.

Tobias neigte sich zu mir und berührte mit den Lippen mein Ohr. »Ich habe die Tabletten besorgt.«

Mir wurden die Knie schwach. »Wirklich?«

»Es ist mir wahnsinnig schwer gefallen, weil ich es so erniedrigend fand. Aber dann dachte ich an dich. Du bist es mir wert, weißt du.«

Er legte den Arm um meine Schultern und drehte mich zu sich um, bis sein männlich-markantes Kinn direkt vor meiner Nasenspitze schwebte. Und seine verlockend geschwungenen Lippen genau vor meinen Augen ...

»Wollen wir woanders hingehen, wo es ruhiger ist?«, flüsterte er.

»Ja«, sagte ich mit ersterbender Stimme.

Natürlich hatte ich eigens für diese Eventualität meine Wohnung perfekt aufgeräumt, mein Bett mit Satinwäsche bezogen und an strategisch günstigen Stellen Duftkerzen aufgestellt. Meine Lieblings-Kuschelrock-CD lag bereit, und im Kühlschrank wartete eine Flasche Champagner.

»Nett hast du es hier«, sagte Tobias.

Dann kam er ohne Umschweife zur Sache, und wir küssten uns, bis mir die Luft wegblieb. Tobias ließ seine Fingerspitzen unter meinen neuen Wonderbra gleiten und fing an, schwer zu atmen, doch als ich meine Hände von seiner Brust in tiefer gelegene Regionen wandern lassen wollte, hielt er meine Handgelenke fest.

»Ich gehe dann erst mal ins Bad«, sagte er mit bekümmerter Miene.

»Natürlich«, sagte ich, zitternd vor Aufregung.

Beim Öffnen des Champagners verschüttete ich die Hälfte, doch wie sich gleich darauf herausstellte, war meine Nervosität absolut unbegründet.

Als Tobias aus dem Badezimmer spaziert kam, war er völlig nackt und hatte die gewaltigste Erektion, die ich je gesehen hatte.

»Es hat gewirkt«, sagte er mit leuchtenden Augen. »Ich glaube, ich bin geheilt! Schau dir mal meinen kleinen Freund an!«

Vor lauter Erleichterung wäre ich fast in Ohnmacht gefallen, und als er mich dann in die Arme nahm und küsste, glaubte ich, von überall her Glöckchen klingeln zu hören.

»Dein Telefon läutet«, sagte er.

»Geh nicht weg«, sagte ich zu seinem kleinen Freund.

»Keine Sorge, der steht wie 'ne Eins«, erklärte Tobias stolz.

Ich tastete atemlos nach dem Hörer, während ich im Stillen die segensreichen Errungenschaften der modernen Medizin pries.

»Hör zu«, tönte Agnes' grimmige Stimme aus dem Hörer. »Ich zitiere: *Von Penisfutteralen und Laufrädchen.*«

»Was?«, stammelte ich.

»Das ist eine der Absatzüberschriften aus der neuesten Ausgabe von *Men's Strength.* Zwei Doppelseiten über *Die schlappe Wahrheit,* Charlotte! Und alles vom Feinsten! Es ist so komisch, dass ich platzen könnte vor Wut! Was hältst du zum Beispiel davon: *Die Wunderwirkung von Taucheranzügen?*«

»Sekunde mal, ich ...«

»Oder das hier: *Passiert dir das öfter, Liebling*?«

»Kommst du?«, flüsterte Tobias an meinem Ohr. Seine Hände schoben sich unter mein Top, und sein kleiner Freund drückte sich kontaktfreudig in meinen Rücken.

»Äh ... warte«, keuchte ich.

»Zu spät«, sagte Agnes erbost. »Schreib eine neue Geschichte. Und sieh zu, dass sie gut wird, sonst kriegst du Ärger mit mir persönlich.«

Es klickte in der Leitung. Sie hatte aufgelegt. Ich starrte blicklos den Hörer an und kriegte nur am Rande mit, dass Tobias drauf und dran war, mir seinen kleinen Freund näher vorzustellen.

»Ja«, stöhnte er, »lass dich gehen!«

»Augenblick.« Ich entwand mich seinen fordernden Griffen und huschte ein paar Schritte zur Seite. »Ich muss auch noch ins Bad.«

»Aber beeil dich«, rief Tobias. »Du ahnst nicht, wie lang drei Jahre sein können!«

Ich schloss mich im Bad ein und durchsuchte systematisch Tobias' Klamotten, die er in einem unordentlichen Knäuel dort liegen gelassen hatte. Natürlich fand ich weit und breit keine einzige Potenzpille, dafür aber seinen Presseausweis von *Men's Strength.*

Ich schrie auf und donnerte meinen Kopf gegen die Badezimmertür.

»Hast du dir wehgetan, Kleines?«, rief er.

»Nein, alles okay«, säuselte ich mit süßer Stimme zurück. »Ich dachte, es wäre nur ein Jahr gewesen, nicht drei!«

»Richtig«, sagte er.

Ich kam aus dem Bad und blieb vor ihm stehen.

Er sah mich irritiert an. »Du bist ja immer noch angezogen.«

»Tja.« Ich stemmte die Hände in die Hüften und betrachtete ihn.

»Warum guckst du so?«, fragte er verunsichert.

»Hm. Kann ich offen sein?«

»Aber ja!«

»Na gut. Auf deine Verantwortung. Du hast nicht gerade die Ausstattung, auf die ich Wert lege.«

Er starrte mich entgeistert an. »Was?«

»Nicht, dass ich dir zu nahe treten will. Wie viel ist das da? Zwölf Zentimeter? Vierzehn?«

Tobias duckte sich. »Siebzehnkommafünf.«

»Nun ja. Für eine ... ähm, etwas kleinere Frau als ich wäre dieses Format sicher noch vertretbar. Aber zwanzig sollten es schon sein. Die Frauen, die was anderes behaupten, lügen. Sie sagen das nur, um euch nicht wehzutun, weißt du.« Ich schüttelte bedauernd den Kopf. »Dann kommt natürlich noch erschwerend dazu, dass du nur mit Tabletten kannst.«

»Hör zu, das ist nur ... Ich meine, das war doch gar nicht ...«

»Mach dir nichts draus«, unterbrach ich ihn tröstend. »Sicher findest du bald eine andere, die damit kein Problem hat. Es gibt ja immer noch ein paar Frauen, die ständig auf dieses Märchen reinfallen.«

»Welches Märchen?«, wollte Tobias mit krächzender Stimme wissen.

»Na, dass es nicht auf die Größe ankommt.«

Erbarmungslos musterte ich seinen kleinen Freund, der mittlerweile auf ein derart bemitleidenswertes Format zusammengeschrumpft war, dass es eine wahre Wohltat war.

»Ich glaube, du gehst jetzt besser«, sagte ich.

Er schlich wie ein begossener Pudel ins Bad, um sich anzuziehen. Kurz darauf hörte ich die Wohnungstür hinter ihm ins Schloss fallen.

Ich ließ mich aufs Bett sinken und betrank mich sinnlos mit Champagner.

»Das war wirklich eine super Idee«, lobte Agnes mich, während wir gemeinsam die neueste Ausgabe von *Women's Power* betrachteten. »Du siehst zwar manchmal aus wie eine zu klein geratene

Barbiepuppe, aber du bist unglaublich kompetent. Wie du das nur in der kurzen Zeit hingekriegt hast!«

Mir brummte immer noch der Kopf von meinem Champagnerexzess am Wochenende. Nach der ersten Flasche hatte ich noch eine zweite geköpft, und als ich irgendwann am Sonntag schwer angeschlagen wieder zu mir gekommen war, hatte ich mir eine Packung Alka Seltzer einverleibt und eine neue Story fabriziert.

»Keine Würze in der Kürze«, las Agnes frohlockend die Headline vor. »Das ist einfach toll!«

Mir persönlich gefiel der Untertitel *Kleine Freunde bringen's nicht* weit besser, aber das war vermutlich eine Geschmacksfrage. Robert hatte jedenfalls bei Durchsicht der ersten Abzüge in beleidigtem Tonfall angekündigt, sich demnächst nach einem neuen Job umschauen zu wollen.

Wie auch immer, wir hatten mit dieser Ausgabe gegenüber der Konkurrenz einen Leserzuwachs von fast zehn Prozent erzielt, wobei die Zahlen ganz klar ergaben, dass die meisten Neukäufer Männer waren.

Agnes schwebte drei Meter über dem Boden. »Wir haben sie richtig aufgemischt«, sagte sie mit glückseligem Lächeln.

Ja, das hatten wir. Als ich mich zwei Wochen später mit Annabelle und Britta bei Luigi zum Essen traf, hatten die beiden immer noch kein anderes Thema. Genüsslich sezierten sie Stück für Stück der ganzen Geschichte und kriegten sich vor Lachen kaum ein. Es hing mir schon zum Hals heraus.

Kurz darauf betrat Tobias das Restaurant, und ich erstarrte.

Er warf mir einen undeutbaren Blick zu, dann ging er zu Luigi an die Theke.

Ich stand auf. »Entschuldigt mich, ich muss dringend nach Hause, noch was arbeiten.«

»Feigling«, sagte Annabelle, doch damit konnte sie mich nicht aufhalten. Eilig verkrümelte ich mich nach draußen.

Die Laterne auf dem Parkplatz hinter dem Restaurant war immer noch kaputt, und während ich mich abmühte, das Schloss an der Tür meines Wagens zu finden, hörte ich Schritte hinter mir. »Hallo Charlotte.«

Ich fuhr herum.

»Ich hatte seit zwei Wochen keine Erektion«, sagte Tobias. »Noch nicht mal eine Morgenlatte.«

»Welch ein herber Verlust für die Menschheit«, sagte ich spöttisch.

»Ich überlege, ob ich eine Therapie anfangen soll.«

»Vielleicht versuchst du es erst mal mit Viagra.«

»Es tut mir Leid, Charlotte.«

»Was? Dass du mir meine Story geklaut hast? Oder dass du mich mit diesem miesen Trick ins Bett kriegen wolltest?«

»Alles. Es ist irgendwie blöd gelaufen. Eins führte zum anderen. Ich ... ich fand dich wirklich nett. Aber als ich das merkte, war es schon zu spät, um dir die Wahrheit zu sagen. Der Rest ... na ja, es hat sich irgendwie alles verselbstständigt, und ich konnte nur noch daran denken, dass ich mit dir schlafen wollte.« Er ließ den Kopf hängen. »Und dann hast du es mir ja wirklich heimgezahlt. Nicht nur, dass mein Ding zu klein ist. Ich kriege auch noch ständig von allen Kollegen deinen Artikel unter die Nase gerieben. Die ganze Branche lacht über mich.« Niedergeschlagen wandte er sich ab, um zu seinem eigenen Wagen zu gehen.

»Warte«, rief ich. Meine Genugtuung hatte sich verflüchtigt und einer Spur von schlechtem Gewissen Platz gemacht.

Er blieb stehen und drehte sich zu mir um.

»Im Prinzip könnte man sagen, wir wären quitt«, meinte ich.

»O nein«, sagte er. »Ich habe bleibende Schäden davon getragen. Du nicht.«

Zögernd ging ich auf ihn zu. »Ist es wirklich so schlimm?«

»Schlimmer als schlimm.«

»Hör zu, wenn es wegen der Größe ist – er ist nicht wirklich zu klein.«

»Das spielt jetzt sowieso keine Rolle mehr, weil er für seine Lieblingsbeschäftigung nicht mehr zu gebrauchen ist. Du hast ihm ein echtes Trauma verpasst.«

In der Dunkelheit waren seine Gesichtszüge kaum zu erkennen, aber das bisschen, was zu sehen war, wirkte immer noch äußerst anziehend und männlich.

»Das kriegst du bestimmt irgendwann wieder hin«, sagte ich, aber es klang nicht überzeugend.

»Ich weiß nicht«, sagte er zweifelnd. »Ich meine, wenn ich dich so ansehe – du bist eine hinreißende Frau. Etwas klein, aber unglaublich attraktiv. Anfangs brauchte ich dich nur anzuschauen, um ...« Er seufzte. »Aber jetzt ... Da regt sich rein gar nichts.«

Impulsiv trat ich einen Schritt auf ihn zu. »Nichts?«

»Nichts.«

»Vielleicht, wenn ich dich küsse ...«

»Würdest du das für mich tun?«

»Na ja, ich bin ja schließlich dafür verantwortlich, dass ... Aber nur ein Kuss!«

»Klar«, sagte er, und dann riss er mich in seine Arme.

Sofort sprangen bei mir alle Alarmsirenen an, aber in dem Augenblick war es schon zu spät. Ich konnte nur noch daran denken, wie gut sich seine Hände auf meinem Körper anfühlten, und wie virtuos dieser Typ küssen konnte.

Außerdem stellte ich fest, dass er gerade eine Spontanheilung erlebt hatte.

»Du hast mich schon wieder angelogen«, keuchte ich, als er mich für einen Moment Luft holen ließ.

Er schaute besorgt auf mich herunter. »Ist das sehr schlimm?«

Darüber konnte ich mir im Augenblick nicht den Kopf zerbrechen. Schon gar nicht, wenn er auf diese Weise an meinem Nacken knabberte. Außerdem war nichts geschehen, was ich nicht erwartet hatte. Abgesehen davon war mir gerade eine wunderbare Idee für eine neue Titelstory gekommen, etwa in dem Stil *Lügner sind die besseren Liebhaber.* Oder vielleicht doch eher: *Mitleid mit dem besten Stück?*

Egal. Am Ende ist es für uns Frauen sowieso nur entscheidend, den Männern möglichst immer einen Schritt voraus zu sein.

Nina Kresswitz

Liebe – bis der Arzt kommt

Es ist diese Art Kleid, bei der man nie weiß, ob man eine Diät braucht oder einen Waffenschein. Es ist kurz, sehr kurz, offenherzig dekolletiert und macht die Frau, die es trägt, auf der Stelle zum Objekt der Begierde.

»Wir haben es bestimmt auch eine Nummer größer«, sagt die Verkäuferin mit jener weiblichen Perfidie, die sich gern als schwesterliche Anteilnahme tarnt. »Soll ich mal nachsehen?«

Ich ziehe den Bauch ein, drehe mich noch einmal um mich selbst und lächele meinem Spiegelbild verschwörerisch zu. Dann antworte ich so huldvoll wie möglich: »Schätzchen, ich wollte keinen Mantel, sondern ein Kleid. Und die Schuhe lasse ich gleich an!«

Na ja, Schuhe kann man diese Gebilde eigentlich nicht nennen. Sandaletten schon eher, die megaminimalistische Variante, mit hohen Absätzen im Zigarillo-Format und entzückenden Riemchen und Schnallen. Auf ihnen zu laufen, erfordert einen Balanceakt, gegen den die gängigen circensischen Drahtseilakte einem Waldspaziergang gleichkommen.

Üben kann also nicht schaden. Schließlich soll

der Abend nicht nur erotisch offensiv, sondern auch unfallfrei verlaufen. Habe ich schon erwähnt, dass Kleid und Schuhe in tomatenrot leuchten? Dieses Outfit ist die Lizenz zum Anstarren, keine Frage, doch für das, was ich vorhabe, erscheint mir es goldrichtig.

Ich bezahle in bar und genieße den missgünstigen Gesichtsausdruck der Verkäuferin, die mit spitzen Fingern die Geldscheine zählt.

»Na, da muss man ja wohl einen schönen Abend wünschen«, zischt sie zwischen schmalen Lippen.

»Nicht nötig, den werde ich in jedem Fall haben«, flöte ich.

Dann schnappe ich mir die lackglänzende Tüte und stöckele aus der Boutique. Wie viele Frauen kaufen wohl ein Kleid nur deshalb, um die Verkäuferin zu ärgern?, schießt es mir durch den Kopf, als ich durch das Shoppingcenter wanke.

Die Schaufenster gleiten an mir vorbei, als ob ich mich auf hoher See befände. Ich komme nur langsam voran. Donnerwetter, diese High Heels haben ihren Namen wirklich verdient. Doch was macht es schon, dass ich schlingere wie ein Betrunkener auf Inline-Skates? Heute Abend werden keine längeren Fußmärsche anstehen, nur sensationelle Trippel-Auftritte. Vom Taxi ins Restaurant, vom Tisch zur Toilette, und – wer wollte das ausschließen? – vielleicht werde ich noch in dieser Nacht die Dinger lasziv von den frisch pedikürten Füßen schleudern.

Dies ist kein Abend wie jeder andere, dies ist kein Feld-, Wald- und Wiesen-Date. Diese Verabredung hat das Zeug dazu, mein Leben zu verändern. »Life-changing-dating« nennt man das, ich habe es gerade in einer Frauenzeitschrift gelesen, und ich bin fest entschlossen, alles zu tun, um meinem Leben einen entscheidenden Kick zu geben. Denn ich habe Sven getroffen. Sven.

Er ist der fleischgewordenen Traum vom gutaussehenden Gameboy. Groß, breitschultrig, dunkelblond mit ein paar hellen Strähnen, Typ Schwedenhappen mit Schwiegersohn-Appeal. Als Erstes ist mir sein Sportwagen-Cabrio aufgefallen, dann seine hippe Sonnenbrille. Und als er, statt den Wagenschlag zu öffnen, lässig eine Flanke hinlegte, um auszusteigen, da war es um mich, die notorisch Unsportliche, geschehen. Unvergessen sind die Folterqualen am Reck, an dem ich ein Schülerleben lang verzweifelt gehangen habe, um schließlich seufzend die Gesetze der Schwerkraft anzuerkennen. Und nun das. Leichtigkeit, dachte ich, Eleganz: Himmel, was für ein Mann!

Das war heute Nachmittag gewesen. Nur wenige Stunden ist das her. Doch vor meinem geistigen Auge ist seither der Film unseres Kennenlernens bereits unzählige Male vorbeigeflimmert. Jedes Detail perfekt ausgeleuchtet und mit einer sehnsuchtsvollen Melodie versehen.

Autsch. Ich rempele eine Kleinfamilie an und renne fast eine ältere Dame um, die mich tadelnd von oben bis unten mustert. Ich muss wirklich noch üben. Diese Sandaletten sind ein einziges Gesundheitsrisiko mit blasenverdächtigen Nebenwirkungen. Schwer atmend rette ich mich auf ein Plastikstühlchen vor einem Schnellimbiss und strecke die Beine aus, während meine Gedanken leichtfüßig wieder zurück zum heutigen Schicksalsnachmittag wandern.

Nach dem unwiderstehlichen Hechtsprung aus seinem Cabrio hatte Sven kurz auf der Bordsteinkante verweilt und die Blicke schweifen lassen. Mich übersah er. Keck blinkte der Autoschlüssel in seiner Hand, dann schnürte er so unwiderstehlich selbstbewusst durch das Bistro, dass ich vergaß zu atmen.

Nicht, dass ich durch gängige Statussymbole zu beeindrucken wäre. Aber innere Werte habe ich selber mehr als genug. Da kann ein bisschen äußerer Glanz nicht schaden. Ich meine, ich kenne diese ganzen Marken gar nicht, dieses ganze Gutschi und Futschi und Co. Doch Sven, das spürte ich deutlich, Sven war der Abgesandte aus einer fernen Welt des Luxus und der Moden, der mich aus meinem grauen Einerlei erlösen würde.

Zeitlupe. Ich sah alles wie in Zeitlupe. Jede Bewegung, jede noch so winzige Veränderung seines Siegerlächelns. Er schwebte an mir vorbei und durch mich hindurch, und eine Welle der Euphorie schwappte über meinem Kopf zusammen. Hingerissen saß ich auf meinem Bistrostühlchen, hörte nur noch von fern die Stimme meiner Freundin Bella, die mit brisanten Infos aus dem

Nagelstudio aufwartete, und entwarf das Szenario einer wunderbaren Zukunft.

Sven würde der Mann meines Lebens sein. Er würde mich auf Händen tragen, wir würden lachend auf dem Highway der Herzen dahinrasen und, umgeben von einer fröhlichen Kinderschar, die Wonnen nicht endender Liebe genießen. Das einzige Problem war, dass er das noch nicht wusste.

Das Hauptproblem im Moment ist, dass er es immer noch nicht weiß.

Doch das wird sich bald ändern.

Schon den Erstkontakt habe ich kreativ gestaltet. Zufälle sind was für Anfänger. Ich wusste, was ich wollte. Wie gesagt, ich hatte mich mit meiner Freundin Bella in unserem Lieblingsbistro gelangweilt, als Sven in mein Leben trat. Und ich war gänzlich unvorbereitet gewesen. Es war eben so ein unterirdischer bad-hair-day, der meine Frisur stets in lachhafte Fransen verwandelt; der Schaum des Capuccinos staute sich auf meiner Oberlippe; mein T-Shirt gab Aufschluss darüber, dass ich mittags in der Kantine der roten Grütze nicht hatte widerstehen können. Mit einem Wort: Irgendetwas »life-changendes« hatte ich nicht im Mindesten erwartet.

»Sven, Sve-hen!«, hatte ein unerträglich schlankes und unerträglich hübsches Mädchen am Nebentisch gerufen, und der Mann meines Lebens war sofort auf sie zugestürzt. Auf diese Weise erfuhr ich seinen Namen. Ein Anfang, immerhin. Besten Dank, Kommissar Zufall, ich werde mich bei Gelegenheit an höherer Stelle für Sie verwenden.

Wie angeklickt, absolvierten die beiden dieses erstaunliche Küsschen-Ballett, das mich schon immer fasziniert hat. Rechts-links-rechts. Oder? Ich versuchte mir die Abfolge zu merken, doch meine Wahrnehmung war bereits abgelenkt durch den innigen Körperkontakt, den die unerträglich Hübsche von Nebenan meinem Traum-Mann aufzwang.

Das ging zu weit. Sven gehörte mir. Was bildete diese kleine Maus sich eigentlich ein? Mit heiß aufflammender Wut starrte ich zum Nebentisch. Unser Zusammentreffen in jenem Bistro war vom Schicksal umsichtig geplant worden, die Sterne hatten Tango getanzt, um eine günstige interplanetare Großwetterlage herzustellen, und da konnte dieses Mädel doch nicht einfach alles kaputt machen.

Während ich weiter mit Bella über die Mobbing-Strategien unseres Großraum-Büros debattierte und verschiedene Methoden erwog, wie man den Büroschlaf bekämpft, beobachtete ich aus dem Augenwinkel, was sich nur wenige Zentimeter von uns entfernt tat. Sven befreite sich lachend aus der Umarmung – gut gemacht, Junge, weiter so! – und winkte dem Kellner. Zwei Campari bestellte er. Whow! Campari. Und ich saß vor meiner sturzspießigen Cappucinotasse. Aber nicht mehr lange, das schwor ich mir.

»Hörst du mir eigentlich zu?«, beschwerte sich Bella, denn ihr war nicht entgangen, dass sich meine Aufmerksamkeit und Anteilnahme zunehmend auf den Nebentisch verlagert hatte.

»Natürlich«, beteuerte ich. »Wenn der große Hänger kommt, löst du hundert Gramm Espresso in einem Liter Cola auf und gibst dir das ganze intravenös, richtig? Oder träufelst du dir das Zeug gleich in die Augen, um wach zu bleiben?«

Bella sah mich eine Weile lauernd an, dann folgte sie meinem Blick und fragte, gleichsam aus der Hüfte schießend: »Und woher kennst du Mister Wonderful?«

Ich starrte sie an. Genau! Das war's! Danke, Bella. Sie hatte mich auf den ältesten Trick der Welt gebracht. In Männerhand natürlich längst kein Brenner mehr, aber als weibliche List immer noch brauchbar: Ich musste einfach nur so tun, als ob ich Sven schon einmal begegnet wäre. Mit dem richtigen Spruch würde ich ihm schon die Sonnenbrille von der Nase texten und dann ein prickelndes Interesse an unserer vermeintlich gemeinsamen Vergangenheit erzeugen. Super. Nur, wo war der richtige Spruch?

Aufgeregt verrührte ich meinen Capuccinorest zu einem graubraunen Brei. Los doch, machte ich mir Mut. Die Zukunft hat gerade begonnen. Rede jetzt endlich, oder schweige für immer!

Ich hob meinen Blick und lächelte ihm hilflos zu, denn meine Spontan-Verliebtheit hatte mir eine vorübergehende Lähmung des Sprachzentrums beschert. Also versuchte ich eine andere Taktik. Komplizenhaft neigte ich mich Bella zu und tuschelte ihr unablässig irgendwelche schamlos erfundenen Details über eine ebenso erfundene Liebesnacht mit Sven ins Ohr.

»Wirklich?«, flüsterte Bella andächtig und fixierte Sven mit dem irritierenden Lächeln eines äußerst intimen Wissensvorsprungs, während ich immer wieder stolze Blicke auf meine angebliche Eroberung warf.

Wir wirkten ohne Frage bereits schwer verhaltensauffällig. Und so stand Sven denn auch bald leicht entnervt auf und trat an unseren Tisch.

Leicht verspannt, aber höflich fragte er: »Entschuldigen Sie, kennen wir uns?«

Ich nahm meinen ganzen Mut zusammen und sagte: »Hallo, Sven.«

Das Mädchen vom Nebentisch musterte mich feindselig. An diesem Blick hätte leicht ein Sonnenstrahl abbrechen können. Was hast duuu denn mit meiiinem Sven zu tun?, fragten ihre Augen unter einem dichten Wimpernkranz. Bald mehr, als du dir träumen lässt, wimperte ich zurück. Plötzlich fühlte ich mich sicher. Was war schon dabei? Er gehörte doch mir.

»Weißt du noch, vor ein paar Wochen im Cosy's?«, versuchte ich es aufs Geratewohl, während Bella zu feixen begann.

Das Cosy's galt als die mental angeschrägteste Lounge unserer Kleinstadt und war an Exklusivität und Kostspieligkeit nicht zu toppen. Genau die richtige Location für einen wie Sven.

»Im Cosy's?«, fragte Sven etwas betreten.

Zeit gewinnen, Zeit gewinnen, tuckerte es hinter seiner schönen Stirn, das spürte ich deutlich, während seine Begleiterin begann, mit ihren zartrosa lackierten Fingernägeln auf die Marmorplatte des Bistrotischchens einzuhämmern.

Etwas musste passieren. Bella kicherte bereits. Noch wenige Sekunden, und aus dem Super-Gaudi würde ein Super-Gau werden. Mein Blick fiel auf das noch gut gefüllte Campariglas, das er in der Hand hielt.

»Macht ja nichts«, sagte ich leichthin, »ich jedenfalls werde unseren Abend immer in ausgesprochen netter Erinnerung behalten«, und, die körperliche Nähe schamlos ausnutzend, tippte ich Sven leicht an.

Ich spiele kein Billard, aber genau so muss es sein, wenn man die Kugel richtig trifft. Schwarz stößt gelb an, gelb berührt rot, und dann rollt das Spiel mit geradezu überwältigender Logik ab. Verdutzt knickte Sven ein, stolperte im hektisch eingesprungenen Rittberger über mein Stuhlbein und ergoss den feuerroten Campari auf mein T-Shirt.

Touché!, frohlockte ich, doch das ließ ich mir natürlich nicht anmerken.

Ich sprang auf, stieß einen Schrei des Entsetzens aus und zeigte fassungslos auf das verfleckte Second-Hand-Teil, das ich trug.

»Ausgerechnet mein Lieblings-T-Shirt«, jammerte ich, »das hat mir eine Freundin aus New York mitgebracht, es ist ruiniert, wie schrecklich!«

Sven hatte sich wieder aufgerappelt und musterte mich irritiert. Himmel, ja, ich brauchte mal wieder eine neue Frisur, und die Ohrringe waren vom Flohmarkt, und ein bisschen Lippenstift hätte vielleicht noch etwas retten können. Aber so übel war ich doch auch wieder nicht.

»Und wie kann ich das wieder gutmachen?«, lenkte er ein und entsorgte eilig das leere Glas.

Ich schloss theatralisch die Augen. Mit ein bisschen Glück würde ich eine Träne herauspressen könne, da mich um diese Jahreszeit immer eine Birkenpollen-Allergie quälte. Ich bin sowieso ein wandelndes Allergie-Zentrum. Ich reagiere auf Wespenstiche, Eiweiß, Hausstaub und Katzenhaare, eigentlich auf so ziemlich alles. Aber Birkenpollen bringen mich an den Rand des Wahnsinns.

Es klappte. Ich fühlte begeistert, wie ein feines Tränengerinnsel über meine Wangen lief. Alles können Männer aushalten. Tempo zweihundertzehn auf kurvigen Landstraßen, jeden Samstag Fußballreportagen und Flirten bis zum Pupillenstillstand. Aber keine Tränen. Weinende Frauen bringen sie um den Verstand.

Bestürzt stand Sven da. Seine Begleiterin stöhnte auf.

»Gib ihr Geld für die Reinigung, und basta«, blaffte sie herüber.

»Schon gut. Ich will kein Geld«, wisperte ich. »Hier geht es um ideelle Werte.«

»Ich gebe Ihnen einen Drink aus«, versuchte es Sven nun, doch ich schüttelte den Kopf.

»So kann ich hier nicht sitzen bleiben«, ächzte ich und sah an mir herab. »Ich gehe auf der Stelle.«

»Was soll ich denn bloß tun?«, fragte Sven mit hängenden Schultern.

»Zahlen und gehen«, giftete Fräulein Eifersüchtig vom Nebentisch.

»Mich zum Essen einladen«, setzte ich zum Frontalangriff an.

So, jetzt war es heraus. Entweder zeigte er mir jetzt einen Vogel, oder er würde sich vom Charme meines unmoralischen Angebots gefangen nehmen lassen. Und dann konnte ich schon mal das Aufgebot bestellen.

Eine Weile war es still, sehr still.

Bella rutschte auf ihrem Stuhl eine Etage tiefer. Das Mädchen von Nebenan lachte hysterisch auf. Und Sven, mein wunderbarer, begnadeter, sagenhafter Sven begann zu lächeln.

»Gut, dann lade ich Sie, äh, dich zum Essen ein!«, beschloss er, der Göttliche.

Wie war das? Spiel, Satz, Sieg? War das Leben wirklich so einfach?

Bella fiel fast vom Stuhl, und Svens Begleiterin, die bisher die Maske der Coolness gewahrt hatte, entgleisten nun doch die Gesichtszüge.

»Wie kannst du nur so eine Vorstadt-Schnepfe

daten«, hatte sie wütend geschrien und war davongelaufen.

Ich dagegen hatte mich dann noch ein wenig geziert und schließlich den Namen des besten Restaurants genannt, das mir einfiel.

Und nun sitze ich vor einer Würstchenbude und übe den ganz großen Auftritt.

Kind, wenn das man gut geht, höre ich meine Tante Anna sagen. Sie hat mir schon als Kind eine Neigung zu Überspanntheiten attestiert und mir düster ein Leben in Umnachtung prophezeit. Tja, Tante Anna, diesmal wirst du Unrecht behalten mit deiner ewigen Skepsis. Der Fisch hängt an der Angel und zappelt ganz allerliebst. Petriheil? Petridank.

Im Shopping-Center verebbt das übliche Gedränge allmählich. Erschöpfte Gestalten machen sich am Nebentisch über Currywurst und Pommes her. Wie gern würde ich auch noch einen kleinen Ohnmachtshappen zu mir nehmen, doch der Gedanke an das hautenge Kleid ist schwer pommesfeindlich.

Ich sehe auf die Uhr. Halb sieben schon! In einer Stunde sitzt Mister Wonderful im Restaurant »Trüffel« und wartet freudig auf sein Campari-Opfer!

Also Augen auf und durch. Verstohlen nestele ich meine Turnschuhe aus der Tüte und lasse die Sandaletten in derselben verschwinden. Genug geübt. Für eine Generalprobe war das doch schon sehr wacker.

Zu Hause geht alles ganz schnell. Duschen, Honigmaske, Heißwickler. Und die Antihistamine. Das sind Tabletten, die meine Allergie für kurze Zeit besänftigen. Traumfrauen mit rotgeränderten Augen und tropfender Nase sind einfach nicht glaubwürdig.

Unschlüssig drehe ich die Packung in meinen Händen. Man darf die Tabletten nicht mit Alkohol kombinieren. Aber ein Date mit dem Zukünftigen in totaler Abstinenz? Ich schlucke die halbe Dosis. Macht nichts. Erst ordere ich einen Champagner, dann werde ich nur noch Wasser trinken und beim Nachschminkgang auf der Toilette die restlichen rosa Pillen hinterher werfen. Entschlossen stopfe ich die Silberfolie mit den eingeschweißten Lebensrettern in mein Abendtäschchen.

Geschafft. Ein letzter Blick in den Spiegel.

Bauch einziehen!, ermahne ich mich. Viel essen kann ich heute Abend leider nicht, sonst platzt das Kleid, bevor Sven sein Geschenk des Himmels auspacken kann. Aber wer denkt auch schon ans Essen, wenn das Schicksal Herz und Herz zusammenführt?

Das Handy klingelt. Bitte nicht absagen! Aber er hat ja noch gar nicht meine Telefonnummer, denke ich erleichtert. Es ist Bella.

»Na, knabbert Prinz Charming schon an deinen Zehennägeln?«, gluckst es im Hörer.

»Er hat mir gerade das Platindiadem seiner Mutter geschenkt«, erwidere ich. »Währenddessen putzt meine Zofe das Familiensilber. Sorry, Bella, ich muss mich beeilen!«

»Dann spiel mal schön mit deinem Gameboy«, lacht Bella, doch ich überhöre nicht den feinen Unterton handfesten Neides in ihrer Stimme. Recht so. Ein hoher Neidfaktor ist immer ein verlässliches Indiz dafür, dass man den richtigen Mann gefischt hat.

»Wenn er hinterher unter der Dusche steht, rufe ich dich an, versprochen«, witzele ich noch, aber Bella legt einfach auf.

Der Taxifahrer pfeift durch die Zähne, als ich mich in den Fond des Wagens fallen lasse. Ich lächele ihm zu. Ich fühle mich wunderbar.

Das »Trüffel« ist so edel, dass nicht mal ein Schild an der Tür von seiner Existenz kündet. Man kennt es eben, oder man kennt es nicht. Ich kenne es nicht. Zweimal fährt der inzwischen ungeduldige Taxifahrer daran vorbei, dann sehe ich in letzter Sekunde Svens Cabrio, das quer auf dem Bürgersteig geparkt ist. Der muss sich offenbar keine Sorgen um die Knöllchen machen. Oh, sorglose Heiterkeit der besitzenden Klasse! Aber ein kleines bisschen blöd finde ich es schon. Wie soll denn eine Frau mit Kinderwagen da vorbeikommen? Schließlich werde ich selber schon bald seine Kinder spazieren fahren und habe keine Lust, mich dann an den Schlitten irgendwelcher Youngsters vorbeizuquetschen.

Aber erst mal werden wir reisen, auf die Malediven und an die Cote d'Azur. Mindestens. Adieu, du altes Leben. Wie fad und öde warst du doch, wie trist und schnöde. Willkommen im neuen Leben.

So. Pobacken zusammenkneifen, Bauch einziehen, vorsichtig den Fuß aufsetzen. Heldenhaft ersteige ich die Stufen zum kulinarischen Olymp.

Am Eingang verharre ich für eine Schrecksekunde. Ist das hier eine Beerdigung? Das Lokal ist wohlgefüllt, die meisten Tische sind besetzt, aber alle tragen schwarz. Sogar die Wände sind schwarz gestrichen. Ich sehe an mir herunter. Ob mein rotes Mini-Kleid mit den roten Sandaletten wirklich die richtige Wahl war? Irgendwie fühle ich mich wie ein Zirkuspferd, das sich in ein vornehmes Arabergestüt verlaufen hat. Egal. Er wird es schon mögen. Ich bin einfach unwiderstehlich.

Frohgemut durchquere ich das Lokal. Wie war das noch? Eine Lizenz zum Anstarren? Na, jedenfalls das ist mir wirklich geglückt.

»Ähem, haben Sie reserviert?«, hüstelt ein Ober und verstellt mir feindselig den Weg. Was fällt dem denn ein?

»Ich – wir haben einen Tisch bestellt«, verkünde ich stolz.

»Auf welchen Namen, bitte?«, fragt der Ober ungerührt.

Au weia. Ich weiß nicht mal Svens Nachnamen. Eine Sternstunde der Blödheit.

Doch wofür gibt es schließlich Prinzen?

»Da bist – du – – ja«, stammelt Sven plötzlich hinter mir.

Ich fahre herum. Auch er ist ganz in Schwarz gekleidet. Schwarze Hose, schwarzes Seidenhemd. Und ich sehe aus wie der Dorfdepp von Dummershausen. Entgeistert nimmt mein Prinz das Super-Outfit in Augenschein.

Komisch. Bei »Pretty Woman« hat das doch auch geklappt, mit dem roten Kleid, meine ich. Ich habe »Pretty Woman« mindestens zehnmal gesehen und mir alles genau eingeprägt. Von dem Moment an, in dem Julia Roberts ihre Lederjacke auszieht und in das rote Kleid schlüpft, liegt Richard Gere ihr zu Füßen. Und wenn schon eine Dame des horizontalen Gewerbes mittels roter Robe die Eintrittskarte in die gute Gesellschaft ergattert, dann muss ich es doch dreimal schaffen. Deshalb: Kopf hoch. Er wird schon noch auf den Geschmack kommen.

»Hi, Sven«, lächele ich.

»Hi, hallooo«, flüstert er und lässt seinen Blick dort verweilen, wo dereinst seine Kinder an der mütterlichen Minibar trinken werden. Jawohl, ich zeige mein Dekolleté. Das hat noch jedem Mann gefallen. Und überhaupt kann Sven froh sein, dass ich nicht so eine schwarz uniformierte Wachtel bin wie die anderen Frauen. Die sehen ja aus wie von der Heilsarmee.

»Ah, so«, sagt der Ober gedehnt. »Bitte, folgen Sie mir.«

Wenige Minuten später sitzen wir uns gegenüber. Ich bin ein wenig verlegen. Bis hierher habe ich es geschafft. Und nun?

»Was, äh, was willst du denn so trinken?«, fragt Sven und sieht sich im Lokal um, als wolle er sondieren, ob irgendjemand, den er kennt, seinen tomatenroten Missgriff bemerkt.

»Champagner«, sage ich völlig beiläufig.

Allmählich packt mich die Wut. Da sitzt sein zukünftiges Glück vor ihm, und er spielt den Blasierten. Wenn er mich schon so anzickt, dann soll er wenigstens dafür bezahlen. Und zwar, bis die Kreditkarte glüht.

»Champagner, sehr gut«, murmelt er und greift zur Speisekarte, die ganz in schwarz gebunden ist, wie ein Kondolenzbuch. »Das trifft sich ausgezeichnet. Denn das ist das einzige Getränk, das ich zu Austern akzeptiere. Sie haben hier sagenhafte Austern, musst du wissen, ganz frisch. Austern sind mein Lieblingsessen ...«

Ich werde etwas kleiner auf meinem Stuhl. Tierisches Eiweiß steht eigentlich auf meinem Index. Und Meeresfrüchte aller Art sowieso. Aber was soll's? Ich beschließe, dass ich heute eine Auszeit nehme. Allergie hin, Allergie her, mein fehlgesteuertes Immunsystem soll mir bloß nicht die gemeinsame Zukunft verhageln. Gleich am ersten Abend seine Lieblingsspeise zu verschmähen, das kann ich ihm und unseren ungeborenen Kindern nicht antun. Und außerdem habe ich ja die Antihistamine im Sturmgepäck.

»Prima, Austern«, rufe ich und klatsche begeistert in die Hände. »Ich liiiebe Austern! Ich könnte mich reinsetzen, ehrlich!«

»Wie schön«, sagt Sven kühl und winkt dem Ober. »Zwei Dutzend Fines Claires«, bestellt er, »dazu nur ein wenig Zitrone und Vinaigrette. Und Champagner. Haben Sie noch den Jahrgangs-Champagner von neulich?«

Der Ober lächelt mit einem mal so angestrengt, dass mir Angst und Bange wird. Hat er eine akute Gesichtslähmung? Aber wahrscheinlich ist das nur die Vorfreude auf ein fürstliches Trinkgeld, denn von dem Gegenwert dieser Bestellung könnte eine fünfköpfige Familie sicherlich problemlos eine Woche leben.

Nun verzichte mal auf die Schuldgefühl-Nummer, rufe ich mich zur Ordnung. Du hast lange genug Pommes rot-weiß gegessen. Jetzt sind zur Abwechslung mal Austern dran.

»Bitte sehr, der Herr«, wispert der Ober und stellt einen Champagnerkübel auf den Beistelltisch. Mit geübten Griffen entkorkt er die dunkle, leicht bauchige Flasche und gießt uns ein. Sven schweigt verstockt.

»Prösterchen«, sage ich schnell, um meine Befangenheit zu verbergen. Irgendwie hatte ich mir die Welt des Luxus und der Moden etwas freudvoller vorgestellt. Nicht gerade Wein, Weib und Gesang, aber doch irgendwie lustbetonter.

»Zum Wohl, äh, wie heißt du eigentlich?«, meldet sich mein Galan nun zu Wort.

Ich heiße Uschi, und alle nennen mich Kiki, aber das erscheint mir doch etwas deplaciert.

»Ki – Kira«, antworte ich schnell und ärgere

mich im selben Moment. Warum habe ich das denn nun wieder gesagt? Kira heißt das verzogene Kind, das ich zwecks Aufbesserung meiner Barschaft zuweilen babysitte. So ein verwöhntes Balg, das nur Armani-Jeans trägt und jetzt, mit fünf Jahren, bereits im Golfclub angemeldet ist.

»Kira, was für ein schöner Name!«, lobt Sven. »Ist das Griechisch?«

»Nö, Latein«, sage ich.

Svens Stirn runzelt sich für einen Moment, dann erhebt er sein Glas.

»Also – auf dich, und entschuldige noch mal den Lapsus von heute Nachmittag!«

Den Lapsus? Meint er etwa das umwölkte Mädel aus dem Bistro?

»Bitte sehr, zwei Dutzend Fines Claires«, summt der Ober und stellt eine riesige Platte aus Metall vor uns hin, auf der zwischen Bergen von Eiswürfeln und Zitronenvierteln die krustigen Schalentiere lagern.

»Na, da wollen wir die Dinger mal nicht kalt werden lassen«, scherze ich, doch ein wenig bang wird mir schon.

Sven greift wortlos zu. Seine feingliedrigen Hände umfassen sicher eine scharfkantige Austernhälfte, er träufelt ein wenig Zitrone auf die schleimige Masse und setzt dieses schaurige Mahl an seine Lippen.

»Leben die eigentlich noch?«, frage ich mit aufkeimender Verzagtheit.

»Und wie«, schwärmt Sven, »die ziehen sich

richtig zusammen, wenn man ihnen den Zitronensaft hineinträufelt.«

Etwas läuft eiswürfelkalt über meinen Rücken. Petriheil? Petridank. Ich habe es nicht anders gewollt.

Mit dem Mute der Verzweiflung greife ich ebenfalls zu. Vorsichtshalber nehme ich aber die Vinaigrette, statt der Zitrone, um dem armen Tier das Säure-Attentat zu ersparen. Ich schlürfe ergeben. Und? Nicht schlecht. Erinnert mich an meine ersten Ferien an der Nordsee, als mein großer Bruder mich immer ins Salzwasser tauchte. Gleich die nächste. Wie war das noch? Austern auf und durch? Bringen wir es schnell hinter uns. Später winkt dann ja noch der gemütliche Teil des Abends. Ich habe mir extra ein rotes Spitzenhöschen gekauft.

»Sag mal, Kira, ist dir nicht gut?«, fragt Sven plötzlich mitfühlend.

Ich bin inzwischen bei Auster Nummer vier angelangt, finde mich ausgesprochen tapfer und spüle immer gut mit dem Jahrgangschampagner nach. Was meint er denn bloß? Sicher, mir ist ein bisschen schwindelig, aber das liegt an den Anti-hi-hi-histaminen – und schon niese ich derart geräuschvoll, dass alle Köpfe an den Nebentischen sich uns zuwenden, als hätte ich mit dem kleinen Löffel an mein Glas geklopft.

Nein, ich will keine Rede halten. Das Reden überlasse ich sowieso schon die ganze Zeit meinem zukünftigen Mann, der mich mit spritzigen

Details aus der Welt der Börse unterhält, wo es nur so von Dow Jones und anderen hochinteressanten Dingen wimmelt. Gähn. Irgendwie habe ich das Gefühl, dass uns auf die Dauer der Gesprächsstoff ausgehen könnte. Na, mir soll es recht sein, wenn er mich nicht weiter ausfragt.

Ich öffne verstohlen den Reißverschluss, der bequem zu erreichen ist, da er dankenswerterweise seitlich eingenäht wurde. So, jetzt bekomme ich wieder Luft. Heiß hier. Und – haaaatschiii!

Wortlos reicht mir Sven seine Serviette über den Tisch. Der tut ja so, als hätte ich meine Austern wieder ausgespuckt. So schlimm war's doch wirklich nicht. Ich streife die Sandaletten von den Füßen. Wenn hier doch bloß nicht so eine tropische Hitze wäre. Haben die keine Klimaanlage in dem Edel-Schuppen?

»Wirklich lecker, die Austern«, versichere ich und zähle unhörbar mit. Sieben. Acht. Eine nach der anderen pflücke ich die Früchte des Meeres. Wenn ich so weitermache, werde ich noch Miss Sylt.

»Es freut mich, dass es dir schmeckt«, sagt Sven und hangelt sich weiter durch eine schier endlose Anekdote aus dem Terminwarengeschäft, deren Pointe ich voraussichtlich nicht verstehen werde, weil ich den Anfang bereits vergessen habe.

»Anke gleifalls ...«, höre ich mich lallen. O nein, was ist denn jetzt passiert?

Meine Zunge pocht und fühlt sich geschwollen an. Besser mal nachsehen.

»Enschullige mich bidde für einnn Momennn, ich wür mir gennn mallie Nase pudennn«, erkläre ich formvollendet und erhebe mich.

Erst in der Toilette bemerke ich, dass ich barfuss bin. Der kühle Marmorboden brennt unter meinen Fußsohlen. Ach, du lieber Jodelverein, was für ein Auftritt im Abtritt! Über diesen kleinen Spaß kann ich mich richtig amüsieren und haltlos kichernd trete ich an den Spiegel heran, der in mattes Silber gefasst ist. Wenigstens ich habe Spaß in diesem Beerdigungsinstitut. Dann verliere ich die Fassung.

Das bin nicht ich, die mich da aus dem Spiegel angrinst! Nicht dieses verquollene Gesicht mit den rosa Quaddeln. Und diese scharlachrote Nacktschnecke in meinem Mund? Nie gesehen. Soll das etwa meine Zunge sein?

Hastig wühle ich in meinem Abendtäschchen. Da. Meine Lebensretter. Ich drücke gleich vier Stück aus dem Alubett und schlucke sie achtlos herunter. Dann drehe ich den Wasserhahn auf und versuche, mit meiner Riesenzunge einen Tropfen zu erwischen. Gar nicht so leicht, wie man denkt. Ich setze mich auf den Waschtisch aus dunkelgrauem Marmor und hänge mich kopfüber ins Becken. Na also, geht doch. Sage nie, das kann ich nicht!, sage ich brav den Vers auf, den meine Mutter immer rezitierte, wenn ich keine Lust hatte, Schularbeiten zu machen oder Staub zu wischen. Sage nie, das kann ich nicht. Vieles kannst du, will's die Pflicht. Vieles kannst du, will's die Liebe, drum dich stets im Schwersten übe.

Aber will's die Liebe überhaupt? Mit einem unerklärlichen Gefühl der Erleichterung gewahre ich ein leichtes inneres Schwanken, was meine Partnerwahl betrifft. Sportliches Cabrio-Feeling mit Jahrgangs-Austern und Camparigeschmack, alles gut und schön, aber was außer einem Crashkurs über die Geheimnisse der Börse hat Sven eigentlich heute Abend zu meiner Erheiterung beigetragen?

»Kann ich Ihnen irgendwie helfen?«, höre ich eine indignierte Stimme. Ich bringe meinen Kopf wieder in die gemeinhin übliche Position und starre die kurz geschorene Dame an, die angstvoll an der Tür stehen geblieben ist und die Klinke noch nicht losgelassen hat.

»Gehhdd schonnn«, raune ich und hüpfe vom Waschtisch herunter. Vorsichtig drückt sich die Dame, die natürlich auch so eine schwarze Kutte trägt, an mir vorbei. Ich hole meine Make-up-Dose heraus. Die für schwere Fälle. Der helle Wahnsinn, diese Quaddeln überall. Mittlerweile tummeln sie sich auch schon auf meinem Dekolleté. Ich beginne eilig, mich zu schminken. Auch das Kleid bekommt was ab. Macht nichts, drinnen flackert gnädig ein ausgesprochen kosmetisches Kerzenlicht.

Ein letzter Blick in den Spiegel. Und – perfekt. Einfach perfekt. Fast jedenfalls. Ich reibe noch etwas Lippenstift unter meine Augenbrauen, das zaubert Frische ins Gesicht, sagt Bella immer, und ersetzt einen dreistündigen Spaziergang im Park.

Gestärkt kehre ich ins Lokal zurück. Die haben aber dicke Teppiche hier. Ich sinke tief ein und halte mich an Stuhllehnen und Tischkanten fest, um nicht umzukippen, bevor ich den Ort unserer Austern-Orgie erreiche.

Schwer atmend sinke ich auf meinem Stuhl zusammen. Sven springt auf. Wie nett, dass er mit seinem Toilettenbesuch gewartet hat, bis ich wieder da bin.

»Kira, was ist mit dir?«, ruft er angstvoll.

»Allls klaa«, krächze ich. Jetzt kann ich kaum noch schlucken. Jetzt passt nur noch Champagner rein. Geistesgegenwärtig greife ich zum Glas, doch das störrische Ding fällt einfach um. Einfach so. Eine schäumende Lache ergießt sich auf das Tischtuch.

»Einen Arzt«, schreit Sven. »Schnell!«

Wieso denn? Was ist denn passiert? Dann höre ich nur noch von Ferne ein Tatütata wie in einem schlechten Krimi. Da muss wohl irgendwo ein Unfall passiert sein.

Filmriss. Herr Filmvorführer, hätten Sie vielleicht die Güte, den Film neu einzulegen?

Er hat. Ich öffne die Augen. Alles um mich her ist weiß. Die Wand, das Bett und der Kittel, den der umwerfend aussehende junge Mann vor mir trägt. Holla, der schaut mir aber tief in die Augen. Dafür, dass ich ihn noch nie gesehen habe, geht der ganz schön ran. Ist aber auch ein sehr gelungenes Exemplar. Brünett mit messingfarbenen Strähnchen, Typ Yachtbesitzer im Endzustand. Knusprig im Biss und zart auf der Zunge. Zunge? Habe ich noch eine Zunge?

»Hören Sie mich? Wie geht es Ihnen?«, fragt er aufgeregt und beugt sich noch weiter vor. Ich kann sein After Shave riechen. Drei dunkle Brusthaare klettern vorwitzig aus seinem weißen Hemdkragen.

»Nich schlech«, stoße ich unter Aufbietung aller Kräfte hervor. Ich habe immer noch das rote Kleid an.

»Soso. Das war ganz schön knapp, wissen Sie das eigentlich?«, fragt der junge Mann und sieht mich vorwurfsvoll an.

»Ich weissja, dassas Kleidd ssu eng iss«, lalle ich schuldbewusst.

Der Kittelmann schüttelt den Kopf.

»Schlafen Sie. Ich komme später wieder«, verspricht er.

Ich lehne mich zurück. Komisches Bett. Komisches Zimmer. Wieso hat Sven denn alles in weiß eingerichtet, wo er doch so auf schwarz steht? Wo ist er überhaupt? Und was macht der andere Typ in seinem Schlafzimmer? Ist das hier etwa eine WG?

Stunden später kommt der junge Mann wieder herein.

»Hallo«, sage ich. Ich kann wieder fehlerfrei sprechen! Nun wird alles gut.

»Wo ist Sven?«, will ich wissen. Vielleicht duscht er ja vorher mit Domestos, wenn er mit einer Unbekannten ins Bett steigt. So was soll's geben. Präkoitaler Waschzwang oder so. Hab ich mal gelesen.

»Falls Sie den Herrn meinen, der Sie hergebracht hat, der ist bereits gegangen.«

Frechheit. Und das rote Spitzenhöschen? Alles umsonst?

»Ich bin Dr. Menden«, sagt der junge Mann. »Ich habe Ihnen etwas gespritzt, das dem Allergieschock entgegen steuert. Ein paar Stunden müssen Sie hier noch verbringen, zur Beobachtung, dann kann ich Sie entlassen.«

Entlassen? Ach so. Ach du liebes bisschen. Krankenhaus. Hey, ich will aber gar nicht entlassen werden. Dieser Arzt ist ein Traum. Ein Traummann. Und den lässt man doch nicht einfach so vorbeidümpeln, da wirft man doch flugs die Angel aus.

»Soll ich jemanden anrufen? Haben Sie Familie?«, fragt Dr. Menden mit sanfter Stimme.

Ich schließe die Augen. Na, wenigstens das klappt noch. Ein feines Tränenrinnsal strömt über meine Wangen.

»Nein, es gibt niemanden«, schluchze ich und greife nach seiner Hand. Eine kräftige, breite Männerhand mit feinen goldenen Härchen darauf.

»Na, na, nicht weinen«, beruhigt mich dieser verwirrend attraktive Arzt.

»Aber Sie erkennen mich nicht, oder?«, schniefe ich.

Jetzt ist der Halbgott in Weiß verblüfft.

»Erkennen, wieso?«, fragt er.

»Ich jedenfalls werde unseren netten Abend im Cosy's immer in guter Erinnerung behalten«, gestehe ich unter Tränen und gestatte mir ein ganz kleines, bleistiftdünnes Lächeln.

Zeit gewinnen, Zeit gewinnen, tuckert es hinter seiner schönen Stirn. Eine Ewigkeit später beginnt er zu lächeln.

Das Leben ist wunderbar. Ich muss unbedingt Bella anrufen.

P. G. Wodehouse

Der Stolz der Woosters wird verletzt

Wenn es etwas gibt, was ich schätze, dann ist das ein ruhiges Leben. Ich gehöre nicht zu denen, die nervös und niedergeschlagen sind, wenn nicht fortwährend etwas passiert. Für mich kann es gar nicht friedlich genug zugehen. Regelmäßige Mahlzeiten, dann und wann eine gute Show mit anständiger Musik und ein oder zwei Kumpel, mit denen ich herumziehen kann, mehr brauche ich nicht.

Deshalb empfand ich den Tiefschlag, der mich traf, als besonders bösartig. Als ich aus Roville zurückgekehrt war, hatte ich das Gefühl, dass mich von jetzt an nichts mehr aus der Fassung bringen konnte. Tante Agatha, dachte ich mir, wird mindestens ein Jahr brauchen, um sich von der Hemmingway-Affäre zu erholen, und außer Tante Agatha gibt es wirklich keinen Menschen, der die Macht hätte, mich besonders zu schikanieren. Für mich hatte es den Anschein, als wären alle Himmel blau, sozusagen, und keine Wölkchen in Sicht.

Weit gefehlt ... Also, jetzt erzähle ich Ihnen, was geschehen ist, und dann frage ich Sie, ob das nicht genügt, um einen Menschen von Grund auf zu erschüttern.

Einmal im Jahr nimmt sich Jeeves ein paar Wochen Urlaub und zischt ab zum Meer oder sonst wohin, um seine Zellen zu erfrischen. Für mich ist das natürlich eine ziemlich miserable Sache, solange er fort ist. Aber es muss ausgestanden werden, und so stehe ich es also aus, und ich muss gestehen, dass er mir für die Zeit seiner Abwesenheit im Allgemeinen eine ganz passable Aushilfe besorgt.

Nun war es wieder einmal soweit, und Jeeves gab seinem Double in der Küche ein paar Ratschläge hinsichtlich der anfallenden Pflichten. Zufällig brauchte ich da gerade eine Briefmarke oder so was Ähnliches, und ich schlenzte den Gang hinunter, um ihn darum zu bitten. Der dämliche Kerl hatte die Küchentür offen gelassen, und ich war noch keine zwei Schritt gegangen, als mir seine Stimme genau ins Trommelfell drang.

»Du wirst sehen«, erklärte er seinem Ersatzmann, »dass Mr. Wooster ein äußerst angenehmer und freundlicher junger Herr ist. Intelligent ist er nicht. Absolut nicht. Seine geistigen Gaben kann man getrost vergessen.«

Wie bitte? Also, erlauben Sie mal! Was?

Ich vermute, streng genommen hätte ich eigentlich sofort eingreifen müssen, um den Kerl energisch zusammenzustauchen. Aber ich zweifle, ob es überhaupt menschenmöglich ist, Jeeves zusammenzustauchen. Ich persönlich versuchte es gar nicht erst. Ich rief nur mit markiger Stimme nach meinem Hut und Stock und machte, dass ich fortkam. Aber es nagte an mir, wenn Sie wissen, was ich meine. Wir Woosters vergessen nicht so schnell. Nun ja, ein paar Sachen schon – Verabredungen, Geburtstage, Briefe einzuwerfen und so weiter. Aber nicht so eine kolossale Beleidigung wie die obige. Das ging mir im Kopf herum wie ein Ohrwurm.

Es ging mir immer noch im Kopf herum, als ich in Bucks Austernbar einfiel, um eine kleine Stärkung in flüssiger Form zu mir zu nehmen. Gerade in diesem Augenblick hatte ich so eine Stärkung dringend nötig, denn ich war auf dem Weg zum Lunch mit Tante Agatha. Eine ziemlich fatale Heimsuchung, ob Sie's glauben oder nicht, obwohl ich nach allem, was in Roville geschehen war, damit rechnen konnte, sie in milder und freundlicher Stimmung anzutreffen. Ich hatte mir gerade einen Schnellen und einen weiteren, etwas Langsameren, einverleibt und fühlte mich so gerüstet, wie es mir unter den Umständen möglich war, als mich eine gedämpfte Stimme aus nordöstlicher Richtung, grüßte. Ich drehte mich um und sah in einer Ecke Jung-Bingo, der sich durch einen ansehnlichen Brocken Brot mit Käse fräste.

»Glückauf«, sagte ich. »Hab dich ewig lang nicht gesehen. Du warst länger nicht mehr hier, oder?«

»Nein. Habe mich aufs Land verzogen.«

»Was?«, sagte ich, denn Bingos tiefe Abneigung gegen das Landleben war allseits bekannt. »Wo denn?«

»In Hampshire. Ort namens Ditteredge.«

»Ach wirklich? Ich kenne Leute, die haben da ein Haus. Die Glossops. Kennst du die?«

»Ja. Ich wohne bei ihnen«, sagte Jung-Bingo. »Ich bin Hauslehrer für das Kind der Glossops.«

»Weswegen denn?«, fragte ich. Ich konnte mir Bingo nicht als Hauslehrer vorstellen. Er hat allerdings eine Art akademischen Grad aus Oxford, und wie man sagt, soll es ja immer möglich sein, einige Leute für einige Zeit zu täuschen.

»Weswegen? Wegen Geld natürlich. Ein todsicherer Sieger setzte sich im zweiten Rennen im Haydock Park auf den Hintern«, sagte Jung-Bingo voller Bitterkeit, »und auf den hatte ich das Taschengeld eines Monats verwettet. Ich hatte nicht den Nerv, meinen Onkel noch mal anzuhauen, also machte ich die Runde bei den Agenturen und suchte mir einen Job. Ich war jetzt drei Wochen da unten.«

»Ich kenne das Glossop-Kind gar nicht.«

»Dein Glück«, sagte Bingo kurz.

»Eigentlich kenne ich nur ein Mitglied der Familie richtig, ein Mädchen.« Kaum hatte ich diese Worte ausgesprochen, als eine sonderbare Verwandlung über Jung-Bingo kam. Seine Augen traten aus den Höhlen, seine Wangen röteten sich, und sein Adamsapfel hüpfte auf und nieder wie ein tanzender Gummiball auf dem Wasserstrahl in einem Schießstand.

»O Bertie!«, sagte er mit erstickter Stimme.

Ich sah den armen Kerl beunruhigt an. Ich

wusste ja, dass er sich dauernd in jemanden verliebte, aber nicht einmal er, dachte ich, könnte sich in Honoria Glossop verlieben. Für mich war dieses Mädchen mehr oder weniger ein Becher Blausäure. Eines dieser verflixt hoch gewachsenen, superschlauen, anstrengenden, dynamischen Mädels, die man heutzutage so häufig sieht. In Girton hatte sie nicht nur ihr Gehirn in Furcht erregender Weise vergrößert, sondern auch noch jede Sportart mitgemacht und eine Physis entwickelt wie ein Mittelgewichts-Ringer der Catch-as-catch-can-Sparte. Ich bin mir nicht sicher, ob sie nicht auch für die Schulmannschaft geboxt hat. Wann immer sie auftrat, löste sie in mir jedes Mal den heftigen Wunsch aus, schnellstens in den Keller zu huschen und dort bäuchlings zu verharren, bis die Sirenen Entwarnung heulten.

Dennoch war Bingo augenscheinlich bis über beide Ohren in sie verliebt, da gab es keinen Zweifel. In den Augen dieses armen Irren glomm das Feuer der Liebe.

»Ich verehre sie, Bertie! Ich verehre den Boden unter ihren Füßen!«, fuhr der Patient mit lauter, durchdringender Stimme fort. Fred Thompson und ein oder zwei Jungs waren hereingekommen, und McGarry, der Barkeeper, lauschte mit schlackernden Ohren. Doch Bingo ist jede Zurückhaltung fremd. Er erinnert mich immer an den Helden in einem Musical, der die Mitte der Bühne besetzt hält und all die anderen Knaben rings um sich herum versammelt, um ihnen lauthals seine Liebe kundzutun.

»Hast du ihr das schon gesagt?«

»Nein, dazu fehlte mir der Mut. Aber abends gehen wir oft im Garten spazieren, und manchmal kommt es mir vor, als wäre da so ein Blick in ihren Augen.«

»Den Blick kenne ich. Den Blick eines Kompanie-Feldwebels.«

»Aber nicht doch. Den Blick einer zärtlichen Göttin.«

»Moment mal, altes Haus«, sagte ich. »Bist du sicher, dass wir dasselbe Mädchen meinen? Ich spreche von Honoria. Hat sie vielleicht eine jüngere Schwester oder so, die ich noch nicht kenne?«

»Ihr Name ist Honoria«, tönte Bingo ehrfurchtsvoll.

»Und sie kommt dir vor wie eine zärtliche Göttin?«

»Jawohl!«

»Gott schütze dich!«, sagte ich.

»Wie klare Nacht durch Sternenhimmel zieht sie, schön und rein, des Dunkels und des Lichtes Seele strahlt in ihrer Augen Schein. Noch mal eine Portion Brot und Käse«, sagte er dem Knaben hinter der Bar.

»Du sammelst Kräfte, was?«, sagte ich.

»Das ist mein Lunch. Ich treffe mich mit Oswald im Waterloo-Bahnhof, um mit ihm zurückzufahren. Er musste hier in der Stadt zum Zahnarzt.«

»Oswald? Ist das der Junge?«

»Ja. Eine Pestbeule ersten Ranges.«

»Pestbeule! Da fällt mir ein, ich hab ja eine Verabredung mit Tante Agatha. Muss die Kurve kratzen, sonst komme ich zu spät.«

Seit der kleinen Affäre mit den Perlen hatte ich Tante Agatha nicht wiedergesehen. Natürlich erwartete ich kein Feuerwerk der Konversation in ihrer Gesellschaft, doch immerhin durfte ich darauf vertrauen, dass ein Thema mit Sicherheit nicht zur Sprache kommen würde, nämlich das meiner zukünftigen Ehe. Ich meine, nachdem sich Tante Agatha so einen Schnitzer wie in Roville geleistet hatte, sollte man doch annehmen, dass sie zumindest eine angemessene Schamfrist von ein oder zwei Monaten einhalten würde.

Aber Frauen können einen vollkommen verblüffen, zumindest, was ihre Unverfrorenheit angeht. Sie werden es nicht für möglich halten, aber schon beim Fisch schlug sie in dieselbe Kerbe. Mein heiliges Ehrenwort, sie fing schon beim Fisch damit an. Wir hatten kaum ein Wörtchen über die Wetterlage gewechselt, als sie zum Schlag ausholte, ohne rot zu werden.

»Bertie«, sagte sie. »Ich habe über dich nachgedacht und darüber, wie dringend notwendig es ist, dass du endlich heiratest. Ich muss zugeben, ich habe mich in dieser fürchterlichen Heuchlerin in Roville schrecklich getäuscht, aber dieses Mal ist jede Gefahr gebannt. Durch einen Glücksfall habe ich genau die richtige Frau für dich entdeckt.

Ich habe sie erst unlängst getroffen, und ihre Familie ist über jeden Verdacht erhaben. Sie hat auch viel Geld, was in deinem Falle allerdings ganz unwichtig ist. Der springende Punkt ist, dass sie stark, vernünftig und voller Selbstvertrauen ist; ein gutes Gegengewicht gegen deine Schwächen und Unzulänglichkeiten. Sie kennt dich übrigens. Natürlich gibt es einiges an dir, was ihr missfällt, aber du bist ihr nicht unsympathisch. Ich muss es wissen, ich habe ihr nämlich auf den Zahn gefühlt, unauffällig selbstverständlich, und ich bin ganz sicher, du brauchst jetzt nur den ersten Schritt zu tun ...«

»Von wem sprichst du?« Ich hätte das schon längst gefragt, aber infolge meines Erschreckens war ein Bissen von dem Brötchen in den falschen Kanal gerutscht, und nachdem ich zunächst blau angelaufen war und dann wieder etwas Atem in die gute alte Luftröhre bekam, konnte ich mich erst jetzt äußern. »Wer ist sie?«

»Sir Roderick Glossops Tochter Honoria.«

»Nein, nein!«, rief ich aus und erbleichte unter meiner Sonnenbräune.

»Sei nicht albern, Bertie. Sie ist genau die richtige Frau für dich.«

»Ja, aber hör mal ...«

»Sie wird dich formen.«

»Ich will aber nicht geformt werden.«

Tante Agatha blickte mich an, wie sie mich stets angeblickt hatte, wenn ich als kleiner Junge in ihrem Marmeladenschrank erwischt worden war.

»Bertie! Ich hoffe, du bereitest mir keinen Verdruss.«

»Aber, ich meine ...«

»Lady Glossop hat dich freundlicherweise für ein paar Tage nach Ditteredge Hall eingeladen. Ich sagte ihr, du würdest mit größtem Vergnügen morgen hinfahren.«

»Es tut mir Leid, aber gerade morgen habe ich eine verdammt wichtige Verabredung.«

»Was für eine Verabredung?«

»Also ... da ...«

»Du hast keine Verabredung. Selbst wenn du eine hättest, müsstest du sie verschieben. Ich werde sehr ärgerlich sein, Bertie, wenn du morgen nicht nach Ditteredge Hall fährst!«

»Na schön, horrido!«, sagte ich.

Keine zwei Minuten, nachdem ich mich von Tante Agatha getrennt hatte, erwachte der alte Kampfgeist der Woosters mit aller Macht. Wie grausig die Gefahr auch sein mochte, der ich ins Auge sah, erfüllte mich eine seltsame Art von Heiterkeit. Ich saß da in einer bösen Klemme, doch je böser die Klemme, um so triumphaler, dachte ich, würde der Sieg über Jeeves ausfallen, wenn ich mich ohne die geringste Hilfe von seiner Seite daraus befreien könnte. Normalerweise hätte ich natürlich seinen Rat gesucht und darauf vertraut, dass er eine Lösung fände. Doch nach allem, was ich ihn in der Küche über mich hatte sagen hören, sollte mich der Teufel holen, wenn ich mich noch derart erniedrigte. Zu Hause angekommen, sprach ich den Mann ganz ungezwungen an.

»Jeeves«, sagte ich, »ich habe da einige Schwierigkeiten.«

»Es tut mir Leid, das zu hören, Sir.«

»Ja, ziemlich üble Sache. Man könnte tatsächlich sagen: am Rande des Abgrunds, Auge in Auge mit dräuendem Unheil.«

»Wenn ich Ihnen behilflich sein könnte, Sir ...«

»O nein. Keineswegs. Vielen Dank, aber mitnichten. Ich will Sie nicht damit behelligen. Ich werde mich zweifellos mit eigener Kraft frei machen können.«

»Sehr wohl, Sir.«

Damit war die Sache erledigt. Ich muss ja sagen, ein bisschen mehr Neugier von dem Burschen hätte ich begrüßenswert gefunden. Aber so ist Jeeves eben. Verbirgt seine Gefühle, wenn Sie wissen, was ich meine.

Honoria war nicht da, als ich am folgenden Nachmittag in Ditteredge Hall ankam. Ihre Mutter sagte mir, sie halte sich bei Nachbarn namens Braythwayt auf, komme erst am nächsten Tag und bringe die Tochter ihrer Freunde zu Besuch mit. Sie sagte, ich würde Oswald draußen auf dem Grundstück finden, und in offenbar grenzenloser Mutterliebe erzählte sie das so, als bedeute es eine großartige Wertsteigerung des Grundstücks und eine ungeheure Verlockung, dort hinzugehen.

Recht ansprechend, dieses Ditteredge. Einige Terrassen, ein Wiesenstück mit einer Zeder darauf, ein paar Büsche und ein kleiner, aber hübscher See, über den sich eine steinerne Brücke wölbte. Ich arbeitete mich rings an den Büschen entlang und erspähte sogleich Jung-Bingo, der gegen die Brücke gelehnt eine Zigarette rauchte. Auf den Steinplatten saß angelnd so ein Bengel, der wohl die Pestbeule Oswald sein musste.

Bingo war sowohl überrascht wie erfreut, mich zu sehen, und stellte mich dem Kleinen vor. Wenn Letzterer ebenso überrascht und erfreut war, verbarg er es wie ein Diplomat alter Schule. Er schaute nur kurz auf, hob leicht die Augenbrauen und angelte weiter. Einer dieser hochnäsigen kleinen Lümmel, die einem den Eindruck vermitteln, man wäre auf die falsche Schule gegangen und außerdem passte einem der Anzug nicht.

»Das ist Oswald«, sagte Bingo.

»Was«, fragte ich freundschaftlich, »könnte angenehmer sein? Wie geht's?«

»Och, ganz gut«, sagte der Knabe.

»Hübsches Gärtchen, das. Wie fühlt man sich hier?«

»Och, ganz gut«, sagte der Knabe.

»Wie ist der Fang?«

»Och, ganz gut«, sagte der Knabe.

Jung-Bingo führte mich beiseite zu einem privaten Meinungsaustausch. »Macht sein unermüdliches kleines Plappermäulchen dich nicht langsam krank?«, fragte ich.

Bingo seufzte. »Ein hartes Brot.«

»Wieso hartes Brot?«

»Ihn zu lieben.«

»Liebst du ihn?«, fragte ich verwundert. »Hätte nicht gedacht, dass so was möglich ist.«

»Ich versuch's«, sagte Bingo. »Um ihretwillen. Sie kommt morgen zurück, Bertie.«

»Das hab ich gehört.«

»Sie kommt! Meine Liebste, mein eigenes ...«

»Famos«, sagte ich. »Aber noch mal zurück zu Klein-Oswald. Musst du den ganzen Tag bei ihm bleiben? Wie hältst du das bloß aus?«

»Ach, er macht ja nicht viel Mühe. Wenn wir nicht zusammen arbeiten, sitzt er die ganze Zeit auf der Brücke und versucht, Elritzen zu fangen.«

»Warum schubst du ihn nicht rein?«

»Reinschubsen?«

»Scheint mir doch genau das Richtige«, sagte ich und betrachtete den Rücken des kleinen Flegels mit konzentrierter Abneigung. »Vielleicht würde er kurzfristig aufwachen und neues Interesse an der Welt zeigen.«

Bingo schüttelte nachdenklich den Kopf.

»Dein Vorschlag ist nicht ohne Reiz«, meinte er. »Aber leider ist das nicht möglich. Verstehst du, sie würde mir das nie verzeihen. Sie ist der kleinen Bestie hörig.«

»Allmächtiger!«, rief ich aus. »Ich hab's!« Ich weiß nicht, ob Sie das Gefühl kennen, wenn eine Inspiration Sie überfällt und kitzelnd Ihr ganzes Rückgrat vom Kragenrand bis zur Sandalensohle hinunterfährt? Jeeves hat dieses Gefühl wahrscheinlich die ganze Zeit, mehr oder weniger, aber ich erlebe es nicht sehr häufig. Doch jetzt schien die Natur ringsum mir zuzurufen: »Triumph, Bertram, Triumph!« Ich packte Jung-Bingo so heftig am Arm, dass er vermutlich dachte, ein Pferd habe ihn gebissen. Seine feingemeißelten Züge verzerrten sich vor Schmerz, Pein und so, und er fragte mich, was zum Teufel ich im Schilde führte.

»Bingo«, sagte ich, »was würde Jeeves machen?«

»Wie meinst du das, was würde Jeeves machen?«

»Ich meine, was hätte er in so einem Fall geraten? Ich meine, weil du doch bei deiner Honoria Glossop Erfolg haben willst und alles. Also, ich werd's dir sagen, alter Knabe: Er hätte dich hinter das Gebüsch da hinten geschubst und mich dazu gebracht, dass ich Honoria irgendwie auf die Brücke locke. Weiterhin hätte er mir geraten, dem Balg zum rechten Zeitpunkt einen Tritt in den Hintern zu geben, sodass er kopfüber ins Wasser schießt. Dann hättest du reinspringen und ihn retten können. Na, was sagst du?«

»Das hast du dir doch nicht allein ausgedacht?«, fragte Jung-Bingo mit ehrfürchtig gedämpfter Stimme.

»Doch. Jeeves ist nicht der Einzige, der Ideen hat.«

»Aber das ist ja ganz toll!«

»War nur ein Vorschlag.«

»Der einzige Einwand, den ich habe, ist, dass du dabei in eine peinliche Lage gerätst. Ich meine, angenommen, der Junge sagt gleich, dass du ihn reingestoßen hast, dann wärst du doch bei ihr unten durch.«

»Das nehme ich in Kauf.«

Der Mann war tief bewegt.

»Bertie, das ist nobel.«

»Aber nein, ich bitte dich.«

Stumm drückte er meine Hand, und dann gluckste er wie der letzte Wassertropfen, der aus der Badewanne rinnt.

»Na?«

»Hab nur gerade gedacht«, sagte Jung-Bingo, »wie fürchterlich nass Klein-Oswald sein wird. Was für ein fabelhafter Tag!«

Des Helden Lohn

Ich weiß nicht, ob Sie es auch schon bemerkt haben, aber es ist ganz komisch, dass es auf der Welt nichts Vollkommenes gibt. Die Schattenseite dieses im Übrigen höchst patenten Unternehmens war leider, dass Jeeves nicht vor Ort sein würde, um mich in Aktion zu sehen. Davon einmal abgesehen, war allerdings kein Makel erkennbar. Das schöne an der ganzen Sache war, dass nichts schief gehen konnte. Sie wissen ja, wie das sonst in der Regel ist, wenn Sie Knaben A genau in dem Moment an Ort B haben wollen, wenn Knabe C Ort D erreicht. Da ist immer ein Fehlschlag möglich. Nehmen wir zum Beispiel den Fall eines Generals, der ein großes Manöver vorbereitet; er befiehlt einem Regiment, den Hügel mit der Windmühle genau im selben Augenblick einzunehmen, in dem ein anderes Regiment den Brückenkopf unten im Tal oder sonst was erobert, und das Ganze ist ein einziges Fiasko. Wenn sie dann nachts im Lager noch mal über den Einsatz plaudern, sagt der Oberst des ersten Regiments: »Ach so, Sie meinten den Hügel mit der Windmühle? Tut mir Leid, ich hab gedacht, Sie meinen den mit der Schafherde.« Sehen Sie, so ist das. Aber in unserem Fall konnte nichts Derartiges geschehen, denn Oswald und Bingo würden sich genau an der richtigen Stelle befinden, und ich brauchte mich nur noch darum zu kümmern, dass Honoria zum rechten Zeitpunkt gegenwärtig war. Das gelang mir auch auf Anhieb und ohne Schwierigkeiten, indem ich sie bat, einen Spaziergang mit mir über das Grundstück zu machen, weil ich ihr etwas Besonderes mitzuteilen hätte.

Kurz nach dem Lunch kam sie zusammen mit dem Braythwayt-Mädel an, einer hoch gewachsenen jungen Person mit blauen Augen und blondem Haar. Ich wurde ihr vorgestellt und fand sie sofort sehr sympathisch – sie war so ganz anders als Honoria –, und hätte ich mehr Zeit gehabt, wäre ich bestimmt nicht abgeneigt gewesen, ein wenig mit ihr zu plaudern. Aber Geschäft ist Geschäft; ich hatte mit Bingo ausgemacht, dass er um Punkt drei Uhr hinter den Büschen stehen sollte, und infolgedessen sicherte ich mir Honoria und lotste sie über das Grundstück in Richtung See.

»Sie sind so still, Mr. Wooster«, sagte sie.

Ich zuckte zusammen, sie hatte mich aus tiefer Konzentration gerissen. Der See war jetzt gerade in Sichtweite, und ich nahm das Gelände mit scharfem Blick in Augenschein. Alles schien wie vorgesehen. Klein-Oswald hockte auf der Brücke. Bingo war nicht zu sehen, und ich nahm an, er hätte Posten bezogen. Auf meiner Uhr war es zwei Minuten nach drei.

»Hä?«, sagte ich. »Oh, ah. Ich habe gerade nachgedacht.«

»Sie sagten, Sie hätten mir etwas Besonderes mitzuteilen?«

»Absolut!« Ich hatte beschlossen, die Sache damit einzuleiten, dass ich den Boden für Jung-Bingo bereitete. Ich meine, ich wollte, ohne Namen zu nennen, ihr Bewusstsein einstimmen auf die Tatsache, dass da jemand war, wie erstaunlich das auch klingen mochte, der sie schon seit langem von ferne liebte und dieser ganze Unsinn. »Die Sache ist nämlich die«, sagte ich. »Es kommt Ihnen vielleicht komisch vor, aber es gibt da jemanden, der ganz wahnsinnig in Sie verliebt ist und so weiter und so fort, ein Freund von mir, wissen Sie.«

»Ach, ein Freund von Ihnen?«

»Ja.«

Es klang, als lachte sie leise. »Und warum sagt er mir das nicht selbst?«

»Ach wissen Sie, so ist er eben. Ein schüchterner, zurückhaltender Kerl. Hat keinen Schneid. Denkt, Sie stehen so hoch über ihm, verstehen Sie? Betrachtet Sie als eine Art Göttin. Verehrt den Boden unter ihren Füßen, hat aber einfach nicht den Mumm, es Ihnen zu sagen.«

»Das ist ja sehr interessant.«

»Ja. Auf seine Art kein übler Kerl, verstehen Sie? Vielleicht ein bisschen tölpelhaft, aber gutartig. Kurzum, so ist die Lage. Sie können es ja mal in Ihrem Herzen bewegen, was?«

»Wie komisch Sie sind!«

Sie warf den Kopf zurück und lachte lauthals. Es war ein durchdringendes Lachen, etwa wie ein Zug sich anhört, der in einen Tunnel einfährt. In meinen Ohren klang es keineswegs hochmusikalisch, und offenbar beleidigte es das Gehör des Knaben Oswald nicht zu knapp. Er starrte voller Abscheu zu uns herüber.

»Ich wünschte, ihr würdet nicht so einen Krach machen«, sagte er. »Ihr verscheucht mir alle Fische.«

Das brach den Bann ein wenig. Honoria wechselte das Thema.

»Ich sehe es nicht gern, wenn Oswald so auf der Brücke sitzt«, sagte sie. »Da ist er nicht sicher. Er könnte leicht hineinfallen.«

»Ich geh mal rüber und sag's ihm«, schlug ich vor.

Die Entfernung zwischen mir und dem Kleinen betrug etwa fünf Meter, aber ich hatte das Gefühl, es wären eher an die hundert. Als ich nun die Distanz zurücklegte, war mir, als hätte ich Ähnliches schon einmal erlebt. Ich erinnerte mich plötzlich. Vor Jahren hatten sie mich anlässlich einer Party in einem Landhaus dazu gebracht, die Rolle des Butlers in irgendeiner Amateur-Aufführung zu Gunsten irgendeiner dämlichen guten Sache zu übernehmen. Das Stück fing damit an, dass ich von einer oberen linken Tür aus quer über die leere Bühne laufen musste, um ein Tablett auf einem Tisch rechts unten abzustellen. Auf den Proben hatten sie mir eingehämmert, dass ich nicht auftreten sollte wie jemand, der im Geherrennen zum Endspurt ansetzt, und das hatte zur Folge, dass ich die Bremsen übermäßig stark anzog. Damals war mir, als käme ich nie mehr bei diesem elenden Tischchen an. Die Bühne schien sich vor mir auszudehnen wie eine unwegsame Wüste, atemlose Stille senkte sich herab, als ob die ganze Natur innehielte, um sich mit all ihrer Aufmerksamkeit nur noch auf mich zu konzentrieren. Nun, genauso war mir jetzt zumute. Ich spürte ein trockenes Schlucken in der Kehle, und je weiter ich marschierte, um so weiter rückte der Junge in die Ferne, bis ich mich mit einem Mal hinter ihm befand, ohne zu wissen, wie ich dort hingelangt war.

»Hallo!«, sagte ich und grinste schmierig, was jedoch an den Knaben ohnehin verschwendet war, denn er dachte gar nicht daran, sich umzudrehen und mich anzusehen. Er wackelte nur übellaunig mit dem linken Ohr. Ich weiß nicht, wann ich jemals wieder jemanden gekannt habe, in dessen Leben ich so wenig Bedeutung hatte.

»Hallo«, sagte ich. »Beim Angeln?«

Ich legte meine Hand wie der freundliche ältere Bruder auf seine Schulter.

»Achtung! Passen Sie auf!«, sagte der Bengel und schwankte auf seinem Unterbau.

Es war eine dieser Sachen, die man schnell macht oder gar nicht. Ich schloss die Augen und stieß. Etwas schien nachzugeben. Da gab es ein schabendes Geräusch, eine Art Heuler, einen noch unvollendeten Schrei und einen Platscher. Und so zog sich der lange Tag dahin, gewissermaßen.

Ich öffnete die Augen. Der Junge kam gerade an die Oberfläche.

»Hilfe!«, brüllte ich und warf schnell einen Blick auf das Gebüsch, aus dem Jung-Bingo eigentlich hätte hervorstürzen sollen.

Doch nichts geschah. Jung-Bingo erschien nicht einmal andeutungsweise.

»Also, wirklich – Hilfe!«, brüllte ich abermals.

Ich will Sie ja nicht mit Erinnerungen aus meiner Theaterlaufbahn behelligen, aber ich muss doch noch einmal auf meinen Auftritt als Butler zurückkommen. Laut Textbuch hätte nämlich, als ich das Tablett abgesetzt hatte, die Heldin auftreten müssen, um mich dann mit ein paar Worten wegzuschicken. Doch an jenem Abend war das verblendete Weib nicht auf dem Posten, und erst nach einer langen Minute hatte der Suchtrupp sie endlich aufgestöbert und auf die Bühne katapultiert. Die ganze Zeit hatte ich wartend dagestanden. Höchst unangenehmes Gefühl, glauben Sie mir. Und jetzt war es genauso, nur schlimmer. Ich verstand, was diese Dichterlinge meinen, wenn sie schreiben, die Zeit stand still.

Es sah alles danach aus, als sei der Knabe Oswald mittlerweile in seinen besten Jahren dahingerafft worden, und allmählich dämmerte mir, dass man eigentlich irgendetwas unternehmen müsste. Was ich von dem Bürschchen gesehen hatte, war nicht dazu angetan, ihn meinem Herzen näher zu bringen, doch wäre es andererseits vielleicht etwas übertrieben gewesen, ihn einfach dahinscheiden zu lassen. Ich kann mich nicht erinnern, jemals etwas Schmutzigeres und Abstoßenderes gesehen zu haben als diesen See, wie er sich meinem Auge von der Brücke aus darbot, doch die Sache musste erledigt werden. Ich warf mein Jackett ab und sprang hinein.

Es klingt verrückt, dass Wasser sehr viel nasser sein soll, wenn man mit sämtlichen Kleidern hineinspringt, als wenn man nur badet, aber glauben Sie mir, genau so ist es. Ich war nur etwa drei Sekunden unter Wasser, doch als ich auftauchte, fühlte ich mich wie einer dieser Körper, von denen es in den Zeitungen heißt »hatte augenscheinlich schon tagelang im Wasser gelegen«. Mein Bauch war eiskalt und aufgetrieben.

An dieser Stelle war im Szenario eine neue Pointe vorgesehen. Ich hatte angenommen, ich könnte gleich nach dem Auftauchen den Burschen am Schlafittchen packen und beherzt zum Ufer steuern. Aber mein Steuern hatte er nicht abgewartet. Als ich mir endlich das Wasser aus den Augen gewischt hatte und nun Zeit fand, in die Runde zu blicken, erspähte ich ihn schon zehn Meter weiter, wo er sich mächtig ins Zeug legte, und zwar, wie ich glaube, unter Anwendung des australischen Kraulstils. Das Schauspiel nahm mir jeden Mut. Ich will sagen, der wesentliche Punkt einer Rettungsaktion, wenn Sie wissen, was ich meine, ist doch, dass der zu rettende Teilnehmer sich einigermaßen ruhig verhält und an Ort und Stelle verharrt. Schwimmt er hingegen aus eigenem Antrieb plötzlich los und ist offenbar in der Lage, Ihnen bei hundert Metern noch vierzig Meter vorzugeben – wie stehen Sie dann da? Das ganze Unternehmen ist ein Fehlschlag. Es schien mir jetzt, als könnte ich nicht viel anderes tun, als zum Ufer zu schwimmen. Folglich schwamm ich zum Ufer. Als ich anlandete, war der Knabe schon halbwegs zu Hause. Wie immer man die Sache auch betrachtete, es war ein Fiasko ersten Ranges.

In meiner Meditation wurde ich durch ein Geräusch unterbrochen, als donnerte der Schottland-Express unter der Brücke hindurch. Doch es war nur Honoria Glossop, die lachte. Sie stand neben meinem Ellbogen und sah mich sonderbar an.

»O Bertie, wie sind Sie komisch!«, sagte sie, und selbst diese einfachen Worte schienen mir unheilvoll. Bis jetzt hatte sie mich nie anders als mit »Mr. Wooster« angesprochen. »Wie sind Sie nass!«

»Ja, ich bin nass.«

»Laufen Sie gleich ins Haus und ziehen Sie sich um.«

»Ja.«

Ich wrang mir an die zehn Liter Wasser aus der Hose.

»Sie sind aber wirklich komisch!«, sagte sie nochmals. »Zuerst machen Sie mir umständlich einen Antrag durch die Blume, und dann stoßen Sie den armen kleinen Oswald in den See, damit Sie ihn retten und mir damit imponieren können.«

Ich brachte es fertig, immerhin so viel Wasser aus meiner Kehle herauszuhusten, dass ich in der Lage war, diesen Furcht erregenden Eindruck zu korrigieren.

»Nein! Nein!«

»Er hat gesagt, dass Sie ihn stießen, und ich habe es selbst gesehen. Aber ich bin nicht verärgert, Bertie. Ich finde das sehr süß. Doch ich glaube, es ist jetzt höchste Zeit, dass ich Sie unter meine Fittiche nehme. Sie brauchen gewiss jemanden, der sich um Sie kümmert. Sie haben zu viele Filme gesehen. Als Nächstes hätten Sie wahrscheinlich das Haus angezündet, um mich aus dem Feuer zu retten.« Sie musterte mich mit der Miene einer zufriedenen Eigentümerin. »Ich glaube«, sagte sie, »ich kann aus Ihnen etwas machen, Bertie. Es ist wahr, bis jetzt haben Sie Ihr Leben nur vergeudet, aber Sie sind noch jung, und in Ihnen steckt ein guter Kern.«

»Nein, wirklich nicht, ganz bestimmt nicht.«

»Doch, doch. Man muss ihn nur ans Licht bringen. Und jetzt laufen Sie stracks ins Haus und ziehen sich um, sonst erkälten Sie sich noch.«

Und da war so ein mütterlicher Ton in ihrer Stimme, wenn Sie wissen, was ich meine, der mir, deutlicher noch als ihre Worte, verkündete, dass das Verhängnis gierig nach mir griff.

Als ich nach dem Umziehen hinunterkam, stand da Jung-Bingo, überaus festlich angezogen.

»Bertie!«, sagte er. »Genau der Mann, den ich sehen will. Bertie, es hat sich etwas Wundervolles zugetragen.«

»Du elender Wurm!«, rief ich. »Wo warst du? Hast du denn vergessen ...?«

»Ach, du meinst die Sache mit dem Gebüsch? Hatte ja noch keine Zeit, es dir zu erzählen. Alles abgeblasen.«

»Abgeblasen?«

»Bertie, ich war tatsächlich gerade dabei, mich in den Büschen zu verstecken, als eine tolle Sache passierte. Über den Rasen spazierte das strahlendste, schönste Mädchen der Welt. Es gibt keine zweite wie sie. Gibt es nicht. Bertie, glaubst du an Liebe auf den ersten Blick? Du glaubst doch an Liebe auf den ersten Blick, oder, Bertie, altes Haus? Ich hatte sie kaum gesehen, da fühlte ich mich schon von ihr angezogen wie von einem Magneten. Ich vergaß alles. Wir zwei waren allein in einer Welt voller Musik und Sonnenschein. Ich ging zu ihr. Wir kamen ins Gespräch. Sie ist eine

Miss Braythwayt, Bertie, Daphne Braythwayt. Kaum hatten sich unsere Blicke getroffen, merkte ich, dass das, was ich für Honoria Glossop empfunden hatte, nichts weiter gewesen war als eine vorübergehende Laune. Bertie, du glaubst doch auch an Liebe auf den ersten Blick, oder? Sie ist so wunderbar, so einfühlsam. Wie eine zärtliche Göttin ...«

An dieser Stelle ließ ich den Kerl stehen.

Zwei Tage später erhielt ich einen Brief von Jeeves. »Das schöne Wetter«, so endete er, »hält weiter an. Ich habe höchst erquicklich im Meer gebadet.«

Ich stieß ein freudloses Lachen aus und ging hinunter, um Honoria zu treffen. Ich war mit ihr im Salon verabredet. Sie wollte mir Ruskin vorlesen.

»Durch Schaden wird man ... klug?«
(Sprichwort)

Steve Martin

Nebenwirkungen

Dosierung: Bei Gelenkschmerzen alle sechs Stunden zwei Tabletten.

Nebenwirkungen: Dieses Medikament kann Übelkeit, Gelenk- und Kopfschmerzen sowie Atembeschwerden verursachen. Es können Muskelschmerzen, Herzrasen oder Ohrgeräusche auftreten. Bei Schwächegefühl sollte ein Arzt konsultiert werden. Meiden Sie Alkohol, wenn Sie das Medikament einnehmen; abzuraten ist auch vom Genuss von rotem Fleisch, Schalentieren und Gemüse. Flunder kann bedenkenlos gegessen werden. Unter keinen Umständen sollten Sie Yakfleisch zu sich nehmen. Bei Männern kann es zu Schmerzen beim Wasserlassen im Sitzen kommen, und zwar besonders dann, wenn der Penis zwischen Klosettbrille und -becken eingeklemmt ist. Zu explosivem Erbrechen kommt es bei dreißig Prozent – Pardon, fünfzig Prozent der Patienten. Sollten Schwindelgefühle, begleitet von Migräne und hörbar rasselndem Atem, auftreten, ist die Dosis zu verdoppeln. Es ist mit Beinkrämpfen zu rechnen, wobei ein Kniefall pro Tag zulässig ist. Häufiger Stuhlgang – in manchen

Fällen im Abstand von zehn Minuten – kann auftreten. Haben Sie mehr als zwölfmal in der Stunde Stuhlgang, konsultieren Sie Ihren Hausarzt oder auch jeden beliebigen anderen Arzt oder irgendjemanden, der bereit ist, Ihnen zuzuhören. Es kann sich ein Gefühl der Verlorenheit oder Geistesabwesenheit einstellen – die richtige Zeit, um ein Drehbuch zu schreiben. Sie sollten kein Flugzeug fliegen – es sei denn, Sie gehören zu jenen zehn Prozent der Patienten, bei denen das Phänomen des »spontanen Testpilotenwissens« auftritt. Wenn Ihre Haare beginnen, nach brennenden Reifen zu riechen, meiden Sie die Nähe von Gebäuden sowie bewohnten Gebieten und tragen Sie Jodtinktur auf Ihren Kopf auf, bis das Geräusch eines vermeintlichen »Countdown« nicht mehr zu hören ist. Bei Mexikanern können Stigmata auftreten. Es wird davon abgeraten, sich auf die Spitze kegelförmiger Gegenstände zu setzen. Bei beginnendem Pilzwachstum zwischen den Augenbrauen wenden Sie sich an das *Guinness-Buch der Rekorde*. Bedienen Sie keine schweren Maschinen, insbesondere dann nicht, wenn Sie sich zu einer sitzenden Tätigkeit berufen fühlen – generell ein guter Rat. Es kann zum Auftreten von Hungerkatastrophen und Pusteln kommen. Mitunter besteht eine Neigung zur zwanghaften Wiederholung der Worte »Nee, mach ich nicht«. Nach Einnahme des Medikaments kann es zu Marienerscheinungen in Baumwipfeln kommen. In diesem Fall eröffnen

Sie einen Souvenirladen. Möglicherweise überkommt Sie heftiges Verlangen, während eines katholischen Gottesdienstes zu rufen: »Ich geb's dir mit 'nem fetten Stecken.« Befällt Sie Untergangsstimmung, so liegt das daran, dass Sie bald sterben werden. Bei Männern kann es zu Impotenz kommen, jedoch nur beim Verkehr. Ansonsten werden Sie eine starke Erektion haben, wenn Sie Ihre tägliche »Runde drehen«. Meiden Sie dieses Medikament, wenn Sie sich mit Kiefersperre unwohl fühlen. Halten Sie sich nicht in der Nähe von klingelnden Telefonen auf, die bei einer Frequenz von neunhundert MHz arbeiten, sonst sind Sie ganz schnell ganz tot. Wir nehmen an, dass Sie als Kind Windpocken hatten. Möglicherweise werden Sie allmählich immer unzufriedener mit dem Leben und verfallen in tiefe Melancholie – willkommen im Club! Machen Sie sich keine Gedanken, wenn Sie einen Geigerzähler ein wenig zum Ticken bringen. Vielleicht abonnieren Sie probehalber für einen Monat *Extremzappeln*. Wegen ihrer Hakenform bleiben die Tabletten häufig im Kehlkopf hängen. Schieben Sie in diesem Fall einen Finger tief in den Hals und bitten Sie einen Freund, Ihnen die Nase zuzuhalten, damit die Tablette nicht in die Nasenhöhle gelangt. Lassen Sie sich nun mit dem Bauch auf eine Stuhllehne fallen. Durch den explosionsartigen Austritt von Luft sollte die Tablette über den Mund ausgestoßen werden – wenn sie nicht in eine Nebenhöhle oder in das

Gehirn gelangt. HINWEIS: Durch dieses Medikament kann sich Ihr Darm um bis zu sechs Meter verkürzen. Vereinzelt sind Fälle rückwirkender Geburtsschäden aufgetreten. Es kann zu Bildstörungen kommen, wenn Sie an einem Fernseher vorbeigehen. Bei Einnahme dieses Medikaments sollten Sie etwas Vorteilhaftes tragen. Weibliche Patienten verspüren häufig nachlassende Libido, die Stimme wird zwei Oktaven tiefer, es kommt zu verstärktem Haarwuchs an den Knöcheln und möglicherweise zum Absinken eines Hodens. In diesem Fall sollten Frauen eine ausführliche schriftliche Schilderung ihrer drei letzten sexuellen Kontakte anfertigen und an folgende Adresse senden: Bob, Wagen 6, Fancyland Trailer Park, Encino, Kalifornien. E-Mails bitte an »hotboy.com«. Setzen Sie das Medikament unverzüglich ab, wenn Sie mit den Zähnen Radiosender empfangen. Es kann zum Auftreten des »Höckerrücken«-Syndroms kommen – an der Entwicklung eines Gegenmittels wird gearbeitet. Verbreitet sind Schwellungen der Fingerspitzen der linken Hand. Planen Sie ausreichend »Ruhezeiten« ein, um Ihre Augen wieder daran zu gewöhnen, sich von unbeweglichen Gegenständen zu lösen. Da der Körper bei der Einnahme dieses Medikaments die Dichte von Stein annimmt, erweisen sich Schwimmwesten und dergleichen auf See als nutzlos – konsultieren Sie daher Ihren Arzt, wenn Sie über Bord gehen. Das Medikament kann eine oder mehrere der folgenden Substanzen enthalten: Gummiseil, Plankton, Kautschuk, Crack, Kokain, Schweinsblasen, aromatische Öle, Gummiarabikum – Pardon, arabische Gummis – Schießpulver, Maisblätter, Klebstoff, Bienenpollen, Muffins, pochierte Eier, Schinken, Sauce hollandaise sowie zerkleinerte Saxofonmundstücke. Levitationsempfindungen sind reine Sinnestäuschung, ebenso das Phantomgefühl eines »dritten Arms«. Bei einigen Patienten kann es zu sprachlichen Inversionen kommen. Noch akzeptabel ist: »Wie, hallo's geht?« – »Es dröhnt so schön, wenn Spörgel flöten göh...« hingegen nicht mehr. Zwanzig Minuten nach Einnahme des Medikaments stellt sich ein unstillbares Verlangen ein, die Dosis sofort zu erhöhen. KÄMPFEN SIE MIT ALLER MACHT DAGEGEN AN! Lassen Sie sich am besten von einem Freund mit Handschellen an ein großes Küchengerät fesseln – MÖGLICHST AN EINES, DAS NICHT DURCH DIE TÜR PASST, SODASS SIE NICHT AN DIE TABLETTEN HERANKOMMEN! Auch sollten sämtliche waffenartigen Utensilien, mit denen Sie Freunde oder Familienangehörige bedrohen könnten, außer Reichweite sein – diese sollten übrigens ebenfalls instruiert werden, Ihnen die Tabletten auf keinen Fall zu geben, auch wenn Sie sie noch so sehr beschwatzen. *Beachten Sie:* Dieses Medikament darf in den Vereinigten Staaten nur dann eingenommen werden, wenn der Patient mit einem Bein in einem Bundesstaat und mit dem anderen in einem anderen Bundesstaat steht.

Jerome K. Jerome

Drei Männer in Not

Wir waren zu viert – George, William Samuel Harris, ich und Montmorency. Wir saßen in meinem Zimmer, rauchten und unterhielten uns darüber, wie schlecht es uns ging – schlecht in rein gesundheitlicher Hinsicht, versteht sich.

Wir fühlten uns alle elend und waren allmählich ziemlich beunruhigt deswegen. Harris sagte, er habe manchmal so starke Schwindelanfälle, dass er kaum noch wisse, was er tue. Und dann sagte George, dass *er* ebenfalls Schwindelanfälle habe, und auch er kaum wisse, was *er* tue. Was mich betrifft, so war es meine Leber, die nicht in Ordnung war. Ich wusste, dass meine Leber nicht in Ordnung war, weil ich vor kurzem eine Werbeschrift für Leberpillen gelesen hatte, in der die verschiedensten Symptome erläutert wurden, an denen man erkennen konnte, dass die Leber nicht in Ordnung war. Ich hatte sie alle.

Es ist wirklich sehr merkwürdig, aber ich habe noch nie eine Werbeschrift für ein Medikament gelesen, ohne mich zu der Erkenntnis gezwungen zu sehen, dass ich genau von der darin beschriebenen Krankheit befallen bin, und zwar in ihrer gefährlichsten Erscheinungsform. Jedes Mal schienen die beschriebenen Symptome exakt mit denen übereinzustimmen, die ich bei mir feststellen konnte.

Ich erinnere mich, dass ich einmal in die Bibliothek des Britischen Museums ging, um nachzulesen, wie man eine leichte Befindlichkeitsstörung behandelt, deren erste Anzeichen ich zu verspüren meinte – es war Heuschnupfen, glaube ich. Ich schlug das Buch auf und las alles, was da über Heuschnupfen stand. Dann blätterte ich in einem kurzen Anflug von Geistesabwesenheit unbewusst weiter und fing an, ganz unbeschwert über Krankheiten im Allgemeinen zu lesen. Ich weiß nicht mehr, was die erste Unpässlichkeit war, auf die ich stieß – irgendeine entsetzliche, verheerende Geißel der Menschheit auf jeden Fall –, aber noch bevor ich die Hälfte der unter »Erste Anzeichen« aufgeführten Symptome überflogen hatte, war ich überzeugt davon, dass ich genau diese Krankheit hatte.

Eine Zeit lang saß ich starr vor Angst da; dann begann ich – mit dem Mut der Verzweiflung – weiterzublättern. Ich stieß auf das Stichwort »Typhus«, las die Symptome und stellte fest, dass ich Typhus hatte, und das schon seit Monaten, ohne es zu wissen. Ich fragte mich, worunter ich wohl sonst noch litt. Ich kam bis zu »Veitstanz« – und fand, wie nicht anders zu erwarten, heraus, dass ich auch diese Krankheit hatte. Jetzt begann mein Fall mich wirklich zu interessieren, und fest entschlossen, der Sache auf den Grund zu gehen, fing ich bei A an, las über Abasie und stellte fest, dass ich diese Krankheit ausbrütete und in zwei Wochen mit dem akuten Stadium zu rechnen war. Ich war sehr erleichtert, als ich herausfand, dass ich nur eine leichte Form der Bright'schen Krankheit hatte, und, was das betraf, noch jahrelang leben würde. Cholera hatte ich, und zwar mit ernsten Komplikationen; an Diphtherie litt ich offenbar seit meiner Geburt. Gewissenhaft arbeitete ich alle Buchstaben durch, und die einzige Krankheit, die ich definitiv ausschließen konnte, war ein Dienstmädchenknie.

Zunächst war ich sehr unglücklich darüber. Das war irgendwie kränkend. Warum hatte ich kein Dienstmädchenknie? Wieso diese gemeine Ausnahme? Aber nach einer Weile begannen weniger eigennützige Gefühle zu überwiegen. Ich überlegte, dass ich schließlich jede andere der medizinischen Wissenschaft bekannte Krankheit hatte, und beschloss, nicht so unbescheiden zu sein und ohne Dienstmädchenknie auszukommen. Es stellte sich heraus, dass die Gicht in ihrer bösartigsten Form mich befallen hatte, ohne dass ich mir dessen bewusst geworden war. Und unter Zytomegalie litt ich seit meiner frühen Jugend. Nach »Zytomegalie« kamen keine weiteren Krankheiten mehr, und ich kam zu dem Schluss, dass ich sonst nichts hatte.

Ich saß da und grübelte. Ich überlegte, was für ein interessanter Fall ich aus medizinischer Sicht sein musste, was für ein Gewinn für ein Medizin-

Seminar. Die Studenten müssten nicht mehr in alle Krankenhäuser laufen, wenn sie mich hätten. Ich vereinte ein ganzes Krankenhaus in mir. Sie müssten einfach nur um mich herumlaufen, und schon könnten sie ihr Examen ablegen.

Dann dachte ich darüber nach, wie lange ich wohl noch zu leben hätte. Ich tastete nach meinem Puls. Zuerst konnte ich ihn überhaupt nicht fühlen. Doch dann, ganz plötzlich, ging es los. Ich zog meine Uhr heraus und zählte. Es waren 147 Schläge pro Minute. Ich versuchte, meinen Herzschlag zu spüren. Ich spürte gar nichts. Mein Herz hatte aufgehört zu schlagen. Ich bin seitdem geneigt zu glauben, dass es wohl die ganze Zeit da gewesen sein und geschlagen haben muss, aber sicher bin ich mir da nicht. Ich tastete meine gesamte Vorderseite ab, von der Stelle, die ich meine Taille nenne, bis rauf zum Kopf, dann ein wenig an beiden Seiten und ein bisschen den Rücken hinauf. Aber ich konnte nichts spüren oder hören. Ich versuchte, meine Zunge zu betrachten. Ich streckte sie heraus, so weit es eben ging, schloss ein Auge und versuchte, sie mit dem anderen zu untersuchen. Aber ich konnte nur die Spitze sehen, und das Einzige, was dabei herauskam, war die verstärkte Überzeugung, unter Scharlach zu leiden.

Ich war als glücklicher, gesunder Mann in diesen Lesesaal gegangen, und verließ ihn als klappriges menschliches Wrack.

Ich suchte meinen Medizinmann auf. Er ist ein

alter Kumpel von mir und fühlt mir den Puls und untersucht meine Zunge und spricht über das Wetter, alles ganz umsonst, wenn ich glaube, dass ich krank bin. Daher dachte ich, ich würde ihm einen Gefallen tun, wenn ich jetzt zu ihm ginge. »Was ein Arzt braucht«, sagte ich, »ist Praxis. Er soll mich haben. Er wird durch mich mehr Praxis bekommen, als durch 700 seiner normalen Alltagspatienten, die jeweils nur ein oder zwei Krankheiten haben.« Also ging ich auf direktem Wege zu ihm, und er sagte:

»Na, was hast du denn?«

Ich sagte:

»Ich werde deine Zeit nicht verschwenden, mein Lieber, indem ich dir sage, was ich habe. Das Leben ist kurz, und deines könnte zu Ende sein, bevor ich fertig bin. Aber ich werde dir sagen, was ich *nicht* habe. Ich habe kein Dienstmädchenknie. Warum ich kein Dienstmädchenknie habe, weiß ich nicht. Tatsache ist, das habe ich nicht. Alles andere aber *habe* ich.«

Und ich erzählte ihm, wie ich alles herausgefunden hatte.

Er riss meinen Mund auf und schaute meine Kehle hinab, packte mein Handgelenk und schlug mir auf die Brust, als ich nicht damit rechnete – pure Feigheit nenne ich das –, und gleich darauf versetzte er mir seitlich mit dem Kopf einen Stoß in die Rippen. Danach setzte er sich, schrieb ein Rezept, faltete es und gab es mir. Ich steckte es in die Tasche und ging.

Ich las das Rezept nicht. Ich ging zur nächsten Apotheke und reichte es dem Mann. Der las es, dann gab er es mir zurück. Er sagte, das habe er nicht vorrätig.

Ich sagte: »Das hier ist doch eine Apotheke, oder?«

Er sagte: »Ja, das hier ist eine Apotheke. Wenn das hier eine Kombination aus Supermarkt und Familienhotel wäre, dann könnte ich Ihnen vielleicht helfen. Da das hier aber nur eine Apotheke ist, kann ich es nicht.«

Ich las das Rezept. Da stand:

- 500 g Rindfleisch und
- 1 großes Starkbier alle 6 Stunden
- 1 10-Meilen-Spaziergang jeden Morgen
- 1 Bett jeden Abend Punkt elf Uhr.

Und zerbrich dir nicht den Kopf über Dinge, von denen du nichts verstehst.

Ich befolgte diese Ratschläge, mit dem schönen Ergebnis – was mich betrifft – dass mein Leben gerettet wurde und noch immer andauert.

Was nun den aktuellen Einzelfall – die Leberpillenwerbung – betraf, hatte ich ohne jeden Zweifel alle Symptome, vor allem das Wichtigste, eine »generelle Abneigung gegen Arbeit jeder Art«.

Wie ich darunter zu leiden habe, ist mit Worten nicht auszudrücken. Mein Martyrium begann bereits in frühester Kindheit. Als Junge ließ mich die Krankheit kaum jemals auch nur einen Tag in Ruhe. Damals wusste man natürlich nicht, dass es an meiner Leber lag. Die Medizin war ja zu dieser Zeit noch nicht so weit wie heute, und so wurde das Symptom als Faulheit abgetan.

»He, du kleiner Faulpelz, du Drückeberger«, hieß es, »steh auf und tu was für deinen Lebensunterhalt.« Natürlich wusste niemand, dass ich schwer krank war.

Und ich bekam auch keine Medikamente – ich bekam Ohrfeigen. Aber diese Ohrfeigen, so merkwürdig das auch klingen mag, erfüllten häufig ihren Zweck und kurierten mich, wenn auch nur für kurze Zeit. Ich habe die Erfahrung gemacht, dass eine Ohrfeige eine bessere Wirkung auf meine Leber hatte als heutzutage eine ganze Schachtel Tabletten. Sie rief augenblicklich einen gewissen Eifer hervor, ohne weiteres Zögern zu tun, was getan werden musste.

Nun, so ist es ja häufig: die alten, einfachen Hausmittel wirken manchmal besser als all dieses chemische Zeug.

Wir saßen so eine halbe Stunde da und erzählten von unseren Gebrechen. Ich erläuterte George und William Harris, wie ich mich fühlte, wenn ich morgens aufstand, und William Harris erzählte uns, wie er sich fühlte, wenn er zu Bett ging. George stellte sich auf den Kaminvorleger und verdeutlichte uns durch eine geistreiche, kraftvolle Darstellung, wie er sich nachts fühlte.

George *glaubt,* dass er krank ist. Aber im Grunde hat er eigentlich nie irgendwas.

In diesem Moment klopfte Mrs. Poppets an die Tür, um zu fragen, ob wir bereit zum Abendessen seien. Wir lächelten uns gegenseitig betrübt an und sagten, dass es wohl besser wäre, wenn wir versuchen würden, ein paar Bissen hinunter zu bekommen. Harris sagte, eine Kleinigkeit im Magen halte oft die Krankheit in Schach. Mrs. Poppets brachte das Tablett herein, und wir setzten uns an den Tisch und stocherten ein wenig in Steak mit Zwiebeln und Rhabarbertorte herum.

Da muss ich schon sehr angegriffen gewesen sein, denn ich erinnere mich, dass ich nach ungefähr einer halben Stunde jedes Interesse an meinem Essen verlor – was bei mir sehr selten vorkommt – und nicht einmal Käse wollte.

Nach dieser Pflichtübung füllten wir die Gläser, zündeten die Pfeifen an und nahmen das Gespräch über unseren Gesundheitszustand wieder auf. Was wirklich gerade mit uns los war, wusste niemand ganz genau. Wir waren aber einhellig der Meinung, dass das Unwohlsein, was auch immer es war, nur von Überarbeitung herrühren könne.

»Was wir brauchen, ist Ruhe«, sagte Harris. »Ruhe und einen totalen Tapetenwechsel«, sagte George. »Durch die Überbeanspruchung unseres Geistes ist der gesamte Körper in Mitleidenschaft gezogen worden. Tapetenwechsel und die nicht vorhandene Notwendigkeit, den Geist anstrengen zu müssen, werden das mentale Gleichgewicht wieder herstellen.«

George hat einen Cousin, der im Polizeiregister für gewöhnlich als Medizinstudent bezeichnet wird, deshalb redet er verständlicherweise manchmal wie ein Hausarzt.

Weil ich Georges' Meinung teilte, schlug ich vor, ein abgelegenes, altmodisches Nest aufzusuchen, weit weg von der aufreibenden Masse, und eine sonnige Woche in seinen verschlafenen Gassen zu vertrödeln – ein halb vergessenes Fleckchen Erde, von Elfenhand versteckt, außer Reichweite der lauten Welt – irgendein malerisch auf den Klippen der Zeit thronender Adlerhorst, von dem aus die tosenden Wogen des 19. Jahrhunderts nur leise und in weiter Ferne zu hören wären.

Harris sagte, das halte er für trübsinnig. Er sagte, er kenne die Art von Kaff, die ich meinte. Diese Orte, wo um acht Uhr abends die Bürgersteige hochgeklappt wurden und man für Geld und gute Worte keine Sportzeitung kriege und zehn Meilen laufen müsse, um seinen Tabak zu bekommen.

»Nein«, sagte Harris, »wenn ihr Ruhe und Tapetenwechsel sucht, dann gibt es nichts Besseres als eine Seereise.«

Ich protestierte heftig gegen eine Seereise. Eine Seereise ist eine feine Sache, wenn man mehrere Monate Zeit hat, aber für nur eine Woche ist sie eine Qual.

Am Montag geht es los, und man ist tief im Innersten überzeugt, dass man die Reise in vollen Zügen genießen wird. Man winkt den Jungs an Land ein flottes Lebewohl zu, zündet sich die dickste Pfeife an und stolziert an Deck herum, als wäre man Käptn Cook, Sir Francis Drake und Christoph Columbus in einer Person. Am Dienstag wünscht man, man hätte diese Reise nie angetreten. Mittwoch, Donnerstag und Freitag wünscht man, man wäre tot. Am Samstag ist man in der Lage, ein wenig Bouillon bei sich zu behalten und an Deck zu sitzen und mit einem matten Lächeln zu antworten, wenn mitfühlende Menschen nach dem derzeitigen Befinden fragen. Am Sonntag kann man sich endlich wieder auf den Beinen halten und feste Nahrung zu sich nehmen. Und am Montagmorgen, wenn man mit Reisetasche und Schirm an der Reling steht und darauf wartet, dass das Schiff anlegt, da beginnt man, eine Seereise wirklich zu genießen.

Ich erinnere mich, dass mein Schwager mal eine kurze Seereise gemacht hat, seiner Gesundheit zuliebe. Er nahm eine Rückfahrkarte von London nach Liverpool. In Liverpool angekommen, wollte er nur noch eins: die Karte für die Rückfahrt verkaufen.

Angeblich bot er sie überall in der Stadt mit einem unglaublichen Rabatt an. Schließlich wurde er sie für 18 Pence an einen kränklich aussehenden jungen Mann los, dem sein Arzt gerade zu Seeluft und Bewegung geraten hatte.

»Seeluft!«, sagte mein Schwager und drückte

ihm das Ticket liebevoll in die Hand. »Junge, du wirst so viel Seeluft bekommen, dass es für dein ganzes Leben reicht. Und erst Bewegung! Junge, du wirst mehr Bewegung haben, wenn du auf diesem Schiff hockst, als wenn du auf dem Festland Purzelbäume schlagen würdest.«

Er selbst – mein Schwager – kam mit dem Zug zurück. Er meinte, die North-Western-Railway sei für ihn gesundheitsfördernd genug.

Ein anderer Bekannter von mir buchte eine einwöchige Seereise entlang der Küste, und bevor das Schiff ablegte, kam der Steward zu ihm und fragte, ob er lieber für jedes Essen einzeln zahlen oder einen Pauschalpreis vorziehen würde.

Der Steward empfahl die zweite Variante, denn die wäre doch so viel günstiger. Er sagte, das mache zwei Pfund fünf für die ganze Woche. Er erklärte, zum Frühstück gäbe es Fisch und danach gegrilltes Fleisch. Lunch sei um eins und bestehe aus vier Gängen. Dinner um sechs: Suppe, Fisch, Zwischengang, Braten oder Geflügel und Salat, Süßspeisen, Käse und Dessert. Und um zehn würde noch ein leichtes Fleischgericht gereicht.

Mein Bekannter dachte, er sollte sich für die Zwei-Pfund-Fünf-Variante entscheiden (er ist ein guter Esser), und tat das auch.

Das Mittagessen wurde serviert, als sie gerade in Sheerness abgelegt hatten. Er hatte nicht viel Appetit und beschränkte sich auf ein wenig gekochtes Rindfleisch und einige Erdbeeren mit Sahne. Am Nachmittag hatte er viel Zeit zum

Nachdenken, und mal schien es ihm, er hätte wochenlang nichts als gekochtes Rindfleisch gegessen, und dann wieder, als hätte er jahrelang von Erdbeeren mit Sahne gelebt.

Auch das Rind und die Erdbeeren sowie die Sahne schienen nicht besonders glücklich – sie wären wohl gerne bei ihm geblieben.

Um sechs sagte man ihm, das Abendessen sei serviert. Diese Ankündigung rief keine Begeisterung bei ihm hervor, aber er hatte das Gefühl, ein wenig von den zwei Pfund fünf abarbeiten zu müssen. Also hielt er sich an Seilen und sonst was fest und wankte hinunter. Ein köstlicher Duft von Zwiebeln und warmem Schinken, gemischt mit dem Geruch von gebratenem Fisch und Gemüse begrüßte ihn am Ende der Stiege. Der Steward kam mit einem schmierigen Lächeln und sagte: »Was darf ich Ihnen bringen, Sir?«

»Bringen Sie mich hier raus«, war die klägliche Antwort.

Man brachte ihn schnell an Deck, lehnte ihn auf der dem Wind abgewandten Seite über die Reling und überließe ihn seinem Schicksal.

Die nächsten vier Tage lebte er ein einfaches, unschuldiges Leben auf Basis von dünnem Kapitäns-Zwieback (dünn war der Zwieback, nicht der Kapitän) und Mineralwasser. Dann, es muss am Samstag gewesen sein, wurde er kühn und versuchte es mit schwachem Tee und trockenem Toast, und am Montag verschlang er bereits Hühnerbrühe. Er verließ das Schiff am Dienstag, und als es vom Anleger wegdampfte, schaute er bedauernd hinterher.

»Da fährt es dahin«, sagte er, »da fährt es dahin, mit Köstlichkeiten für zwei Pfund an Bord, die mir gehören und die ich nicht zu mir genommen habe.«

Er sagte, dass er, wenn sie ihm noch einen Tag mehr gegeben hätten, auf seine Kosten hätte kommen können.

Daher war ich wirklich sehr gegen eine Seereise. Nicht meinetwegen, wie ich erklärte. Mir wird niemals schlecht. Aber ich machte mir Sorgen um George. George sagte, ihm würde das nichts ausmachen, Harris und mir riete er allerdings davon ab, es auch nur in Erwägung zu ziehen, denn wir beide würden bestimmt seekrank werden. Harris sagte, dass es ihm immer schon ein Rätsel gewesen sei, wie Menschen überhaupt seekrank werden könnten – er glaube ja, diese Leute täten das, um sich interessant zu machen. Und er sagte, er habe sich oft gewünscht, seekrank zu werden, sei aber nie dazu in der Lage gewesen.

Dann erzählte er uns Anekdoten von seiner Fahrt über den Kanal, als die See so rau war, dass die Passagiere in ihren Kojen angeschnallt werden mussten. Er und der Kapitän waren die beiden einzigen lebenden Seelen an Bord, die nicht seekrank waren. Manchmal waren es auch er und der zweite Maat, die nicht seekrank waren; immer er und ein weiterer Mann. Und wenn nicht er und ein weiterer Mann, dann nur er allein.

Es ist schon merkwürdig, aber niemand wird jemals seekrank – an Land. Auf See trifft man immer ganz viele Leute, denen es wirklich miserabel geht, ganze Schiffsladungen voll. Aber ich habe bisher an Land noch keinen Menschen getroffen, der auch nur ansatzweise wusste, was Seekrankheit ist. Wo die Tausend und Abertausend Nicht-Seefesten, von denen es auf jedem Schiff nur so wimmelt, sich verstecken, wenn sie an Land sind, ist mir ein Rätsel.

Wenn alle Menschen so wie der Kerl wären, den ich einmal auf der Yarmouth-Fähre gesehen habe, könnte ich das vermeintliche Rätsel ganz einfach lösen. Wir hatten gerade von Southend Pier abgelegt, ich weiß es noch genau, und er lehnte in einer sehr gefährlichen Stellung aus einem Bullauge. Ich ging zu ihm und versuchte ihn zu retten.

»He, kommen Sie weiter rein«, sagte ich und rüttelte ihn an der Schulter. »Sie werden über Bord gehen«.

»O mein Gott! Ich wünschte, es wäre schon so weit«, war die einzige Antwort, die ich bekam. Also ließ ich ihn in Ruhe.

Drei Wochen später traf ich ihn im Restaurant eines Hotels in Bath, wo er von seinen Reisen berichtete und mit großer Begeisterung erzählte, wie sehr er das Meer liebe.

»Heiliger Klabautermann!«, antwortete er auf die neidische Frage eines schüchternen jungen Mannes. »Na ja, *einmal* habe ich mich schon ein wenig komisch gefühlt. Das war vor Kap Horn. Das Schiff ging am nächsten Morgen unter.«

Ich sagte: »Waren Sie nicht neulich am Southend Pier ein wenig wackelig auf den Beinen, und wollten Sie nicht über Bord gehen?«

»Southend Pier?«, antwortete er verwirrt.

»Ja, auf der Fahrt runter nach Yarmouth, Freitag vor drei Wochen.«

»Ach ja, da«, antwortete er und gewann seine Fassung zurück, »jetzt erinnere ich mich. An diesem Nachmittag hatte ich Kopfschmerzen. Das waren die sauren Gurken. Die grässlichsten sauren Gurken, die ich je auf einem anständigen Schiff gegessen habe. Hatten Sie auch welche?«

Was mich betrifft, so habe ich ein ausgezeichnetes Mittel gefunden, der Seekrankheit vorzubeugen, nämlich indem ich mich aufrecht halte. Man stellt sich in die Mitte des Decks, und wenn das Schiff sich hebt und senkt, bewegt man seinen Körper entsprechend, sodass er immer aufrecht bleibt. Wenn die Vorderseite des Schiffes sich hebt, lehnt man sich nach vorn, bis die Nase fast die Deckplanken berührt; wenn die Rückseite nach oben geht, lehnt man sich zurück. Das ist eine gute Methode für ein oder zwei Stunden; eine ganze Woche kann sich aber niemand aufrecht halten.

George sagte: »Lasst uns den Fluss hinauf fahren.«

Er sagte, wir brauchten frische Luft, Bewegung und Ruhe. Die sich ständig verändernde Uferlandschaft würde unseren Geist anregen (einschließlich dem, was davon bei Harris übrig war), und die harte Arbeit würde unseren Appetit fördern und uns gut schlafen lassen.

Harris sagte, er glaube nicht, dass George irgendetwas tun sollte, dass dazu angetan sei, ihn noch schläfriger zu machen, als er ohnehin immer sei, denn das könne gefährlich werden. Er sagte, er könne nicht recht verstehen, wie George noch mehr schlafen könne, als er es jetzt schon täte, denn der Tag habe schließlich nur 24 Stunden, sowohl im Sommer, als auch im Winter. Er glaube, wenn er wirklich noch mehr schlafe, könne er genauso gut tot sein und auf diese Weise Kost und Logis sparen.

Harris sagte, wie auch immer, ihm jedenfalls gefalle der Fluss wie ein T. Ich weiß nicht, was ein »T« ist (ich kenne nur den Sixpence-Tee, bei dem Toast, Butter und Kekse, so viel man mag, im Preis enthalten sind, denn das ist eine preiswerte Sache, wenn es nichts zum Abendessen gibt). Ein T scheint aber jedem zu gefallen, muss also wirklich etwas ganz Tolles sein.

Mir gefiel der Fluss jedenfalls auch außerordentlich, und Harris und ich sagten beide, dass Georges' Idee großartig sei, und zwar in einem Ton, der unser Erstaunen ausdrückte, dass George auf so was kommen konnte.

Der Einzige, der dem Vorschlag nichts abgewinnen konnte, war Montmorency. Er hatte sich noch nie um den Fluss geschert.

»Das ist alles sehr schön für euch, Freunde«,

sagte er, »ihr findet das gut, ich aber nicht. Da gibt es nichts für mich zu tun. Aus Landschaft mache ich mir nichts, und ich rauche nicht. Wenn ich eine Ratte sehe, würdet ihr nicht anhalten; und wenn ich schlafe, macht ihr irgendeinen Unsinn mit dem Boot, und ich gehe über Bord. Wenn ihr mich fragt, die ganze Sache ist grober Unfug.«

Aber es stand drei zu eins, und die Idee wurde in die Tat umgesetzt.

*

Was daraus wurde, ist allgemein bekannt: Die Bootsfahrt der drei Siechen (nicht zu vergessen: der Hund) die Themse hinauf ist weltberühmt geworden und in »Drei Männer im Boot« nachzulesen. Ob die Herren sich dabei erholt haben, bleibt allerdings fraglich.

»Gehabte Schmerzen, die hab ich gerne.«
(Wilhelm Busch)

Aus Gesundheitsgründen« soll Amitz Dulnikker in einem abgeschiedenen Dorf Erholungsurlaub machen. Die Wahl fällt auf Kimmelquell, wo die Zeit stehen geblieben zu sein scheint – bis Dulnikker auftaucht und alle mit seiner Hektik ansteckt.

Ephraim Kishon

Aus Gesundheitsgründen

»... Ich komme nun zum Ende meiner Ausführungen, da meine Zeit abgelaufen ist, aber bevor ich zusammenfasse, möchte ich noch einige allgemeine Bemerkungen zum Thema selbst machen.« Hier hob Amitz Dulnikker die Stimme und hieb mit der Faust auf den Tisch, dass die Gläser hüpften. »Unser Kampf um die politische Unabhängigkeit geht weiter! Unser Kampf um die nationale Disziplin geht weiter! Unser Kampf zur Stärkung unserer Sicherheit, zur Stärkung unserer Kraft, zur Stärkung unserer Macht, zur Stärkung unserer Stärke ...«

An diesem Punkt, der eigentlich erst der Beginn seiner Rede war, erlitt Amitz Dulnikker den ersten Herzanfall. Der kleine dynamische Staatsmann, schlampig wie gewöhnlich, hatte seine Zuhörer mit seinen gewohnten rhetorischen Fähigkeiten über zwei volle Stunden lang fasziniert. Plötzlich durchlief ihn ein Schauer, er beugte sich vor und griff sich an die Brust. Sein Gesicht lief rot an, und die Stirnadern quollen vor wie Würmer nach dem Regen. Das Publikum hielt das plötzliche Schweigen des Redners für eine Kunstpause zur Erhöhung der Spannung und merkte daher nicht, was passiert war. Als jedoch Dulnikker vornüber auf den Tisch zusammensackte, durchlief das Auditorium eine zitternde Bewegung. Aus den ersten Reihen ertönte der Ruf: »Ein Arzt! Ein Arzt!«, und einige Leute starteten zur Rednertribüne. Als Erster war ein schlaksiger junger Mann zur Stelle, der aus den Kulissen zu Dulnikker hinstürzte und ihn in einen Nebenraum schleifte. Er setzte den Staatsmann hin, lockerte den Kragen und riss die Fenster auf.

»Ein unerwarteter Anfall«, keuchte der Staatsmann und holte mit zitternden Fingern zwei Pillen aus einer Kapsel. »Genau wie letzte Woche bei der Planungssitzung ...«

Sein Privatsekretär schaute ihn durch seine randlose Brille mit schlecht verhehlter Ungeduld an.

»Bitt' Sie, Dulnikker, rühren Sie sich nicht, und hören Sie zu reden auf«, sagte er. »Ich hol' sofort den Chauffeur.«

»Nein, Zev, nur ja nicht«, stöhnte Dulnikker und versuchte aufzustehen. »Ich muss in den Vortragssaal zurück.«

»Ich fleh' Sie an, Dulnikker, seien Sie jetzt nicht dickköpfig!« zischte der Sekretär und drückte den

Staatsmann sanft auf den Stuhl zurück. Als er das Zimmer verließ, sperrte er vorsichtshalber die Türe von außen zu und bahnte sich mit Hilfe seiner besonders spitzen Ellbogen einen Weg durch die Menschenmenge im Gang.

»Bring den Wagen zum Tor«, befahl er dem Chauffeur. »Der Alte hat schon wieder einen Herzanfall gehabt.«

»Verrückt!«, versicherte der Chauffeur. »Ich möchte schwören, der fällt demnächst in einer Rede um und ist tot.«

Dulnikker lehnte sich in den gepolsterten Wagensitz zurück und massierte sich genüsslich mit dem Handrücken die Nasenspitze, wie immer, wenn er in Spannung war.

»Bitte, mein Freund«, sagte er mit schwacher Stimme zum Chauffeur, »bring mich schnell heim. Um 8 Uhr 20 kommt meine Rede im Rundfunk.«

Der Chauffeur trat auf das Gaspedal.

»Schön, Dulnikker«, sagte der Sekretär zornig. »Machen Sie, was Sie wollen, Dulnikker.«

Der Staatsmann schien etwas zusammenzuschrumpfen.

»Also gut, vielleicht widme ich den morgigen Tag meiner Erholung«, sagte er. »Aber bevor ich mich endgültig entscheide, möchte ich, dass du mir mein Programm vorliest«

Der Sekretär zog einen dicken Vormerkkalender aus der gelbledernen Aktentasche neben sich und reichte ihn Dulnikker.

»Also Dienstag«, las der Staatsmann. »Diese Besprechung um 9 Uhr 30 im Büro des Premierministers kann abgesagt werden, da ich den Geheimbericht ohnehin noch nicht lesen konnte, weil ich ihn irgendwo verloren habe. Übrigens, mein Freund, hast du dich schon mit dem Stenogramm meiner Rede in der Sitzung des Hilfskomitees beschäftigen können?«

»Ja. Ich hab' den Schluss ein kleines bisschen gekürzt. Sie haben die Rede geistesabwesend mittendrin wieder von vorn begonnen.«

»Die Eröffnung der Keramikausstellung der Antituberkulose-Liga um 11 Uhr 45 unter meiner Schirmherrschaft«, las Dulnikker. Mit gefurchter Stirn fügte er hinzu: »Was mach' ich dort eigentlich?«

»Das Übliche: Sie begrüßen die Gäste, sagen ein paar Worte über das Keramikhandwerk und verleihen dem Stück, das Ihnen am besten gefällt, den ersten Preis.«

»Schön«, sagte Dulnikker. »Was ist denn eigentlich Keramik?«

»Diese kleinen Tondinger.«

»Ah, ja. Ich habe sogar einige hübsche Stücke daheim, gleich neben den Kristallsachen. Schön, also verständige sie, dass ich verhindert bin, der Eröffnung beizuwohnen, aber ich schicke ihnen eine Grußbotschaft. Ich bitte dich, mein Freund, zuck nicht so! Vor ungefähr zwei Jahren haben wir eine ähnliche Glückwunschnote zur Einweihung des Blumenmuseums geschickt, also brauchst du den Text nur ein bisschen abzuändern. Natürlich wirst du sehr Acht geben müssen, dass alle ›Blumen‹ ...«

»Ich weiß, Dulnikker«, unterbrach ihn der Sekretär, »redigier' ich so was vielleicht zum ersten Mal?«

»Zev, mein Freund, ich sage dir, der Grund, warum man mir zu viele Funktionen aufbürdet, ist einzig der, mich ins Grab zu hetzen. Demnächst wirst du es erleben, dass ich tot umgefallen bin.«

»Herr Dulnikker«, sagte der Chauffeur über die Schulter nach hinten, »dann vergessen Sie bitte nicht, mir dieses Empfehlungsschreiben für eine Wohnung gleich jetzt zu geben.«

»Zev wird es schreiben, und ich unterzeichne es.«

»Entschuldigen Sie schon, Herr Dulnikker, aber es macht einen ganz anderen Eindruck, wenn der ganze Brief in Ihrer Handschrift ist.«

»Das ist ja die Tragödie, meine Herren«, sagte der Staatsmann verbittert. »Immer muss ich alles selber machen!«

Der elegante Wagen hielt am Stadtrand vor einem schäbigen Haus mit abblätterndem Verputz. Dulnikker kletterte langsam, jedoch ohne Hilfe in den zweiten Stock hinauf. Kaum war er in der Wohnung, stellte er zuerst den Rundfunkapparat an, ließ sich dann in einen samtbezogenen Lehnstuhl fallen und bat mit schwacher Stimme um ›Post und Presse‹.

»Was gibt es Neues im Spitalwesen?«, ertönte

die schmelzende Stimme des Ansagers. »Ein Interview mit Amitz Dulnikker über den Stand unseres Gesundheitswesens.«

Der Staatsmann bedeutete Zev, den Apparat lauter einzustellen, und rieb sich höchst behaglich die Nase. Ja, er erinnerte sich, das war's, worum er damals den Ansager gebeten hatte.

Nicht »Amitz Dulnikker, Exmitglied der Knesset« oder »Amitz Dulnikker, ehemaliger Parteisekretär«, sondern schlicht: »Meine Herren, am Mikrofon Amitz Dulnikker.«

Das Telefon läutete:

»Ja«, sagte Dulnikker. »Dulnikker!«

Dabei sah er wieder seine Post durch, ohne Brille, zu seinem großen Stolz: »An Herrn Dulnikker«, murmelte er immer wieder, »A. Dulnikker« ... »Genosse Dulnikker« ... »Amitz Dulnikker« ...

»Herr Dulnikker«, stellte der Ansager seine Frage, »wie steht es heute, nach zwanzigjährigem Bestand unseres Staates, um die staatlichen Spitäler?«

»Die Lage ist äußerst ernst«, erwiderte Dulnikkers Stimme.

»Trotz der Schritte, die unsere Regierung unternommen hat, entspricht die Lage den Bedürfnissen einer wachsenden Bevölkerung in keiner Weise ...«

Dulnikker verstand nicht genau, um was sich das Interview eigentlich drehte. Schon als es seinerzeit auf Band aufgenommen wurde, hatte er sich nicht besonders in das Thema vertieft. Nach der letzten Koalitionskrise war er irrtümlich zum Stellvertretenden Generaldirektor des Gesundheitsministeriums ernannt worden. Dulnikker hatte das Amt genau eine Woche bekleidet, das jedoch war für die ›Stimme Israels‹ Zeit genug gewesen, ihn zu interviewen.

»Trotzdem hole ich lieber einen Arzt«, bemerkte der Sekretär. »Bin gleich wieder da, Dulnikker.«

»Dulnikker ...«, murmelte der schläfrige Staatsmann. »Spitalwesen ...«

»Frau Dulnikker«, erklärte Professor Tannenbaum, »nach dem Blutdruck Ihres Mannes zu schließen, kann es jeden Augenblick zu einer Katastrophe kommen.«

»Mir egal«, erwiderte Frau Dulnikker. »Der Idiot hört doch eh nie auf mich.«

Professor Tannenbaum entfernte das Gummiband des Blutdruckmessgeräts von Dulnikkers Arm und legte es neben die klebrigen Kaffeetassen, die noch vom Morgen her auf dem krümelübersäten Tischtuch standen. Professor Tannenbaum war seit Jahrzehnten der Leibarzt der Parteihierarchie und an die Situation gewöhnt: Die Schöpfer des Staates lebten in erschreckend bescheidenen Verhältnissen. Dulnikkers Wohnung bestand bloß aus zwei kleinen Zimmern, und da Gula Dulnikker aktives Parteimitglied war, hatte sie nie Zeit, gründlich zu fegen. Die abgenutzten

Möbel standen, mit Staub und Zigarettenasche bedeckt, in einer Ecke, und an den Wänden hingen zwei Landschaften in Goldrahmen, von der Art, wie sie auf den Straßen verhökert werden. Zwischen ihnen hing ein prachtvolles Original van Goghs, ein Geschenk der jüdischen Gemeinde von Kopenhagen.

Gula Dulnikker, eine dicke, hässliche Person, stand wütend am Bett. Sie war nach einem schweren Arbeitstag, an dem sie apathische Frauenzimmer organisiert hatte, spät heimgekommen und hatte ihren Gatten am Fuß seines Lehnstuhls unter einem Haufen Papier auf dem Boden ausgestreckt vorgefunden. Trotz der Volksmusik aus dem plärrenden Radio stöhnte und schnarchte er vor sich hin, den Telefonhörer noch immer in der verkrampften Hand. Das Einzige, das der benommene Dulnikker hörte, als Gula ihn ins Bett verfrachtete, waren ihre äußerst bissigen Bemerkungen. Das Auftauchen Zevs mit Professor Tannenbaum einige Minuten später hatte ihn gerettet.

»Herr Dulnikker«, erwiderte Professor Tannenbaum energisch, »ich will offen zu Ihnen sein. Die geringste Aufregung kann eine Katastrophe herbeiführen!«

Dulnikkers Gesicht lief wieder rot an, und die Stirnadern schwollen erschreckend.

»Was«, stöhnte er, »was könnte denn geschehen?«

»Herzinfarkt.«

»Hörst du es, Dulnikker?«, sagte Gula. »Hörst du? Wenn du nicht aufpasst, krepierst du wie ein Hund.«

»Nur eine radikale Änderung der Gewohnheiten des Herrn Dulnikker kann ihn retten. Wenn er weiterhin die Rolle eines wichtigen Politikers spielt ...«

»Ich bin kein Politiker. Ich bin Staatsmann!«

»Vom medizinischen Standpunkt aus ist das ein und dasselbe. Mein Herr, Sie müssen sich für lange Zeit aus dem öffentlichen Leben zurückziehen. Sie werden auf alles verzichten müssen, was Sie aufregen könnte. Und dazu gehören auch sämtliche Formen des Vergnügens.«

»Hörst du, Dulnikker?«, keifte Frau Dulnikker. »Also keine Reden mehr!«

»Die sind im ersten Monat Ihrer Erholung auf jeden Fall absolut verboten«, versicherte der Parteiarzt. »Nachher, wenn wir Anzeichen einer Besserung sehen, werden wir ihm erlauben, einmal in der Woche einen Vortrag zu halten, aber nicht länger als zwanzig bis fünfundzwanzig Minuten, und vor einem so freundlich wie möglich gesinnten Publikum.«

»Doktor«, kam Dulnikkers heisere Frage, »wie lange muss ich ausfallen?« – »Mindestens drei Monate.«

Da geschah etwas Erschütterndes: Amitz Dulnikker, das Symbol einer Generation der Eroberung und des Aufbaus, brach in Tränen aus.

»Schauen Sie, Dulnikker«, beruhigte ihn Zev,

und seine Stimme war voll menschlichen Verständnisses, »wir zwei machen auf zwei Monate eine Reise in die Schweiz und bleiben mit dem Parteihauptquartier in ständiger telefonischer Verbindung.«

»Tut mir Leid, aber auch das ist keine Lösung«, lautete die Reaktion des Arztes. »Herr Dulnikker muss alle Brücken hinter sich abbrechen. Er muss sich in irgendeinen einsamen Winkel zurückziehen.«

»Aber meine Herren«, sagte Dulnikker mit ausgebreiteten Händen vorwurfsvoll, »denken Sie doch einen Augenblick an unser Land!«

»Der größte Nutzen für unseren Staat ist Amitz Dulnikkers schnelle Genesung.«

Dieses Argument berührte eine empfängliche Saite in der Seele des erschöpften Staatsmannes. Dulnikker beherrschte sich, setzte sich steil im Bett auf und sagte:

»Genossen, ich bin bereit!«

»Bravo!«, rief Professor Tannenbaum und klatschte Beifall.

Aber Gula brachte ihn sofort zum Schweigen.

»Hören Sie auf damit, Professor, hören Sie auf! Nichts als Gerede. Dulnikker kann ohne Konferenzen und Presseleute und Radio nicht leben.«

»Nun, Sie sollen wissen, Madame«, brüllte Dulnikker, »dass ich inkognito in ein so winziges Dorf reisen werde, dass dort überhaupt keiner weiß, wer ich bin! Falls es einen so rückständigen Ort in unserem Land überhaupt gibt«, fügte er hinzu.

»Gibt's keinen«, meinte der Sekretär. »Daher ist es besser, wir fahren auf zwei Monate in die Schweiz.«

»Geht nicht. Aus Prinzip nicht«, versicherte ihm Dulnikker. »Ich habe den Schwur getan, dass ich das Heilige Land niemals verlassen werde. Außer in einer Mission.«

»Das ließe sich richten«, murmelte der Sekretär sehr enttäuscht.

Es läutete an der Tür, und Frau Dulnikker meldete: »Der Schultheiß von der Tnuva-Kooperative! Um die Zeit! Elf Uhr nachts! ...«

Dulnikkers Arbeitszimmer passte gut zu der übrigen Wohnung. Ein breiter, schwerer Schreibtisch in Barock nahm die Mitte des Zimmers ein, beladen mit Wochenzeitschriften, Broschüren, Jahrbüchern, Flugblättern und Parteiliteratur. Eine Büste Dulnikkers, das Werk eines italienischen zionistischen Bildhauers der frühen dreißiger Jahre, beherrschte die eine Ecke des Zimmers. Über dem Schreibtisch hing ein achtflammiger Stillüster, dessen einzige Glühbirne den Raum nur trüb erhellte.

»Guten Abend, Schultheiß, setz dich«, begrüßte der Staatsmann im verdrückten Pyjama seinen Besucher. »Kommt zur Sache, Genossen. Worum geht's?«

Das war wieder der alte, zähe Dulnikker, ›das alte Pulverfass‹, wie ihn seine engsten Freunde jahrelang genannt hatten. Selbst der Leiter der

Tnuva, der riesigen Marktgenossenschaft mit Zweigstellen im ganzen Land, neigte respektvoll den Kopf, bevor er 300 000 Pfund aus dem Entwicklungsanleihefonds verlangte.

»Schön«, erwiderte Dulnikker. »Du hast Glück, Schultheiß, dass du nicht einen Tag später gekommen bist. Zev! Setz dich mit der Kreditkommission in Verbindung. Ich bin dafür.«

»Danke, Dulnikker«, sagte der Manager mit einem breiten Grinsen. »Ich weiß wirklich nicht, wie ich dir für deine Hilfe danken soll.«

Nachdenklich saß Dulnikker hinter seinem Barockschreibtisch. »Ich nehme an, Schultheiß, dass du mit den entferntesten Landgemeinden in Fühlung bist.«

Zev begann sich zu räuspern, drang jedoch damit nicht bis zu Dulnikker durch, der sich plötzlich erstaunlich verjüngte.

»Schultheiß, nenne mir das fernste und einsamste Dorf.«

Schultheiß warf dem Staatsmann einen erstaunten Blick zu und brauchte eine Weile, bis er antwortete:

»Im obersten Ostgaliläa, praktisch an der libanesischen Grenze, liegt ein winziges Dorf, von dem noch kaum ein Mensch gehört hat. Der einzige Grund, warum ich mich an den Flecken erinnere, ist der, weil er das ganze Land mit Karawija-Samen versorgt.«

»Karawija?«, erkundigte sich der junge Sekretär grollend. »Was ist denn das?«

»In der alten Heimat war es als Kimmel oder Kümmel bekannt«, sagte Dulnikker in Entfaltung seiner berühmten weit reichenden Sprachkenntnisse. Der Manager nickte achtungsvoll zustimmend und erklärte dem Sekretär, dass die Karawijastaude wenig Bewässerung brauche und daher dem dürren, felsigen Bergboden entspreche.

»Zev«, wandte sich Dulnikker mit einem verschmitzten Lächeln an seinen Sekretär, »was sagst du dazu?«

»Ich sage, Dulnikker, dass die Regenperiode bevorsteht.«

»Nu wennschon? Ich nehme den Regenschirm mit.«

»Verzeihung«, stammelte Schultheiß, und sein verblüffter Blick schoss vom Staatsmann zum Sekretär und wieder zurück.

»Was hast du vor, Dulnikker? Dort ist nichts Besonderes los. Im Gegenteil, es ist ein völlig abgelegenes Dorf, ein wahres Drecknest. Ich verstehe wirklich nicht ...«

»Wie heißt der Ort?«

Schultheiß starrte Dulnikker an.

»Kimmelquell«, flüsterte er.

Irgendwo auf dem Land

Unermüdlich fraß sich der große Tnuva-Lastwagen über die gewundenen Landstraßen von Obergaliläa vor, Dulnikker und Zev hatten jedoch die

Fahrt schon satt. Chef und Sekretär saßen eng aneinandergequetscht in der Fahrerkabine und streckten ihre starren Glieder von Zeit zu Zeit so gut wie möglich, aber sie erstarrten ja doch wieder.

Als die Berge erreicht waren, wurde die Landschaft etwas eintönig, und die Mittagssonne machte die Fahrerkabine unerträglich heiß.

»Wie lange dauert es noch bis Kimmelquell, mein Freund?« fragte Dulnikker.

»Mindestens noch zwei Stunden«, erwiderte der Fahrer mit verschlossener Miene. »Nach der Kreuzung biegen wir auf eine ungepflasterte Straße ab.«

»Warum pflastert man keine Straße zu dem Dorf?«, erkundigte sich der Sekretär. Der Fahrer erklärte, das Pflastern stünde kaum dafür, weil er der einzige Mensch sei, der je in das Dorf fuhr.

»Hören Sie, Dulnikker?«, sagte Zev. »Ich habe Ihnen ja gesagt, wir hätten Ihren Wagen nehmen sollen.«

»Gott behüte«, meinte Dulnikker, »wie hätte ich mein Inkognito wahren können, wenn ich in einem Parteiwagen daherkomme? Ich hoffe«, wandte er sich an den Fahrer, »dass auch Sie, mein Freund, absolut verschwiegen sind!«

Der Ausdruck des Fahrers wurde etwas feierlich, und er nickte zustimmend. Der Staatsmann entnahm der gelben Aktenmappe einige Zeitungsausschnitte und sah sie flüchtig durch:

Amitz Dulnikker reiste zu einem längeren Genesungsurlaub irgendwo auf dem Land ab. Unser Berichterstatter sprach im Heim Herrn Dulnikkers vor, aber Frau Gula Dulnikker lehnte es ab, den Aufenthaltsort Herrn Dulnikkers bekannt zu geben, und behauptete, sie habe selbst keine Ahnung, wo er eigentlich stecke. Gewisse Quellen verbinden das plötzliche Verschwinden Amitz Dulnikkers mit weit verbreiteten Gerüchten über gewisse internationale Verhandlungen.

Der Staatsmann freute sich über den Unsinn, den er in den Zeitungen las. Also wusste wirklich niemand, wo er war. Das war genau jene Sorte Rätselhaftigkeit, die das öffentliche Interesse zu wecken pflegt.

»Mein Freund«, fragte Dulnikker den Fahrer, »wann erreichen die Morgenblätter das Dorf?«

»Tun sie nicht.«

»Nein? Ja, wie halten sich denn dann die Dorfbewohner über die Weltereignisse auf dem Laufenden?«

»Halten sich nicht.«

Schweigen senkte sich über die Reisenden. Der Sekretär starrte den Staatsmann in stummer Anklage an.

»Wunderbar«, bemerkte Dulnikker schwach. »Das wird eine völlig gesunde Ruhepause; keine Presse, kein Lärm ...«

»Und kein Strom«, fügte der Sekretär hinzu, worauf beide in Schweigen versanken.

»Das Dorf wird Ihnen gefallen«, tröstete sie der Fahrer. »Sie werden dort anständige, friedliche Juden treffen, die ihr eigenes Leben leben und sich um diese verrückte Welt überhaupt nicht scheren. Weiß Gott, die haben recht! Wer braucht schon den ganzen Wirbel. Ich versorge sie mit allem, was sie brauchen, von Kerosin bis zu Modewaren – wofür sie mit Karawija bezahlen. Sie verlassen ihr Dorf nie. Ihre Ahnen waren arme Holzfäller in den Urwäldern von Rosinesco in Nordungarn, und als die Katastrophe zuschlug, bezahlten sie mit allem, was sie besaßen, einen Agenten, der sie nach Amerika bringen sollte; aber der Agent war aktiver Zionist und brachte sie nach Palästina. Man behauptet, sie hätten jahrelang geglaubt, sie seien in Amerika. Wenn man es sich überlegt, ist es in einem so abgelegenen Dorf wirklich egal, was einer glaubt.«

Der Fahrer brach in überschäumendes, ohrenbetäubendes Gelächter aus, das Dulnikker sehr bald auf die Nerven ging. Er zog eine Straßenkarte aus der geräumigen Aktenmappe, breitete sie auf den Knien aus und begann, auf ihr begierig ihren Bestimmungsort zu suchen.

»Meine Herren«, erklärte er nach einer Weile leicht verblüfft, »ich kann hier kein Kimmelquell finden.«

»Vielleicht hat man es für die Landkarte noch nicht entdeckt«, bemerkte der Fahrer, »weil das Dorf völlig in den Bergen versteckt liegt.«

»Wie die weißen Flecken auf der Landkarte von Zentralafrika«, sagte der Sekretär und nickte. In diesem Augenblick machte der Lastwagen eine plötzliche Kurve und bog mitten auf die Mauer von Felsblöcken längs der Straßenseite ein.

»Was ist los?«, kreischte Zev verwirrt. »Ich kann nichts sehen!«

»Ruhe«, sagte der Fahrer und schaltete die Scheinwerfer ein.

Der große Lastwagen kroch im Schneckentempo durch einen finsteren Tunnel über einen mit urzeitlichen Felserhebungen versetzten Boden. Von Zeit zu Zeit schaukelte das Fahrerhaus wie ein Ruderboot auf hoher See, sodass die Passagiere mehr als einmal mit den Köpfen heftig zusammenstießen. Dennoch wagten sie kein Wort zu äußern, solange sie nicht das am Tunnelende winkende Tageslicht erreicht hatten.

»Na?«, fragte der Fahrer mit triumphierender Miene. »Verstehen Sie jetzt, meine Herren?«

»Erholung!«, knurrte Zev und klopfte sich den Staub von der Hose. »Erholung!«

»Jedenfalls ist die Landschaft herrlich«, sagte Dulnikker entschuldigend. »Zu schade, dass ich meine Kamera nicht mitgenommen habe.«

Die Landschaft war wirklich faszinierend. Die schmale Landstraße wand sich spiralförmig sanft aufwärts über Schichten von glattem Fels, der da und dort mit vereinzelten Gruppen von Pinien gesprenkelt war. Die Luft war plötzlich frisch und scharf geworden, und von Norden her wehte stetig ein starker Wind.

»Das ist der berühmte Flussberg.« Der Fahrer wies auf einen kahlen, schwarzen Berg, der streng und stolz die Landschaft überragte. »In der Regenperiode stürzt das Wasser herunter wie die Sintflut. Wenn es nicht die großen Erddämme gäbe, hätte der Wildbach das ganze Dorf bestimmt schon weggeschwemmt.«

»Herrlich, nicht, Zev?« Dulnikker war hingerissen. »Von Zeit zu Zeit muss der Mensch an den Busen der Natur zurückkehren.«

»Verzeihung«, flüsterte der Sekretär, »ich muss aussteigen ... schnell ...«

Das Fahrzeug hielt, der seekranke junge Mann taumelte hinaus und an den Straßenrand. Auch Dulnikker stieg aus und streckte sich genüsslich.

»Mein Freund«, wandte er sich an den Fahrer und wies auf den leidenden Zev, »das erinnert mich an die Geschichte von dem Schächter, der zu Rosh Hashanah nicht Schofar blasen durfte. Der arme Kerl ging zum Rebbe und weinte. ›Rebbe, Rebbe‹, jammerte er, ›warum lässt man mich am Rosh Hashanah nicht blasen?‹ Und was erwiderte der Rebbe, meine Herren? Der Rebbe sagte: ›Ich habe gehört – ä-hm –, dass du nicht in die reinigenden Gewässer der Mikve untergetaucht bist.‹ Der Schächter begann sich zu entschuldigen. ›Rebbe, das Wasser war kalt, oj, war das kalt, Rebbe!‹ Und der Rebbe erwiderte: ›Oif Kalts blust men nischt!‹ Auf Kaltes bläst man nicht! Ha, ha, ha!«

Dulnikker brach in ein so dröhnendes Gelächter aus, dass seine Augen ganz schmal wurden und in den umgebenden Falten verschwanden. Der Fahrer lächelte gezwungen, er verstand kein Wort. Inzwischen hatte der Sekretär verrichtet, was zu verrichten war, und kam schwankend zu ihnen zurück.

»Mein Freund«, begrüßte ihn Dulnikker, »wenn du so schwach bist, wird es dir sicher nicht schaden, eine Weile auszuruhen.«

Der Sekretär schwieg, und der Lastwagen fuhr weiter. Die Landschaft wurde zivilisierter.

»Das sind die Karawijafelder«, erklärte der Fahrer und wies auf die niedrigen, saftigen Büsche, von denen sämtliche winzigen Parzellen überquollen.

»Jetzt aber Vorsicht, meine Herren, die Straße wird sehr steil.«

Der Lastwagen überquerte den Bergrücken und fuhr unter ohrenzerreißendem Kreischen der Bremsen hinunter. Tief im Tal konnten die Männer zwei Reihen kleiner Häuser aus roh behauenem Gestein sehen.

»Hier also«, behauptete Dulnikker, »beginnt das Dorf.«

»Nein«, antwortete der Fahrer. »Das ist das ganze Dorf.«

Plötzlich hörte das schrille Pfeifen des starken Windes auf, denn die Berge hielten alle Winde ab. Kurz darauf hörten die Passagiere Hundegebell, und dann tauchten einige vereinzelte Bauern auf, die gemessenen Schrittes heimwärts gingen. Sie waren fest gebaut, bedächtig in ihren Bewegungen und von der Sonne tief gebräunt. Ihr Anzug – schwarze Hose, weißes, am Hals zugeknöpftes Hemd und Schaftstiefel – erinnerte an die ukrainische Bauerntracht. Die Frauen trugen weite Röcke, die fast bis zum Boden reichten und im Rhythmus ihrer Schritte schwangen. Die Dörfler begrüßten den Tnuva-Lastwagen mit einem Nicken, ohne in ihrem friedlichen Tempo innezuhalten.

Dulnikker zupfte am Schirm seiner Mütze, zog sie tief in die Stirn und setzte auch eine schwarze Sonnenbrille auf. Sein Sekretär spähte mit einer Ängstlichkeit, die an Panik grenzte, aus dem Fenster.

»Hören Sie, Mister«, wandte er sich an den Fahrer, »wann kommen Sie das nächste Mal her?«

»Je nachdem. Gewöhnlich komme ich einmal in zwei Monaten, aber manchmal – wenn sie die Taube früher schicken ...«

»Was für eine Taube?«

Der Fahrer langte unter seinen Sitz und zog einen kleinen Käfig hervor, der zwei weiße, schläfrige Tauben enthielt.

»Sie fliegen geradewegs zur Tnuva-Zentrale«, erklärte er, »und das ist für mich das Zeichen, zu kommen. Eine andere Möglichkeit, in Kontakt zu treten, gibt es nicht.«

»Wie lange dauert es zu Fuß?«

»Mindestens eine Woche bis zur nächsten Siedlung.«

Der Lastwagen blieb vor einem niedrigen, schachtelförmigen Gebäude stehen, das mehrere hundert Schritte vor den Dorfhäusern stand. Aus den Tiefen dieses Lagerhauses tauchte ein Mann auf, der den Fahrer mit einem Nicken begrüßte, die beiden Vögel entgegennahm und sie in einen Taubenschlag steckte. Beide Männer – der Fahrer und der stimmlose Dörfler – begannen dann den Lastwagen abzuladen, während Dulnikker und seine rechte Hand den beiden Männern bei ihren Rundreisen mit Kisten und Paketen zusahen. Nach einer Weile verlor jedoch der Staatsmann die Geduld und rief dem Fahrer zu:

»Mein Freund, wo ist hier der Gasthof?«

»Gasthof? Hier war noch nie ein Gast.«

»Wo also können wir denn wohnen?«

»Keine Ahnung. Manager Schultheiß sagte mir, ich solle Sie herbringen, und das ist alles. Aber es wäre besser, meine Herren, Sie gehen los, weil es nach der Uhr schon zwei ist«

Der Fahrer wies auf eine schief an die Straßenseite gestellte Steintafel, in deren Mitte ein Stab gesteckt war.

»Was soll das sein?«, erkundigte sich Dulnikker beunruhigt.

»Die Sonnenuhr des Dorfes.«

Plötzlich fragte Zev: »Wann fahren wir zurück?« Eben in diesem Augenblick kam ein primitiver Bauernkarren vorbei, mit einer ältlichen Kuh bespannt und mit einer Menge grüner Stängel beladen. Der Fahrer hielt den Karren an.

»Diese Herren möchten ein paar angenehme Tage im Dorf verbringen«, sagte er zu dem Mann, der auf den Stängeln thronte und eine lange Pfeife rauchte. »Könntest du sie irgendwohin fahren?«

Einen Augenblick war der Kärrner unangenehm überrascht, dann nickte er zustimmend.

»Sind die hier alle so gesprächig?«, fragte Dulnikker, während der Fahrer ihre Koffer auf den Karren lud.

»Nein«, erwiderte der, »es gibt einige, die noch weniger reden. Aber Sie haben Glück, meine Herren, weil das der einzige Karren im Dorf ist. Setzen Sie sich auf diese Karawijastängel. Sie sind Kuhfutter.« Der Karren bewegte sich über die Haupt- und einzige Dorfstraße und blieb auf halbem Weg vor einem kleinen weißen, zweistöckigen Haus stehen. Der Mann deutete mit der Pfeife auf das Haus, und die beiden Fremden glitten von den Stängeln hinunter.

»Wie viel schulden wir Ihnen, mein Herr?«, fragte der Sekretär.

Der Kärrner zog eine Augenbraue hoch: »Mir schulden? Ich kenne Sie nicht.«

Weg war er. Dulnikker trat verwirrt auf dem tiefen Sand herum. Ein Gefühl, das er fast nie gekannt hatte – Vereinsamung –, überfiel ihn. Er schlug den Mantelkragen hoch und zog die Mütze noch tiefer in die Stirn.

»Zev«, sagte er zu seinem Sekretär, »geh hinein, mein Freund, und verlange zwei Einzelzimmer.«

Zev ging achselzuckend auf die Tür zu.

»Ich bitte dich noch einmal, mein Inkognito zu wahren«, rief ihm Dulnikker nach. »Du darfst auf keinen Fall meinen Namen verraten! Verstanden?«

»Verstanden, Dulnikker«, sagte Zev und betrat das Wirtshaus.

Er befand sich in einer sehr langen Halle, deren Decke von dicken Holzbalken getragen wurde. Der Raum enthielt einige leichte Stühle, rohe Holzbänke und Katzen, die zwischen den Tischbeinen aus Ästen herumstrichen. Aus der Küche nebenan wehte dichter, mit Ruß gemischter Dampf, der sich in dieser Halle zu einem wohlduftenden Nebel verdichtete. Ein beleibter Mann stand in der Küchentür und sah Zev aus zusammengekniffenen Augen an.

»Hallo«, sagte Zev. »Ich bin der Sekretär von Amitz Dulnikker. Wir sind soeben angekommen, und Amitz Dulnikker wartet draußen. Wir hätten gern zwei Zimmer, eines für mich und eines für Amitz Dulnikker.«

Der Wirt blinzelte verdutzt und sagte nichts. Der Sekretär war es seit langem gewöhnt, dass die Leute verwirrt wurden, wenn man sie davon unterrichtete, dass der große Mann persönlich erschienen war.

»Wir, Amitz Dulnikker und ich, bleiben ziemlich lange in eurem Dorf«, fügte er herrisch hinzu.

»Bitte stellen Sie keine Fragen, und nehmen Sie die Dinge hin, wie sie sind.«

»Malka«, schrie der Mann, »komm her, Liebe! Ich verstehe kein Wort.«

Aus der Küche trat eine mollige Frau, die sich die Hände an der Schürze abtrocknete. Zwei Fratzen mit dicken Köpfen, eineiige Zwillinge, die sich an den Rock der Mutter klammerten, folgten ihr auf dem Fuß. Auch sie betrachteten offenen Mundes den Sekretär von allen Seiten.

»Was gibt's da schon zu verstehen?«, fragte Zev ärgerlich. »Amitz Dulnikker will sich in Ihrem Dorf ausruhen.«

»Ausruhen?«, fragte der Wirt verblüfft. »Wenn man sich ausruhen will, geht man ins Bett, aber nicht nach Kimmelquell.«

»Das geht Sie nichts an. Ich brauche ein Zimmer sowie ein zweites für Amitz Dulnikker.«

»Der Teufel soll ihn holen!«, explodierte der Schankwirt. »Wer ist das?«

»Meine Herren!« Der Sekretär wand sich. »Herr Dulnikker ist stellvertretender Generaldirektor des Ministeriums für Entwicklung ...«

»Was für ein Direktor?«

»Stellvertretender General ... direktor ...«

»So einen Direktor kennen wir nicht«, informierte ihn der Wirt. »Wir kennen nur den Herrn Schultheiß, den Direktor der Tnuva. Und der ist ein so großer Herr, dass es im ganzen Land keinen größeren gibt, außer vielleicht den Mann von der Wassergesellschaft, der uns das Wasser gebracht hat. Aber der«, fügte er ehrfurchtsvoll hinzu, »war auch ein Ingenieur!«

Der Sekretär stolperte zu dem Staatsmann hinaus, der auf den Koffern saß. »Na«, fragte Dulnikker eifrig, »haben sie noch nicht erraten, wer ich bin?«

»Nein. Nichts haben sie erraten.«

Beide saßen in der ›Dorfrunde‹, wie die Dorfbewohner ihre Zusammenkünfte am Samstagabend im Wirtshaus nannten. Die Tische waren aneinander gestellt und mit blütenweißen Tischtüchern bedeckt. Gläser, Weinflaschen und Sträuße roter Nelken – die in den winzigen Gärten blühten – waren schön ordentlich langhin aufgestellt. Nachher – so informierte der Wirt seine geheimnisvollen Gäste – blieben die Dörfler bis zum Morgengrauen beisammen und sangen zur Begleitung der Leier des Vaters vom Schuhflicker melancholische Lieder, wie das die Bauern in Rosinesco, ihrer alten Heimat, getan hatten.

Dulnikker und Sekretär waren von ihrem verzweifelten Kampf mit dem Wirt und seiner Ehefrau vollkommen erschöpft. Elifas Hermanowitsch konnte nämlich einfach nicht verstehen, warum ausgerechnet er sie mit zwei Zimmern versorgen sollte. Erst nach einer halben Stunde Verhandlungen, Flehen und verhüllten Drohungen willigte er ein, ihnen ein einziges Zimmer neben seinem eigenen Schlafzimmer im zweiten Stock zur Verfügung zu stellen. Dulnikker bedeutete jedoch seinem Sekretär sofort mit einem kräftigen Wink der Hand, dass er aus offenkundigen Gründen nicht gewillt war, ein Zimmer mit ihm zu teilen, woraufhin der Sekretär Maßnahmen zur Unterbringung in dem großen Haus des Dorfschusters gegenüber dem Wirtshaus traf.

Dulnikkers Zimmer enthielt zwei wacklige Schränke, zwei eiserne Bettgestelle mit rostigen Federn und einen Küchenschemel. Malka hatte Dulnikkers Habe bei dem zweifelhaften Licht einer zerbrochenen Kerosinlampe aus den Koffern in einen der Schränke geräumt. Der Staatsmann selbst war schweigend auf dem engen Balkon gestanden und hatte sich hinter dem Standessymbol der Sonnenbrille die Augen angestrengt, um den großen, gepflegten Garten zu seinen Füßen zu betrachten. Die Zwillinge waren heimlich auf den Balkon zu ihm hinausgeschlichen und hatten ihn weiter von Kopf bis Fuß gemessen. Einer von ihnen – wer konnte schon sagen, welcher – hatte an den Jackenschößen des Staatsmannes gezupft und gefragt:

»Onkel, bist du blind?«

»Nein« erwiderte Dulnikker. Damit war das Gespräch beendet.

Jetzt, in der Dorfrunde, saßen auch die Dörfler unnatürlich stumm da. Sie aßen und tranken mit der Hingabe arbeitender Menschen, welche die Wichtigkeit der Nahrung im göttlichen Schöpfungsplan zu schätzen wissen. Außer dem Kratzen der Messer war im Speisesaal kein Laut zu hören – mit einer weiteren Ausnahme: dem eintönigen, ärgerlichen Schmatzen, das Amitz Dulnikkers gierige und genüssliche Vernichtung von Kalbfleisch mit Essigfrüchten begleitete. Der Sekretär sah sich hie und da in wachsender Besorgnis um, trotz seines Gefühls, dass es eine hoffnungslose Lage sei. Das war etwas, dessen sich die gesamte Parteihierarchie durchaus bewusst war: Wenn Amitz Dulnikker aß, klang es wie eine zerbrochene Wassermühle. Bei diplomatischen Empfängen und anderen großen Anlässen vermochte der Sekretär gewöhnlich für Deckung zu sorgen: Während Dulnikker entweder aß oder in den Zähnen stocherte, pflegte die Kapelle – auf Anordnung des Sekretärs – lebhafte Musik zu spielen. Hier allerdings konnte Zev nur hoffen, dass sich die Tischgenossen als geduldig erweisen würden. Und tatsächlich machten sie keine Bemerkung über das lärmende Malmen des Staatsmannes. Genauso wie sie auch sonst keine Notiz von seiner Existenz nahmen.

Auch Dulnikker war das nicht entgangen.

»Ich wusste von vornherein, dass ich mein Inkognito nicht würde wahren können«, flüsterte er mitten im Essen seinem Sekretär zu. »Sie haben entdeckt, wer ich bin!«

»Wieso wissen Sie das, Dulnikker?«

»Ich habe Augen im Kopf, mein Freund, sie respektieren mich so sehr, dass sie mich nicht einmal anzuschauen wagen«, erklärte der Staatsmann. »Das ist die höchste – und ich kann wohl sagen, übelste – Ebene des Respekts. Glaube mir, mein Freund, ich finde diesen Personenkult Ekel erregend. Ich habe es gern, wenn sich die Leute in meiner Gegenwart frei und gleichberechtigt fühlen. Ich glaube daher, dass ich viel dazu beitragen könnte, die Atmosphäre aufzulockern, wenn ich ein paar Worte an die Leute richtete.«

Zev fiel die Gabel aus der Hand. »Nein!«, sagte er in panischer Angst. »Sagen Sie nur ja kein Wort, Dulnikker!«

»Warum denn nicht?«, erwiderte der Staatsmann und erhob sich. Es war schon vier Tage her, seit er seine letzte Rede gehalten hatte, und jetzt strömten ihm plötzlich alle seine berühmten Energien wieder zu. Ein milder Schimmer leuchtete in Dulnikkers Augen, als er Glas und Stimme erhob:

»Bürger von Kimmelquell! Meine Damen und Herren! Altansässige und Neueinwanderer! Zu Beginn möchte ich Ihnen meine tiefe Genugtuung über diesen rührenden Empfang zum Ausdruck bringen. Ich genieße die Hochachtung, die Sie mir bezeigt haben, aber ich suche sie nicht. Ich bin hergekommen, um mich auszuruhen, zu erholen – nicht um an Festlichkeiten teilzunehmen. So fahrt denn fort, Genossen, in euren friedlichen täglichen Pflichten« (»Lass mich los«, flüsterte er seinem Sekretär zu, der ihn immer heftiger an der Jacke zupfte), »behandelt mich informell ...«

Und da geschah es.

Der Schuhflicker, ein ältlicher, verschlampter Witwer mit derben Kinnbacken, zerschmetterte das allgemeine überraschte Schweigen, indem er dem Redner mit tiefer Stimme zubrüllte:

»Ruhe! Wir essen!«

In Dulnikkers Brust erwachte der schlummernde Löwe der Knesset, und die Erwiderung des großen Redegewaltigen ließ nicht auf sich warten.

»Ja, meine Freunde«, rief er mit erhobener Stimme, »Friede euren Herzen und Brot auf den Tisch! Das sind die Säulen der Welt des Werktätigen! ...«

Hier aber fielen sämtliche Zuhörer zornig ein:

»Hol dich der Teufel, halt endlich den Mund«, brüllte es aus allen vier Ecken des Saals. »Wer ist denn der? Wer hat denn den eingeladen?«

Der Sekretär zerrte einen erschreckend blassen und nach Luft ringenden Dulnikker an die frische Luft.

»Leider, Dulnikker«, keuchte er, »ob es Ihnen passt oder nicht, aber in diesem Dorf bleiben Sie inkognito.«

Anti-Farmpolitik

Nach dem Vorfall in der ›Dorfrunde‹ ließen sich zwischen den Dorfbewohnern und den beiden Männern fast keine Bande anknüpfen. Sie waren gezwungen, ihre Freizeit trotz ihrer Unerfahrenheit in Tatenlosigkeit in Zweisamkeit zu verbringen.

»Mein Freund«, platzte Dulnikker heraus, als er mit seinem Sekretär die Dorfstraße auf und ab schlenderte, »das ist ja nicht einmal ein Dorf; es ist ein übel riechendes Loch! Nicht nur, dass diese Leute Hunderte von Jahren hinter der Zivilisation zurückgeblieben sind, sondern schlimmer: Sie sind auch geistig schrecklich unterentwickelt.«

Der Sekretär bohrte mit den Schuhen im Kies der Straße.

»Ich spreche zu dir, Freund Zev! Warum bist du geistesabwesend?«

»Ich hab' letzte Nacht kein Auge zugemacht, Dulnikker. Die ganze Nacht haben die Hunde gebellt und die Grillen gezirpt, und selbst die Hähne fangen in diesem Dorf schon um Mitternacht zu krähen an.«

»Das ist noch nichts im Vergleich zu dem, was ich gelitten habe, mein Freund. Mein Zimmer wimmelt von Mäusen, während die Katzen auf dem Dach im Chor jaulen. Als ich endlich einschlief, nachdem ich zwei Schlaftabletten genommen hatte, wachte ich plötzlich auf und entdeckte, dass mich jemand rüttelte, weil ich – sagte er – laut schnarche. Da entdeckte ich, dass in meinem Zimmer noch jemand wohnt und in dem anderen Bett schläft. Dieser Zimmergenosse ist niemand anderer als der Dorfhirte und schwachsinnige Verwandte meines Hauswirtes. Genossen, habt ihr schon je von einer solchen Frechheit gehört?«

»Hören Sie, Dulnikker, ich habe Sie rechtzeitig gewarnt, Sie sollten lieber auf zwei Monate in die Schweiz fahren. Aber Sie wollten ja unbedingt hierher kommen.«

»Wer wollte unbedingt?«, fuhr der Politiker auf. »Ich?«

»Ja, Sie, Dulnikker!«

»Nu und – wennschon?«, brüllte Dulnikker, und sein Gesicht lief wieder rot an. »Habe ich mir nicht etwas Ruhe verdient?«

»Etwas Ruhe?«, höhnte Zev. »Stellen Sie sich nur vor, Dulnikker, was geschehen würde, wenn Sie, Gott behüte, in diesem grandiosen Kurort Zahnweh bekommen.«

Sie waren kaum zwanzig Schritt weitergegangen, als Dulnikker einen immer stärkeren Schmerz in einem unteren Backenzahn verspürte, und sein Zorn auf seinen Sekretär war nun doppelt gerechtfertigt. Er hätte den Burschen schon längst im Stich gelassen, wenn er nur von irgendeinem anderen Menschen in der Gegend gewusst hätte, im Stande und bereit, sich mit ihm zu unterhalten. Der Staatsmann hatte keine große Lust, in seinem Zimmer zu bleiben, schon deshalb nicht, weil ihm die Kinder mit den Wasserköpfen auf die Nerven gingen. Dulnikkers Verhältnis zu Kindern war immer schon sehr kühl gewesen. Seine Frau war nicht mit Nachkommen gesegnet worden, und der Politiker hatte sich seinerzeit fast mit einem Gefühl der Erleichterung dringenderen Angelegenheiten zugewandt. Die Zwillinge schienen ihn jedoch für einen Gegenstand immer währenden Interesses zu halten, und vom ersten Augenblick an ließen sie ihn nicht aus den Augen. Dulnikker merkte deutlich, dass er früher oder später mit ihnen ins Gespräch würde kommen müssen.

»Wie heißt ihr denn, meine Jungen?«, fragte er sie am zweiten Tag seiner Wanderung durch das Dorf.

»Majdud!«, erwiderte der eine.

»Hajdud!«, erwiderte der andere.

Dulnikker hatte keine Ahnung, wie das Gespräch fortsetzen. Er war im Stande, Jugendlichen aller Arten und politischer Bewegungen stundenlang Vorträge zu halten, aber die Kunst, mit Kindern zu reden, hatte er noch nicht gemeistert.

»Ihr seid einander ähnlich«, stellte er schließlich mit äußerst begrenzter Einfallskraft fest. Die kleinen Lümmel brachen in Gelächter aus.

»Blödsinn. Hajdud ist ähnlicher«, erklärte Majdud. Sie kicherten wieder und rannten davon. Dulnikker schloss, dass sich die Unverschämtheit der Kinder auf die Meinung der älteren Generation gründete, obwohl die Dörfler keinerlei Interesse an ihm zeigten. Wenn die Leute auf der Straße an dem Staatsmann vorbeigingen, taten sie es, ohne mit der Wimper zu zucken. Der Staatsmann hatte in jenen misslichen Tagen das Gefühl, als sei ihm die Kehle zugestöpselt worden.

In der zweiten Nacht konnte er sich nicht länger

zurückhalten. Nachdem sich der riesige Kuhhirte geräuschvoll auf sein Bett hatte fallen lassen, raffte Dulnikker seinen Mut zusammen und sprach seinen Zimmergenossen an:

»Entschuldige, Mischa, dass ich dich zu so später Stunde störe, da du bestimmt erschöpft bist, aber vielleicht könntest du mir sagen, ob ihr die Kühe kollektiv melkt oder jeder Farmer seine Kühe persönlich melkt?«

»Wer?«, fragte Mischa. Diese prompte, wenn auch etwas unklare Antwort ermutigte den Staatsmann weiterzureden, um an den Kern der Sache heranzukommen. Das laute Schnarchen des Kuhhirten setzte jedoch seinen Hoffnungen ein Ende. »Primitiver Esel«, zischte Dulnikker in die bedrückende Dunkelheit und versuchte, ein bisschen zu sich selbst zu sprechen. Aber bald war er gezwungen aufzuhören, weil er entdeckte, dass er es nicht aushielt, sich zuzuhören.

Dulnikker und sein Sekretär saßen bei einem nahrhaften Frühstück im Esszimmer des Wirtshauses. Die Qualität der Nahrung befriedigte beide; sie beanstandeten einzig, dass Malka mit zu viel Kümmel kochte. Auch waren sie durch das an sie gerichtete Ersuchen leicht verstört, mit dem Wasser zu sparen, da dieser Gebrauchsartikel wegen der großen Höhenlage nur in beschränkter Menge in das Dorf gepumpt wurde.

Ein junger, ausgemergelter Bursche in Schwarz mit einem schütteren Bart tauchte oft in der Küche auf und spähte in die Töpfe und Pfannen. Dulnikker fragte den dicken Elifas, was da vor sich gehe, und erhielt hierauf die Auskunft, dass der Ausgemergelte der Dorfschächter sei, der die Küche persönlich überwache.

»Heißt das, dass Sie koscher kochen?«, fragte Dulnikker.

»Nein«, erwiderte der Wirt, »warum sollte es koscher sein?«

»Aber warum«, fragte Dulnikker hartnäckig, »warum muss dann die Küche vom Schächter überwacht werden?«

»Weil kein Rabbi in ein so kleines Dorf käme.«

»Ich werde noch verrückt in diesem Loch«, sagte Dulnikker zu seinem Sekretär. »Kannst du das verstehen?«

»Natürlich«, sagte Zev. »Sie halten das als ein Symbol dessen aufrecht, was ihre frommen Vorfahren in Rosinesco zu tun pflegten. Übrigens überwacht der Schächter nicht nur die Küche, er ist auch der Dorfschulmeister.«

»Wieso weißt du das?«

»Ich habe es mit der Tochter des Schuhflickers erörtert.«

›Ich habe es erörtert? Er unterhält sich mit jemandem!‹ grübelte Dulnikker und hörte zu kauen auf, weil sein Mund voll des bitteren Speichels der Eifersucht war.

»Zev!«, sagte er heiser. »Diese lächerliche Situation kann so nicht weitergehen! Bitte setz dich sofort mit dem Ortsrat in Verbindung und finde heraus, wie die Situation eigentlich steht. Ich verlange ja keinen offiziellen Empfang für mich, aber es gibt Grenzen!«

Zev rief den Wirt auf den Plan.

»Herr Elifas, ich möchte mit den Leitern des Ortsrates sprechen.«

»Was?«, sagte Elifas erstaunt und blinzelte heftig. »So was gibt's hier nicht.«

»Warum nicht?«

»Weil einfach keiner da ist.«

»Meine Herren«, sagte Dulnikker tadelnd zu ihm, »wir fragen Sie, wer die Angelegenheiten dieses Dorfes leitet!«

»Malka!«, rief Elifas. »Komm her, meine Liebe; sie reden schon wieder unverständlich.«

Dulnikker führte das Gespräch mit bemerkenswerter Selbstbeherrschung, wiederholte seine Frage in Gegenwart der Frau und betonte deutlich jede Silbe.

»Also, Madame, wer kümmert sich um die Dorfaffären?«

»Wir haben keine solchen Affären.«

»Heiliger Himmel!«, brüllte Dulnikker. »Gibt es denn niemanden hier, der alles richtet, der zum Beispiel die Dorfbewohner informiert, wann, sagen wir, der Tnuva-Lastwagen fällig ist?«

»Das richtet niemand im Besonderen«, erwiderte Malka. »Der Barbier sagt es den Bauern beim Rasieren.«

Noch am selben Abend ging Dulnikker zum Barbier. Um die Wahrheit zu sagen, angesichts der

Tatsache, dass sein elektrischer Rasierapparat zuunterst im Schrank lag, rechtfertigte sein zwei Tage alter Bart seinen Entschluss. Der Barbierladen befand sich neben dem Wirtshaus, im Vorderteil des Hauses von Barbier Salman Hassidoff. Dulnikker war deprimiert, als er den Barbierladen betrat, obwohl sein Zahnweh wunderbarerweise in der Nacht vorher verschwunden war, als er entdeckt hatte, dass seine unteren Backenzähne links ja alle falsch waren.

In dem kleinen Barbierladen drängten sich ungefähr ein Dutzend Bauern auf einigen Bänken zusammen und warteten in einem Schweigen, das üblicherweise nicht zu Barbierläden gehört. Der magere Schächter stand in einer Ecke des Ladens und betete in einem flüsternden Singsang, während sein hagerer Körper vor und zurück schwankte: Die wartenden Kunden bildeten sein Quorum. Der Staatsmann setzte sich ans Ende der letzten Bank, ohne auch nur irgendeine menschliche Reaktion hervorzurufen. Kurz darauf kam der breitschultrige Schuhflicker herein – Dulnikker bemerkte zum ersten Mal, dass er hinkte – und sagte zum Barbier:

»Zwei Schachteln Holznägel Nr. 3.«

Der Barbier, klein, untersetzt und völlig kahl, gab mit einem Nicken zu verstehen, dass er gehört hatte, und schrieb etwas in ein dickes Notizbuch. Der Schuhflicker nickte und setzte sich wortlos neben Dulnikker. ›Und wenn du dich auf den Kopf stellst, ich sag' kein Wort zu dir!‹ sprach der Staatsmann stumm seine Verurteilung aus, weil er dem Kerl sein aufrührerisches Benehmen nicht vergessen konnte.

»Mein Freund«, wandte er sich an den Schuhflicker, »sind Sie der Dorfschuster?«

»Ja.«

»Warum haben Sie dann, wenn ich fragen darf, ausgerechnet den Barbier um Holznägel gebeten?«

»Für Reparaturen.«

Wieder senkte sich das drückende Schweigen über die gewandten Sprecher, und Dulnikker konnte in jedem Glied spüren, wie sein Blutdruck hemmungslos stieg und stieg. Plötzlich stand der Staatsmann auf und überraschte die Bauern mit der Bitte, ihn vorzulassen, weil ihm schwindlig sei. Sie waren alle, etwas verblüfft, einverstanden, und der Staatsmann setzte sich vor den erblindeten und verzerrenden Spiegel über dem schaumgefüllten Becken.

»Rasieren? Haarschneiden?«, fragte der Barbier.

»Natürlich nur rasieren, mein Freund«, erwiderte Dulnikker und fuhr sich mit der Hand über die vereinzelten grauen Haarsträhnen auf dem Kopf. »Aber bitte, schleifen Sie Ihr Rasiermesser, weil ich einen harten Bart habe. Ehrlich gesagt bin ich es gewöhnt, mich mit einem elektrischen Rasierapparat zu rasieren, daher könnte meine Gesichtshaut empfindlich auf ein Rasiermesser reagieren. Aber das ist unwichtig. Mit der Zeit werden wir das schon überwinden. Warum verlangt ihr keinen Strom, mein Freund?«

»Wir verlangen«, erwiderte der Barbier und seifte den Staatsmann mit schnellen Pinselstrichen ein.

»Wann habt ihr verlangt, wenn ich fragen darf?«

»Jedes Jahr, seit den letzten fünfundzwanzig Jahren.«

»Und?«

»Es wird erwogen.«

»Jetzt geht nicht herum und verurteilt die Regierung, Genossen!«

Hier erhob Dulnikker die Stimme und ignorierte den Schaum, der ihm in den Mund geriet. »Die Regierung unternimmt die höchsten Anstrengungen in allem, was die Entwicklung der unterentwickelten Gebiete betrifft. Natürlich ist hier weder die Zeit noch der Ort, die Frage zu prüfen, aber ich werde versuchen, euch die wahre Situation sehr kurzgefasst zu erklären. Nun, die Frage ist die: Was hat Vorrang, die Entwicklung des Industriepotenzials oder die Bedürfnisse der Bevölkerung? Mich dünkt – beides!«

»Fertig«, sagte der Barbier und wischte dem Staatsmann das Gesicht ab.

»Schön«, sagte Dulnikker, »dann Haarschneiden auch. Also, wie ich gesagt habe ...«

»Tut mir Leid, mein Herr, dazu habe ich keine Zeit.«

Als der Staatsmann den Barbierladen verlassen hatte – ohne Haarschnitt –, verfiel der Laden wieder in seine vorherige Stille. Die Bauern saßen auf den Bänken und rauchten friedlich ihre Pfeife.

»Wer ist das?«, fragte ein neugieriger Bursche nach einer Weile, und man sagte ihm: »Er wohnt im Wirtshaus, kein Mensch weiß, warum.«

»Ist mit Koffern gekommen«, unterbrach der Schächter eine Sekunde lang sein Beten.

»Es heißt, er ist irgendein Schauspieler« bemerkte jemand.

»Er deklamiert Gedichte.«

»Er ist krank«, meinte der Schächter, »und der Junge pflegt ihn.«

In dem Punkt waren sie alle einer Meinung.

»Sein Krankenwärter schläft in meinem Haus«, informierte sie der Schuhflicker. »Er erzählte meiner Tochter, dass der Alte ein großer Politiker oder so ist.«

»Politiker-oder-so?«, staunten sie. »Warum?«

Etwas Grundlegendes war da nicht klar.

»Was ist eigentlich«, fragte endlich jemand, »ein Politiker-Oder-So?«

»Ein Mensch«, meinte der Barbier, »der Befehle gibt. Fast wie ein Ingenieur.«

»Bestimmt besitzt er Grund und Boden.«

»Ich kenne die Art«, sagte der Schuhflicker. »Sie verpachten ihren Boden, dann gehen sie hin und lassen sich's gut gehen.«

»Jedenfalls«, bemerkte der Schächter, »hoffe ich, er fährt bald heim. Er ist lästig.«

»Stimmt«, versicherten die Versammelten, »er ist lästig.«

Dulnikker überquerte die Straße mit jener eisernen Entschlossenheit, die alle seine schicksalhaften Entschlüsse begleitete, und platzte ohne anzuklopfen in das Haus des Schuhflickers. Bei seinem Eintritt traf er den Sekretär in einer Ecke des Wohnzimmers mitten in einem höchst persönlichen Zwiegespräch mit einer jungen Blonden an. Das Auftauchen des Staatsmannes ließ zwischen den beiden jungen Leuten eine kleine Lücke entstehen. Der Sekretär setzte hastig wieder seine Brille auf, aber die Blonde mit dem Babygesicht starrte Zev weiter an, als sei er ein junger Gott in Person. Das befriedigte Lächeln auf ihren Lippen erregte aus irgendeinem Grund die Wut des Staatsmannes. Mit einer energischen Geste winkte er seinen Sekretär heran.

»Zev«, flüsterte er ihm zu, »ich bin nicht bereit, auch nur einen Tag länger in diesem Sauloch zu verbringen, wo selbst die Friseure taubstumm sind! Von mir aus kannst du ja da bleiben, wenn du willst. Falls du aber Lust hast, mitzukommen, pack sofort deine Sachen, mein Freund. Morgen früh fahren wir!«

»Meine Sachen sind bereits gepackt!« Zev lachte herzlich, und ohne die düster dreinblickende junge Dame zu beachten, eilte er mit Dulnikker zum Wirtshaus.

»Das Dorf hat ein entsetzlich niedriges politisches Niveau«, erklärte der Staatsmann die Faktoren seines Entschlusses. »Mit vierzig Jahren Intellektualität, Programmerstellung und Funktionärsleben hinter mir kann man mich nicht zwingen, meine unschätzbare Zeit mitten in einem Haufen ungebildeter Nullen zu verbringen! In diesem Loch gibt's ja nicht einmal Strom, geschweige denn eine einzige Zeitung!«

»Endlich!« Zev seufzte erleichtert auf. »Morgen Nachmittag werde ich für uns Zimmer in irgendeinem schicken Schweizer Hotel reservieren.«

»Einverstanden«, erklärte Dulnikker, »aber sei nicht überrascht, mein Freund, wenn ich in Zukunft in Sachen Ferien und Genesungsurlaub deinen Rat nicht mehr beachte.«

Der Sekretär schwieg, wohl wissend, dass zu solchen Zeiten auch nur ein einziges übereiltes Wort alles verderben konnte.

In bester Laune – am Horizont winkte die Freiheit – packten sie miteinander Dulnikkers Habe zusammen. Dann hüpfte Zev eilig die Treppe hinunter, um mit Elifas abzurechnen. Ehrlich gesagt, verriet der Wirt unverkennbare Zeichen der Erleichterung, als er den Sekretär ihre Abreise verkünden hörte.

»Großartig«, sagte er. »Alles Gute Ihnen, Herr Krankenwärter.«

Der Sekretär hielt sich nicht lange mit Verabschiedungen auf, sondern erkundigte sich ungeduldig, wo man im Dorf telefonieren könne.

»Telefonieren?« Elifas begann wieder zu blinzeln. »Was meinen Sie damit?«

Zev erbleichte auf der Stelle. In ihrer großen Freude, trunken vor Abschiedswonne, hatten sie offensichtlich ein paar Kleinigkeiten übersehen.

»Wie kann ich einen Brief von hier absenden?«, fragte Zev zögernd. Elifas klärte die Sache auf, dass sie seit nunmehr fast zwanzig Jahren keine postalische Verbindung mehr mit der Außenwelt hatten. Vorher war immer zweimal im Jahr jemand nach Safad gefahren, um die Post von draußen abzuholen, aber schließlich hatten sie diese überflüssige Dienstleistung aufgelassen.

»Danke«, flüsterte der Sekretär und schleppte sich schwer die Treppe hinauf.

In der folgenden Nacht schlüpfte Dulnikker um halb zwei aus dem Bett, in das er sich angezogen gelegt hatte, und ging auf Fußspitzen auf die Straße hinunter. Sein Sekretär erwartete ihn bereits, hinter einer Linde versteckt. Beide waren – unter emotionalem Druck – so gespannt und aufgeregt, dass sie einander feierlich die Hand drückten, etwas, das sie noch nie getan hatten.

»Gehen Sie zurück, Dulnikker«, flüsterte Zev, »ich kümmere mich selbst darum«

»Nicht daran zu denken«, erwiderte der Staatsmann. »Ich will sichergehen, dass alles laut Plan klappt.«

Bei Vollmondschein – wie das bei solchen Vorgängen üblich ist – huschten sie von Baum zu Baum bis zum Rand des Dorfes. Bevor sie jedoch die letzten Häuser hinter sich gelassen hatten, brach zorniges Gebell los, und zwei Dorfhunde schlossen sich ihnen an. Dulnikker konnte Hunde nie ausstehen, besonders seit dem Vorjahr, als ihn der Terrier des persischen Delegierten bei der Asiatischen Landwirtschaftskonferenz gebissen hatte. Jetzt, mitten in der Nacht, war er einfach wütend. Er begann die bellenden Kreaturen mit Rasenstücken zu bewerfen und verfluchte sie in den abscheulichsten Ausdrücken, bis die lärmenden Tiere am Ende des Dorfes umkehrten und sich mit eingezogenem Schwanz zu ihren Häusern zurückzogen.

»Immer muss ich alles selber machen!«, sagte Dulnikker vorwurfsvoll zu seinem Sekretär. Als sie zum Lagerhaus kamen, atmeten sie freier. Die Tauben schliefen friedlich in ihrem Taubenschlag und plusterten sich im Schlaf gelegentlich mit einem freundlichen Gurren auf. Dulnikker zog den Zettel aus der Tasche und las ihn noch einmal durch:

Hilfe! Sendet sofort Wagen. Es geht auf Tod und Leben!

Amitz Dulnikker

»Soll ich hinzufügen, dass auch Reporter mitkommen sollen?« fragte er Zev, der bereits langsam die Leiter emporkletterte.

Zev brachte ihn nervös zum Schweigen, indem er sagte, Reporter würden ohnehin kommen. Dulnikker starrte liebevoll die hübschen Tauben an, in denen er die Boten der Erlösung aus der Falle namens ›Kimmelquell‹ erblickte. Inzwischen öffnete sein Sekretär das Türchen des Taubenschlags, fing mit zitternder Hand eine der Tauben und zog sie heraus. Der überraschte Vogel begann mit den Flügeln zu schlagen, und der Sekretär purzelte fast von der Leiter. Er brachte die Taube dem Staatsmann hinunter, sie banden ihr den Zettel ans Bein und ließen sie los.

»Kleines Vögelchen, Vögelchen!«, flüsterte der Sekretär und warf den Vogel in die Luft. Aber die treue Taube kehrte auf seine Schulter zurück. Dulnikker, der vor Aufregung fast platzte, brach einen dünnen Zweig von einer Hecke und versuchte mit ihm, den goldigen Vogel wegzuscheuchen.

»Flieg, Vögelchen, flieg! Wenn nicht, bring' ich dich um!« drohte er der Taube und fuchtelte ihr mit seinem Zweig vor dem Schnabel herum, bis schließlich der Lagerhauswächter durch die seltsamen Geräusche geweckt wurde und aus seiner Wohnung im Hinterhaus herauskam.

»Was geht hier vor?«, schrie er, während er seine Hose festband. Sein plötzliches Auftauchen änderte das Gleichgewicht der Kräfte völlig. Die erschrockene Taube stieg auf und verschwand in der Finsternis, während sich die beiden Verbrecher so tief wie möglich duckten und ins Dorf zurück entwichen. Das Geschrei des Wächters beschleunigte ihren Lauf, sodass sie sich ihren eigenen Pfad durch die stacheligen Heckenzäune bahnten. Nach einer Viertelstunde stummen Kampfes gegen die zerstörenden Kräfte der Natur blieben die beiden Flüchtenden stehen und blickten zurück, nur um zu entdecken, dass sie, statt gegen Dornen anzukämpfen, die Straße hätten hinunterlaufen können, die parallel und nur wenige Schritte entfernt von ihrem Weg verlief.

»Ich kann einfach nicht verstehen, warum du das nicht selber hättest tun können!«, beklagte sich Dulnikker bei seinem Sekretär. »Muss ein alter Mann von fast siebzig Jahren wirklich solche Aufregungen mitmachen?«

Der Sekretär reinigte keuchend seine Brille vom Schlamm und sagte nichts. Sie trennten sich in einer Atmosphäre stummer Feindseligkeit. Dulnikker kroch fast die Holztreppe hinauf. Er öffnete die Tür, hinkte zum Bett, und ohne die Schuhe auszuziehen, ließ er sich total erschöpft mit dem Gesicht nach unten darauf fallen. Unverzüglich umfingen ihn zwei warme Arme, und eine erschrockene Stimme flüsterte ihm ins Ohr: »Mein Mann ist da!«

Wenige Sekunden später wurde neben dem Bett ein Streichholz angezündet, eine Männerhand packte Dulnikker und zog ihn unwiderstehlich geradewegs zur Tür. Dann versetzte Elifas Hermanowitsch dem Staatsmann einen Fußtritt in den Hintern und warf ihn wirbelnd die Treppe hinunter.

Dulnikker fiel vor der Küchentür flach auf den Boden und schlief auf der Stelle ein.

*

Wie es weitergeht, erzählt Ephraim Kishon in weiteren köstlichen Episoden, nachzulesen in: »Der Fuchs im Hühnerstall«.

»Wer zuletzt lacht, lacht am Besten.«
(Sprichwort)

P. G. Wodehouse

Ukridges Unfall-Syndikat

Moment mal, Jungchen«, sagte Ukridge. Er hatte mich beim Arm gepackt und brachte mich bei den Ausläufern einer kleinen Menschenmenge, die sich vor der Kirche angesammelt hatte, zum Stehen.

Es war eine jener Mengen, wie man sie in London jeden Morgen beobachten kann, wenn in einer der Kirchen, die an den verträumten kleinen Plätzen zwischen Hyde Park und King's Road stehen, die Hochzeitsglocken läuten.

Sie setzte sich zusammen aus fünf ihrem Aussehen nach zum Stand der Köchinnen gehörenden Frauen, vier Kindermädchen, einem halben Dutzend Werktätigen der Reserve, die sich vorübergehend von ihrer üblichen Beschäftigung, die Mauer der Eckkneipe Zum dicken Kater zu stützen, freigemacht hatten, einem Straßenhändler mit einem Schubkarren voll Gemüse, diversen kleinen Jungen, elf Hunden und zwei oder drei adleräugigen jungen Männern, die Kameras über der Schulter trugen. Hier spielte sich offensichtlich eine Hochzeit ab, und zwar – nach der Anwesenheit der Fotografen und der Reihe eleganter Autos am Straßenrand zu schließen – eine recht fashionable Hochzeit. Weniger offensichtlich – zumindest für mich – waren die Gründe, weshalb Ukridge, ein eingefleischter Junggeselle, sich unter die Zuschauer mischen wollte.

»Was«, fragte ich deshalb, »hast du vor? Warum bleiben wir hier stehen und sehen zu, wie sich ein völlig Fremder ins Unglück stürzt?«

Erst antwortete Ukridge nicht. Er schien tief in Gedanken. Dann stieß er ein dumpfes, freudloses Lachen aus. Es klang furchtbar – wie das letzte Röcheln eines verendenden Elchs.

»Völlig Fremder, dass ich nicht lache!«, versetzte er. »Weißt du, wer da drin unters Joch kommt?«

»Nein. Wer denn?«

»Teddy Weeks.«

»Teddy Weeks? Teddy Weeks?! Du meine Güte!«, rief ich. »Ist das wahr?«

Und ich erinnerte mich an die Zeit vor fünf Jahren.

Es war in Barolinis italienischem Restaurant, wo Ukridge seinen grandiosen Plan entwickelte. In den Tagen, als die philanthropischen Restaurantbesitzer in Soho noch Menüs mit vier Gängen und Kaffee für nur einen Schilling sechs Pence offerierten, traf sich unsere kleine Gruppe aufstrebender, wenn auch mittelloser Talente gern bei Barolini; und an jenem Abend waren außer Ukridge und mir die folgenden Zeitgenossen anwesend: Teddy Weeks, der Schauspieler, soeben von einer sechswöchigen Tournee mit dem drittklassigen Schwank ›Nur ein Ladenmädel‹ aus der Provinz zurückgekehrt; der Maler Victor Beamish, der den Pianisten in der Klavierspielen-leicht-gemacht-Anzeige für das ›Piccadilly Magazine‹ gezeichnet hat; Bertram Fox, der Autor von ›Qualen des Gewissens‹ und anderen nie verfilmten Drehbüchern; und Robert Dunhill, der als Angestellter der New Asiatic Bank mit einem Jahresgehalt von achtzig Pfund den handfest-nüchternen Kommerz repräsentierte. Wie üblich hatte Teddy Weeks die Unterhaltung an sich gerissen und erklärte uns gerade mal wieder, wie talentiert er sei und wie übel ihm das Schicksal mitspiele.

Eine nähere Beschreibung Teddy Weeks' erübrigt sich. Allen Illustriertenlesern ist er unter einem anderen, klangvolleren Namen schon lange mehr als vertraut. Er war damals derselbe ekelhafte Beau wie heute mit seinen Plüschaugen, dem sanften Zug um die Lippen und den ondulierten Haaren, die viele Theaterbesucher heutzutage so gerne sehen. Aber damals vergeudete er noch seine Talente bei Wanderbühnen, mit denen er durch die abgelegensten Klitschen tingelte. Er schrieb das – wie Ukridge, wenn er in der Klemme saß – einem Mangel an Kapital zu.

»Ich habe alles«, sagte er missmutig, indem er seinen Worten mittels eines Kaffeelöffels Nachdruck verlieh, »gutes Aussehen, Talent, Ausstrahlung, eine wohlklingende Stimme – einfach alles. Ich brauche nur eine Chance. Und die bekomme ich nicht, weil ich nichts Richtiges zum Anziehen habe. Die Regisseure sind doch alle gleich, sie blicken nie unter die Oberfläche, es kümmert sie nicht, ob einer begnadet ist. Wenn ich mir ein paar Anzüge von einem erstklassigen Schneider leisten könnte, wenn ich ein paar Schuhe nach Maß hätte anstelle dieser alten Latschen vom Trödler, wenn ich einen anständigen Hut besäße, ein Paar schicke Gamaschen und außerdem ein goldenes Zigarettenetui, dann könnte ich schon morgen bei jedem Theater in London ankommen.«

In diesem Augenblick kam Freddie Lunt herein. Freddie war wie Robert Dunhill eins unserer kommenden Finanzgenies und ein Stammgast bei Barolini; und plötzlich fiel uns ein, dass wir ihn hier schon lange nicht mehr gesehen hatten. Wir erkundigten uns nach dem Grund für sein Fernbleiben.

»Ich habe im Bett gelegen«, sagte Freddie. »Über zwei Wochen.«

Diese Mitteilung stieß auf Ukridges strenge Missbilligung. Dieser große Mann hatte es sich zwar zur Gewohnheit gemacht, nie vor dem Mittagessen aufzustehen, und einmal, als ein achtlos weggeworfenes Streichholz ein Loch in seine einzige Hose gebrannt hatte, war er sogar volle achtundvierzig Stunden in den Federn geblieben, aber Müßiggang so gigantischen Ausmaßes schockierte ihn doch.

»So was von Faulpelz«, sagte er empört. »Lässt die goldene Jugend an sich vorübergehen, anstatt zu schuften und sich einen Namen zu machen.«

Freddie protestierte gegen diese zu Unrecht erhobene Beschuldigung.

»Ich hatte einen Unfall«, erklärte er. »Bin mit dem Fahrrad gestürzt und hab' mir den Fuß verrenkt.«

»So ein Pech«, lautete unser Kommentar.

»Na, ich weiß nicht«, sagte Freddie. »Ich fand die Ruhepause mal ganz schön. Und die fünf Pfund natürlich auch.«

»Welche fünf Pfund?«

»Ich hab' vom ›Radfahrer-Journal‹ fünf Pfund für den verrenkten Fuß bekommen.«

»Du hast was??«, rief Ukridge erregt wie immer, wenn jemand von leicht verdientem Geld redete. »Soll das etwa heißen, dass irgend so eine Radfahrer-Postille dir fünf Pfund gegeben hat, bloß weil du dir den Fuß verrenkt hast? Komm, alter Knabe, so was gibt's doch gar nicht!«

»Doch, wirklich.«

»Zeig mir mal den Fünfer.«

»Kommt nicht in Frage, sonst knöpfst du ihn mir noch ab.«

Ukridge ignorierte die Unterstellung würdevoll.

»Zahlen die jedem, der sich den Fuß verrenkt, fünf Pfund?«, fragte er, womit er zum Hauptthema zurückkehrte.

»Ja, vorausgesetzt, man ist Abonnent.«

»Ich wusste ja, dass die Sache einen Haken hat«, murrte Ukridge.

»Diese Masche gibt es jetzt bei vielen Zeitschriften«, fuhr Freddie fort. »Man nimmt ein Jahresabonnement und kommt damit automatisch in eine Unfallversicherung.«

Das interessierte uns. Damals kämpften die Londoner Zeitungen noch um jeden einzelnen Leser, indem sie ihm gewaltige Summen für den Fall versprachen, dass er sich das Genick brach, und irgendwie fanden wir den Gedanken verlockend.

»Wie viele von diesen Gazetten machen so ein Angebot?«, fragte Ukridge. Das Glänzen seiner Augen verriet, dass sein Gehirn jetzt arbeitete wie ein Dynamo. »Sind es zehn?«

»Ja, bestimmt. Mindestens zehn.«

»Dann bekäme also einer, der sie alle abonniert hat und sich den Fuß verrenkt, fünfzig Pfund?«, folgerte Ukridge messerscharf.

»Oder mehr, wenn es eine ernstere Verletzung wäre«, sagte Freddie, unser Experte. »Sie haben richtige Tabellen. Soundso viel für einen gebrochenen Arm, soundso viel für ein gebrochenes Bein und so weiter.«

Ukridges Kragen löste sich mit einem Ruck vom Kragenknopf, und seine Nickelbrille hing ganz schief auf seiner Nase, als er sich an uns wandte.

»Wie viel Geld könnt ihr aufbringen, Jungs?«, fragte er.

»Was willst du denn damit?«, fragte Robert Dunhill mit dem Misstrauen des Bankmenschen.

»Hast du's denn noch nicht begriffen, du Nuss? Mein Gott, ich hab' die Idee des Jahrhunderts! Im Ernst, das ist der gewinnträchtigste Plan, der je ausgeheckt worden ist. Wir tun so viel Geld in einen Topf, dass wir diese Blätter allesamt abonnieren können.«

»Und wozu soll das gut sein?«, fragte Dunhill ungerührt.

Diese Bankangestellten werden darauf abgerichtet, alle Gefühlsregungen zu unterdrücken, damit sie später mal, wenn sie Bankdirektoren sind, Kleinkredite verweigern können. »Es ist doch sehr unwahrscheinlich, dass einer von uns verunglückt, und dann hätten wir das Geld aus dem Fenster geworfen.«

»Menschenskind, du Pfeife«, schnaubte Ukridge, »glaubst du denn im Ernst, ich wollte das dem Zufall überlassen? Pass auf, mein Plan sieht so aus: Wir abonnieren alle diese Zeitungen, und dann ziehen wir Lose. Derjenige, der die Schicksalskarte oder wie man das nennt zieht, bricht sich das Bein und streicht das Bare ein. Das teilen wir dann unter uns und leben davon in Saus und Braus. Dabei müssten etliche Hunderter herausspringen.«

Wir schwiegen lange. Dann meldete sich Dunhill zu Wort. Sein Verstand arbeitete eher gründlich als flink.

»Aber angenommen, er bricht sich nicht das Bein?«

»Du meine Güte!«, rief Ukridge verzweifelt. »Wir leben schließlich im zwanzigsten Jahrhundert, in einer hoch technisierten Gesellschaft, und auf Schritt und Tritt gibt es Möglichkeiten, sich ein Bein zu brechen – wie kannst du da mit solchen dussligen Einwänden kommen! Natürlich bricht er sich das Bein. Auch der Dümmste schafft das.

Also das ist doch wirklich stark! Wir alle haben Ebbe in der Kasse – ich selbst weiß zum Beispiel nicht, wie ich über die Runden kommen soll, wenn Freddie mir nicht bis Samstag etwas von seinem Fünfer pumpt. Also uns allen steht das Wasser bis zum Hals, aber kaum entwickle ich einen grandiosen Plan, wie wir unsere Finanzen aufbessern können, da machst du Fisimatenten, anstatt mich zu meinem wachen Verstand zu beglückwünschen. Das ist nicht die richtige Einstellung, weißt du. So bringst du's nie zu etwas.«

»Wenn du so abgebrannt bist«, wandte Dunhill ein, »wovon willst du dann deinen Anteil in den Topf zahlen?«

Ukridge sah ihn schmerzlich, ja fassungslos an. Der Blick, den er Dunhill über den Rand seiner schief sitzenden Brille zuwarf, war der Blick eines Mannes, der nicht glauben kann, richtig gehört zu haben.

»Ich?«, rief er. »Ich? Du machst mir Spaß! Also im Ernst, das ist ja ein starkes Stück. Wenn es noch einen Funken Gerechtigkeit auf der Welt gibt, wenn ihr auch nur die Spur von Anstand besitzt, dann müsstet ihr mich aber dafür, dass ich die Idee hatte, gratis beteiligen. Das ist doch wirklich stark! Erst liefere ich euch die Geistesblitze, und dann soll ich obendrein noch berappen. Das hätte ich nicht von euch gedacht. So was tut weh. Dass ein alter Kumpel es fertig bringt ...«

»Na, schon gut«, sagte Robert Dunhill. »Schon gut, schon gut. Aber eines kann ich dir sagen:

Wenn das Los auf dich fällt, wird das der schönste Tag meines Lebens sein.«

»Es fällt nicht auf mich«, sagte Ukridge. »Das weiß ich jetzt schon.«

Und er hatte recht. Als wir in atemloser Stille, die nur von einem entfernt in den Speiseaufzug schimpfenden Kellner unterbrochen wurde, unsere Lose gezogen hatten, war Teddy Weeks der vom Schicksal Erwählte.

Wahrscheinlich ist es nicht einmal in der Jugend Maienblüte, wenn Knochenbrüche noch unproblematischer erscheinen als in fortgeschrittenerem Alter, ein schieres Vergnügen, sich auf öffentliche Straßen und Plätze zu begeben, um sich in einen Unfall verwickeln zu lassen. In einer solchen Situation bedeutet auch der Gedanke, dass man damit seinen Freunden eine Wohltat erweist, nur einen schwachen Trost. Für Teddy Weeks bedeutete er allem Anschein nach überhaupt keinen Trost. Dass er nicht sonderlich geneigt war, sich im Interesse der Allgemeinheit zu opfern, wurde immer offensichtlicher, als jeder neue Morgen ihn bei bester Gesundheit sah. Als Ukridge mich deswegen aufsuchte, war er sichtlich beunruhigt. Er ließ sich auf einen Stuhl neben dem Tisch fallen, auf dem mein frugales Frühstück stand, und nachdem er die Hälfte meines Kaffees ausgetrunken hatte, seufzte er tief.

»Ganz im Ernst«, stöhnte er, »das ist doch wirklich zum Verzweifeln. Da zermartere ich mir den Kopf, um mir etwas einfallen zu lassen, womit wir ein paar schnelle Mäuse machen können, und kaum komme ich auf den wahrscheinlich glorreichsten Gedanken aller Zeiten, da kneift Weeks, diese Pfeife, und lässt uns hängen. Dass aber auch ausgerechnet so einer wie er das Los ziehen musste! Und das Schlimmste ist ja, dass wir jetzt, nachdem wir mal mit ihm angefangen haben, auch weitermachen müssen. Wir können unmöglich genug Geld aufbringen, um noch einmal Jahresabonnements für einen andern zu bezahlen. Jetzt heißt es Weeks oder nix.«

»Wir müssen ihm wohl ein bisschen Zeit lassen.«

»Das sagt er auch«, meinte Ukridge mürrisch und nahm sich eine Scheibe Toast. »Er sagt, er weiß nicht, wie er's anfangen soll. Wenn man ihn so hört, könnte man glauben, so ein lumpiger Unfall sei eine höchst diffizile Angelegenheit, die nur ein Experte nach langjährigem Studium zu Wege bringt. Dabei schafft das doch ein Sechsjähriger im Handumdrehen. Aber der Mann ist so entsetzlich wählerisch. Man macht ihm ein paar nützliche Vorschläge, aber anstatt Teamgeist zu beweisen und sie zu befolgen, hat er immer etwas daran zu bemäkeln. Schrecklich, diese Halsstarrigkeit! Als wir gestern Abend aus waren, sahen wir, wie sich ein paar Hafenarbeiter prügelten. Große, kräftige Burschen, von denen jeder ihn für Monate ins Krankenhaus hätte befördern können. Ich schlug vor, er sollte hingehen und versuchen, sie auseinanderzubringen, aber er sagte, nein, das sei eine private Auseinandersetzung, und er habe kein Recht, sich da einzumischen. Das sind doch Haarspaltereien. Ich sage dir, Jungchen, dieser Bruder ist ein unsicherer Kantonist. Er hat kalte Füße bekommen. Es war ein Fehler von uns, ihn an der Auslosung zu beteiligen. Wir hätten wissen müssen, dass es mit dem nie klappen würde. Gewissenlos und ohne Gemeinschaftssinn. Denkt nicht daran, für seine Kumpels auch nur einen kleinen Finger krumm zu machen. Hast du denn keine Marmelade mehr, alter Knabe?«

»Nein.«

»Dann werde ich jetzt gehen«, sagte Ukridge missmutig. An der Tür blieb er stehen und fragte: »Kannst du mir fünf Schilling borgen?«

»Fehlanzeige.«

»Weißt du was«, sagte Ukridge, wie immer ganz der faire Sportsmann, »dann kannst du mich heute Abend zum Essen einladen.«

Für einen Augenblick schien ihn dieser glückliche Kompromiss aufzumuntern, aber dann verdüsterte sich sein Gesicht wieder. »Ich könnte heulen«, sagte er, »wenn ich an all das schöne Geld denke, an das wir nicht herankommen, bloß weil dieser Kerl die Hosen voll hat. Rotz und Wasser könnte ich heulen, Jungchen. Ich hab' den Mann noch nie gemocht – mit seinen Glubschaugen und diesen Schmachtlocken. Traue keinem Mann mit Dauerwellen, alter Junge.«

Nicht nur Ukridge war pessimistisch. Als nach vierzehn Tagen Teddy Weeks immer noch nichts Schlimmeres zugestoßen war als eine leichte Erkältung, die er schon nach ein paar Tagen wieder los war, herrschte unter den besorgten Mitgliedern des Syndikats die einhellige Meinung, dass die Lage katastrophal sei. Nichts deutete darauf hin, dass unsere kolossale Investition irgendwelche Erträge abwerfen würde, während andererseits Mahlzeiten und Mieten bezahlt sowie kleine Tabaksrationen angeschafft werden mussten. Unter diesen Umständen konnte man schon melancholisch werden, wenn man die Morgenzeitung aufschlug.

In allen bewohnten Teilen der Welt, so ließen die wohlunterrichteten Gazetten verlauten, stießen praktisch jedermann täglich alle möglichen Unglücke zu – nur nicht Teddy Weeks. In Minnesota gerieten Farmer in Erntemaschinen, in Indien wurden Dorfbewohner von Krokodilen angefallen, in jeder Stadt zwischen Philadelphia und San Francisco fielen den Leuten stündlich Eisenträger von Wolkenkratzern auf den Kopf, und die einzigen Menschen, die nicht mit einer Salmonellenvergiftung ins Krankenhaus eingeliefert wurden, waren diejenigen, die in eine Schlucht gestürzt, mit dem Auto gegen einen Baum gefahren oder in einem Abwasserkanal ertrunken waren oder solche, die sich etwas vorschnell darauf verlassen hatten, dass das zu reinigende Gewehr nicht geladen sei. In einer Welt von Versehrten, so schien es, erfreute sich alleine Teddy Weeks einer heilen Haut. Es war eine dieser düsteren, ironischen, hoffnungslosen, grauen, verzweifelten Situationen, über die man in den großen russischen Romanen so viel liest, und ich konnte es Ukridge beim besten Willen nicht verdenken, dass er in dieser krisenhaften Lage eigene Schritte unternahm. Ich bedauerte nur, dass sein grandioser Plan dann auf Grund widriger Umstände scheiterte.

Der Gedanke, er könnte versucht haben, den Gang der Dinge ein wenig zu korrigieren, kam mir zuerst, als wir eines Abends gemeinsam die King's Road hinuntergingen und er mich plötzlich zum Markham Square abdrängte, einem schmuddeligen kleinen Platz, wo er einmal ein Zimmer hatte.

»Was hast du denn vor?«, fragte ich unwillig, denn ich mochte dieses Viertel nicht.

»Teddy Weeks wohnt hier«, erklärte Ukridge. »In meiner alten Bude.« Ich konnte nicht finden, dass das die Gegend attraktiver machte. Ich bereute von Tag zu Tag mehr, so dumm gewesen zu sein, Geld, das ich kaum entbehren konnte, in ein Unternehmen gesteckt zu haben, das alle Merkmale einer totalen Pleite aufwies, und die Gefühle, die ich für Teddy Weeks hegte, waren infolgedessen sehr unterkühlt.

»Ich will mich nach ihm erkundigen.«

»Erkundigen? Wieso?«

»Ja, weißt du, Jungchen, ich hab' so eine Ahnung, dass er von einem Hund gebissen worden ist.«

»Wie kommst du denn darauf?«

»Ich weiß nicht recht«, sagte Ukridge verträumt. »Es ist nur so eine Ahnung. Du weißt ja, wie so was ist.«

Der bloße Gedanke an ein derartig wundervolles Ereignis war so herzerquickend, dass ich eine Zeit lang schwieg. Jede der zehn Zeitschriften, in die wir investiert hatten, empfahl nämlich Hundebisse ausdrücklich als etwas, das sich kein Abonnent entgehen lassen sollte. Sie standen ziemlich weit oben auf der Liste einträglicher Unglücksfälle, zwar noch unterhalb von Rippen- oder Schlüsselbeinbrüchen, aber doch weit über einem eingewachsenen Zehennagel. Ich malte mir gerade diese schöne Szene aus, die Ukridges Worte umrissen hatten, als ein Ausruf mich abrupt aus meinen Träumereien riss. Ein grässlicher Anblick bot sich mir dar. Die Straße herunter spaziert kam die uns wohl bekannte Gestalt Teddy Weeks', und wir sahen sofort, dass wir uns falsche Hoffnungen gemacht hatten. Nicht einmal ein Plüschterrier hatte an diesem Mann geknabbert.

»Hallo, Jungs!«, rief Teddy Weeks.

»Hallo!«, erwiderten wir missvergnügt.

»Keine Zeit«, sagte Teddy Weeks. »Ich muss einen Arzt holen.«

»Einen Arzt?«

»Ja. Der arme Victor Beamish. Er ist von einem Hund gebissen worden.«

Ukridge und ich sahen uns mit langen Gesichtern an. Es war, als gebe sich das Schicksal alle Mühe, sich über uns lustig zu machen. Was nützte es uns, wenn Victor Beamish von einem Hund gebissen wurde? Was nützte es, wenn er von hundert Hunden gebissen wurde? Ein vom Hund gebissener Victor Beamish besaß keinerlei Marktwert.

»Ihr kennt doch diese gemeingefährliche Töle meiner Zimmerwirtin«, sagte Teddy Weeks. »Rast ständig durch die Gegend und kläfft Leute an, die an der Haustür klingeln.« Ich erinnerte mich. Es war eine riesige, zähnefletschende Promenadenmischung mit blutunterlaufenen Augen und einem Fell wie ein Mopp. Ich war dem Vieh mal auf der Straße begegnet, als ich Ukridge besuchte, und nur die Gegenwart des letzteren, dem alle Hunde aus der Hand fraßen, hatte mich vor Victor Beamishs Schicksal bewahrt. »Irgendwie ist der Hund heute Abend in mein Zimmer gelangt. Als ich heim kam, war er schon da. Ich hatte Beamish bei mir, und kaum hatte ich die Tür aufgemacht, da schnappte der Köter nach seinem Bein.«

»Warum hat er bloß nicht nach dir geschnappt?«, seufzte Ukridge.

»Ich kann gar nicht verstehen«, sagte Teddy Weeks, »wie das Biest in mein Zimmer gekommen ist. Irgendwer muss es da eingesperrt haben. Die Sache ist sehr mysteriös.«

»Warum hat er nicht nach dir geschnappt?«, fragte Ukridge noch einmal.

»Ich hab' einen Satz auf den Schrank gemacht, während er noch Beamish biss«, sagte Teddy Weeks. »Und dann kam die Zimmerwirtin und holte ihn. Aber ich kann jetzt nicht mit euch plaudern. Ich muss den Arzt holen.«

Stumm starrten wir ihm nach, während er behänd die Straße hinuntertrottete. Es fiel uns auf, wie vorsichtig er am Bordstein stehen blieb, um nach rechts und links zu sehen, bevor er die Fahrbahn überquerte, und wie ängstlich er zurücktrat, um einen schweren Lastwagen vorüberpoltern zu lassen.

»Hast du das gehört?«, fragte Ukridge. »Er hat einen Satz auf den Schrank gemacht!«

»Ja.«

»Und hast du gesehen, wie er diesem schönen Lastwagen ausgewichen ist?«

»Ja.«

»Es muss etwas geschehen«, sagte Ukridge energisch. »Man muss diesen Menschen an seine Pflichten erinnern.«

Am nächsten Tag sprach eine Delegation bei Teddy Weeks vor. Ukridge war unser Sprecher, und er kam mit bewundernswerter Direktheit zur Sache.

»Also was ist?«, fragte Ukridge.

»Was heißt ›was ist‹?«, antwortete Teddy Weeks nervös und wich seinem vorwurfsvollen Blick aus.

»Wann gedenkst du aktiv zu werden?«

»Ach, du meinst die Sache mit dem Unfall?«

»Allerdings.«

»Ich hab' drüber nachgedacht«, sagte Teddy Weeks.

Ukridge hüllte sich noch fester in seinen Regenmantel, den er in Räumen genauso trug wie im Freien bei Wind und Wetter. Seine Geste erinnerte an die eines römischen Senators, der sich anschickt, über einen Staatsfeind herzuziehen. Genauso musste Cicero seine Toga geschwenkt haben, als er noch einmal tief Luft holte, um dann Catilina zur Schnecke zu machen. Einen Augenblick lang spielte er mit seiner verbogenen Nickelbrille und versuchte erfolglos, seinen Kragen wieder festzuknöpfen. In Momenten seelischer Erregung neigte Ukridges Hemdkragen nämlich dazu, sich plötzlich aus der Verankerung des Kragenknöpfchens zu reißen.

»Es wurde auch höchste Zeit, dass du mal darüber nachdenkst!«, dröhnte er dann finster.

Zustimmend rückten wir auf unseren Stühlen, ausgenommen Victor Beamish, der einen Stuhl abgelehnt hatte und am Kamin lehnte. »Im Ernst, es wurde wirklich Zeit, dass du darüber nachdenkst. Du bist dir doch wohl im Klaren darüber, dass wir Unsummen in dich investiert haben und jetzt auch Erfolge sehen wollen. Oder sollten wir etwa annehmen müssen, dass du mehr Angst als Vaterlandsliebe hast und dich deiner Ehrenpflicht entziehen willst? Wir hatten mehr von dir erwartet, Weeks. Jawohl, das hatten wir. Wir haben dich für einen schneidigen, astreinen Draufgänger von einem Mann gehalten, der durch dick und dünn zu seinen Freunden hält.«

»Ja, aber ...«

»Jeder Kerl mit Ehrgefühl im Leib hätte sich schon längst aufgemacht und nach Möglichkeiten gesucht, seine Pflicht zu erfüllen. Aber du ergreifst nicht mal die Gelegenheiten, die dir auf einem Silbertablett geboten werden. Erst gestern habe ich dich zurückweichen sehen, als es nur eines einzigen Schrittes auf die Straße bedurft hätte, um dich von einem Lastwagen anfahren zu lassen.«

»Es ist aber gar nicht so leicht, sich von einem Lastwagen anfahren zu lassen.«

»Schnickschnack! Dazu braucht es nur ein bisschen Entschlusskraft. Entwickle gefälligst mehr Fantasie, Mann. Stell dir vor, ein Kind wäre auf der Straße gestürzt – ein kleines Kind mit lockigem Haar«, sagte Ukridge mit Rührung in der Stimme. »Und auf einmal kommt ein riesiges Taxi oder so was angebraust. Die Mutter des Kindes steht verzweifelt am Straßenrand und ringt die Hände. ›Verdammt nochmal‹, schreit sie, ›will denn keiner meinen Liebling retten?‹ – ›In Ordnung, Schwester‹, rufst du, ›ich mach' das schon!‹ Und du rennst auf die Straße, und nach zwei Sekunden ist es schon vorbei. Ich weiß gar nicht, warum du so ein Theater machst.«

»Ja, aber ...«, sagte Teddy Weeks.

»Und außerdem hab' ich gehört, dass es gar nicht wehtut. Eine Art dumpfer Schock, dass ist alles.«

»Wer hat dir das denn erzählt?«

»Ich weiß nicht mehr. Irgendjemand.«

»Du kannst ihm jedenfalls von mir bestellen, dass er ein Uhu ist«, sagte Teddy Weeks schroff.

»Na schön. Wenn du dich nicht von einem Lastwagen anfahren lassen willst, gibt es ja noch andere Möglichkeiten. Aber es hat ja wohl keinen Zweck, sie dir zu nennen. Dir fehlt jeglicher Unternehmungsgeist. Nachdem ich gestern mit viel Mühe einen Hund in dein Zimmer geschafft habe – einen Hund, der alles für dich erledigt hätte, wenn du stillgehalten und seinem natürlichen Instinkt vertraut hättest – was machst du da? Du machst einen Satz auf ...«

Hier unterbrach ihn Victor Beamish, und seine Stimme war heiser vor Erregung.

»Du hast dieses Mistvieh in das Zimmer geschafft?«

»Wie bitte?«, sagte Ukridge. »Na ja. Aber darüber können wir uns später in Ruhe unterhalten«, fuhr er hastig fort. »Jetzt geht es erst mal darum, diesen Hirsenpfriemer hier dazu zu bringen, uns das Versicherungsgeld zu beschaffen. Ich hatte eigentlich erwartet, dass du ...«

»Also das finde ich ...«, fing Victor Beamish hitzig an.

»Jaja«, unterbrach ihn Ukridge, »ein andermal. Lass uns jetzt beim Thema bleiben. Wie gesagt«, setzte er wieder an, »ich hatte eigentlich erwartet, dass du schon im eigenen Interesse ganz versessen darauf sein würdest, die Sache hinter dich zu bringen. Du jammerst doch immer, dass du nichts zum Anziehen hast, womit du bei Regisseuren Eindruck schinden kannst. Denk doch mal an all die schönen Klamotten, die du dir von deinem Anteil kaufen kannst, wenn du nur den Mumm aufbringst, die Chose durchzuziehen. Denk mal an die Anzüge, die Schuhe, die Krawatten. Dauernd faselst du von deiner Karriere, und dass du nur gut in Schale sein müsstest, um von einem der Theater im West End genommen zu werden. Bitte sehr, jetzt hast du deine Chance.«

Dieser Redeschwall hatte gewirkt. Teddy Weeks' Blick wurde nachdenklich. Er atmete schwer. Man sah ihm an, dass er im Geiste schon durch Savile Row schlenderte und die Vorzüge eines berühmten Schneiders gegen die eines andern abwog.

»Aber wisst ihr«, sagte er plötzlich, »ihr dürft nicht verlangen, dass ich das kaltblütig tue. Das kann ich einfach nicht. Ich hab' nicht die Nerven dazu. Aber wenn ihr mir heute Abend ein Essen spendiert und Sekt in Strömen, dann könnte mich das in die richtige Stimmung versetzen.«

Tiefes Schweigen breitete sich in dem Raum aus. Sekt! Schon das Wort gab uns einen Stich.

»Woher zum Teufel sollen wir denn Sekt nehmen?«, fragte Victor Beamish.

»Wie du meinst«, sagte Teddy Weeks. »Dann eben nicht.«

»Gentlemen«, erklärte Ukridge, »es sieht so aus, als ob das Unternehmen neues Kapital bräuchte. Wie steht's, Leute? Lasst uns mal nüchtern und ehrlich darüber nachdenken, was sich machen lässt. Ich kann zehn Schilling beisteuern.«

»Was!«, riefen alle wie aus einem Munde. »Wie denn das?«

»Ich werde ein Banjo versetzen.«

»Du besitzt doch gar kein Banjo.«

»Ich nicht, aber George Tupper, und ich weiß, wo er's aufbewahrt.«

Nachdem auf diese Weise der Anfang gemacht war, gingen die Subskriptionen reichlich ein. Ich steuerte ein Zigarettenetui bei; Bertram Fox hoffte, dass seine Wirtin ihm die Miete noch eine Woche stunden würde; Robert Dunhill setzte auf einen Onkel in Kensington, der möglicherweise ein Pfund herausrücken würde, wenn man's geschickt anstellte; und Victor Beamish sagte, der Anzeigenchef des Klavierspielen-leicht-gemacht-Pianisten werde ihn hoffentlich nicht enttäuschen, indem er ihm kaltschnäuzig einen Vorschuss von fünf Schilling auf zukünftige Arbeiten verweigerte. Und so erbrachte unsere Blitzkampagne binnen Minuten die stolze Summe von zwei Pfund sechs Schilling, und wir fragten Teddy Weeks, ob dieser Betrag voraussichtlich ausreichen werde, um ihn in die richtige Stimmung zu versetzen.

»Wir werden sehen«, sagte Teddy Weeks.

Eingedenk der Tatsache, dass Barolini die Literflasche Sekt zu acht Schilling anbot, verabredeten wir uns für sieben Uhr in dessen gastlichen Räumen.

Als gesellschaftliches Ereignis war dieses Abendessen, das Teddy Weeks in die richtige Stimmung versetzen sollte, ein Reinfall. Wir mussten alle sehr an uns halten, und das nicht nur, weil er in großen Zügen Barolinis Acht-Schillings-Sekt kippte, während wir uns mangels Masse mit minderwertigeren Getränken begnügen mussten; was uns das Beisammensein vor allen Dingen vermieste, war die Wirkung, die das Zeug bei Teddy hatte. Welche Substanzen in dem Champagner enthalten waren, den Barolini zum Preis von acht Schilling pro Flasche an diejenigen seiner Gäste abgab, die tollkühn genug waren, ihn zu trinken, wird das ewige Geheimnis des Herstellers bleiben; jedenfalls genügten drei Gläser davon, um aus Teddy Weeks, sonst ein verträglicher und netter junger Mann, einen bramarbasierenden Schwadroneur zu machen.

Er legte sich mit uns allen an. Bei der Suppe nahm er Victor Beamishs Kunstbegriff auseinander; über dem Fisch putzte er Bertram Fox' Ansichten zur Entwicklung des Kinos herunter; und als schließlich die Hähnchenschenkel mit Löwenzahnsalat serviert wurden – andere sprechen von Feldsalat; die Meinungen gehen hier auseinander –, war ihm das Gesöff so zu Kopf gestiegen, dass er anfing, Ukridge Vorhaltungen wegen seines verpfuschten Lebens zu machen und ihn so lautstark, dass es noch außerhalb des Lokals zu vernehmen war, ermahnte, sich nach einer Arbeit umzusehen, die es ihm ermöglichen würde, wieder so viel Selbstachtung zu gewinnen, dass er in den Spiegel sehen könnte, ohne rot zu werden. Was ihm allerdings, fügte Teddy mit unserer Ansicht nach völlig unangebrachter Gehässigkeit hinzu, auch mit noch so viel Selbstachtung kaum gelingen dürfte. Und mit diesen Worten verlangte er im Befehlston nach einer weiteren Acht-Schillings-Ration.

Wir sahen einander betreten an. Möchte dies alles auch einem guten Zweck dienen, so war es doch zweifellos schwer zu ertragen. Aber die Klugheit gebot uns zu schweigen. Teddy Weeks stand nun einmal im Mittelpunkt des Abends, und wir mussten Nachsicht mit ihm üben. Victor Beamish gestand kleinlaut, dass Teddy einige Fragen geklärt habe, die ihm schon lange Kopfzerbrechen bereitet hätten. Bertram Fox gab zu, dass viel dran sei an dem, was Teddy über die Zukunft der Totale zu sagen habe. Und selbst Ukridge, obgleich im Innersten seiner stolzen Seele gekränkt durch die persönlichen Invektiven, versprach, sich die Philippika zu Herzen zu nehmen und sich sobald wie möglich daran zu halten.

»Das will ich dir auch geraten haben!«, sagte Teddy Weeks herausfordernd und biss das Ende einer der besten von Barolinis Zigarren ab. »Und noch was – ich will nie mehr hören, dass du bei ändern Leuten Socken schnorrst.«

»In Ordnung, Junge«, sagte Ukridge demütig.

»Die schäbigste Kreatur unter der Sonne ist für mich ein Schnockensorrer – ein Sorrenschnocker – ein – na, ihr wisst schon, was ich meine.«

Wir beeilten uns, ihm zu versichern, dass wir wüssten, was er meinte, woraufhin er eine Zeit lang in tiefes Brüten verfiel, aus dem er eine dreiviertel Stunde später erwachte, um zu verkünden, er wisse zwar nicht, was wir noch vorhätten, aber er werde jetzt gehen. Wir sagten, wir gingen auch, bezahlten die Rechnung und folgten ihm.

Als Teddy Weeks sich auf dem Trottoir vor dem Restaurant von uns allen umringt sah, bereitete ihm das einiges Missvergnügen, dem er sogleich freimütig Ausdruck verlieh. Unter anderem erklärte er, er habe – was einfach nicht stimmte – in Soho einen Ruf zu verlieren.

»Reg dich nicht auf, Teddy, altes Ross«, sagte Ukridge beschwichtigend. »Wir dachten nur, du hättest vielleicht gerne deine alten Freunde um dich, wenn du's tust.«

»Wenn ich was tue?«

»Na, wenn du den Unfall hast.«

Teddy Weeks starrte ihn trotzig an. Dann schien seine Stimmung plötzlich umzuschlagen, und er brach in lautes, herzliches Gelächter aus.

»Also so was Verrücktes!«, prustete er. »Ich werde überhaupt keinen Unfall haben. Ihr habt doch wohl nicht im Ernst daran geglaubt, oder? Ich hab' nur Spaß gemacht.« Gleich darauf trat ein erneuter Stimmungsumschwung ein, und er wurde von tiefer Traurigkeit ergriffen. Zutraulich streichelte er Ukridges Arm, und eine Träne kullerte über seine Wange. »Nur ein Späßchen«, wiederholte er. »Ihr habt doch nichts gegen ein Späßchen?«, fragte er bittend. »Ihr versteht doch Spaß, oder? Nur Spaß gemacht. Wollte nie verunglücken. Wollte nur was zu essen haben.« Und wieder siegte sein Sinn für Humor über seinen Kummer. »Einfach zu komisch«, kicherte er. »Nie verunglücken. Nur was essen. Nieverunwassen, nur was glückessen«, setzte er dann hinzu, womit er alles auf einen Nenner brachte. »Na, dann gute Nacht allerseits«, sagte er fröhlich, trat vom Bordstein herunter auf eine Bananenschale und wurde im nächsten Augenblick von einem vorbeifahrenden Lastwagen in hohem Bogen durch die Luft gewirbelt.

»Zwei Rippen und ein Arm«, sagte fünf Minuten später der Arzt, der die Aufräumungsarbeiten überwachte. »Langsam mit der Bahre!«

Nach zwei Wochen teilte uns die Leitung des Charing-Cross-Hospitals mit, dass der Patient nunmehr wieder Besucher empfangen könne. Eine Blitzkollekte brachte das Geld für ein Körbchen mit Obst zusammen, und Ukridge und ich wurden von den anderen Syndici beauftragt, das Präsent auch in ihrem Namen mit den besten Genesungswünschen zu überreichen.

»Tag«, sagten wir mit der gedämpften Stimme des Krankenhausbesuchers, als wir schließlich zu ihm vorgelassen wurden.

»Nehmen Sie Platz, meine Herren«, sagte der Invalide.

Ich muss zugeben, dass ich mich anfangs ein bisschen gewundert habe. Normalerweise siezte uns Teddy Weeks nämlich nicht. Aber Ukridge schien nichts Ungewöhnliches bemerkt zu haben.

»Na, mein Junge«, sagte er strahlend, »wie geht's dir denn? Wir haben dir hier auch was zum Naschen mitgebracht.«

»Ich bin bereits auf dem Wege der Besserung«, antwortete Teddy Weeks, und er klang immer noch so seltsam fröhlich wie bei seinen ersten

Worten. »Und ich möchte bei dieser Gelegenheit meiner Ansicht Ausdruck geben, dass die englische Nation allen Grund hat, auf die Leistungsfähigkeit und Tatkraft ihrer Presse stolz zu sein. Die Qualität der Berichterstattung, der Einfallsreichtum der zahlreichen Preisausschreiben und vor allen Dingen der unternehmerische Weitblick, der dieses Versicherungsangebot ins Leben gerufen hat, verdienen höchstes Lob. Haben Sie ›höchstes Lob‹?«, fragte er.

Ukridge und ich sahen einander an. Man hatte uns versichert, dass er fast wieder beieinander sei, aber das klang eher nach Delirium.

»Wie meinst du das – ob wir das haben?«, fragte Ukridge behutsam. Teddy Weeks sah uns erstaunt an.

»Sind Sie denn keine Reporter?«

»Reporter?«

»Ich dachte, Sie wären von einer dieser Zeitschriften, die mir das Versicherungsgeld ausbezahlt haben, und wollten mich interviewen«, sagte Teddy Weeks.

Ukridge und ich sahen uns wieder an, diesmal etwas beklommen. Ich glaube, dass eine schreckliche Ahnung schon jetzt in uns hochstieg.

»Aber kennst du mich denn nicht mehr, Teddy, altes Ross?«, fragte Ukridge besorgt.

Teddy Weeks legte die Stirn in Falten und dachte angestrengt nach.

»Ach ja«, sagte er endlich, »du bist Ukridge, nicht wahr?«

»Richtig. Ukridge.«

»Natürlich. Ukridge.«

»Ja. Ukridge. Erstaunlich, dass du mich vergessen konntest.«

»Ja«, sagte Teddy Weeks, »das ist wegen dem Schock, den ich bekam, als ich über den Haufen gefahren wurde. Hab' wohl einen Schlag gegen den Kopf bekommen. Die Folge davon ist, dass ich mich an vieles nicht mehr erinnere. Die Ärzte hier sind sehr an meinem Fall interessiert. Sie sagen, er ist sehr ungewöhnlich. An manche Dinge kann ich mich ganz genau erinnern, aber vieles ist total ausgelöscht.«

»Aber sag mal, altes Ross«, fragte Ukridge mit zitternder Stimme, »du erinnerst dich doch noch an die Versicherung?«

»O ja, sehr deutlich.«

Ukridge atmete erleichtert auf.

»Ich hatte ein paar Zeitschriften abonniert«, fuhr Teddy Weeks fort. »Sie zahlen mir jetzt Versicherungsgeld.«

»Ja, ja, altes Ross!«, rief Ukridge. »Aber ich meine, du erinnerst dich doch noch an unser Syndikat, nicht wahr?«

Teddy Weeks hob die Augenbrauen.

»Syndikat? Was für ein Syndikat?«

»Na, wir haben uns doch alle zusammengetan und Geld gesammelt, um die Abonnements für diese Zeitschriften bezahlen zu können, und dann haben wir den ausgelost, der einen Unfall haben und die Versicherungssumme beanspruchen sollte. Und dieses Los hast du gezogen, erinnerst du dich noch?«

Ein Ausdruck tiefsten und obendrein noch empörten Erstaunens erschien auf Teddy Weeks' Gesicht. Der Mann wirkte ungehalten.

»Ich erinnere mich an nichts dergleichen«, sagte er scharf. »Und ich kann mir auch nicht vorstellen, dass ich mich je an etwas beteiligt hätte, das, nach deinen Worten zu schließen, eine kriminelle Vereinigung war, die sich unter Vorspiegelung falscher Tatsachen von einigen Zeitschriften Geldsummen beschaffen wollte.«

»Aber Jungchen ...«

»Falls aber«, sagte Teddy Weeks, »an euren Behauptungen etwas Wahres sein sollte, dann habt ihr sicherlich Beweismaterial, um das zu belegen.«

Ukridge sah mich an. Ich sah Ukridge an. Es entstand eine lange Pause.

»Wollen wir?«, fragte Ukridge betrübt. »Es ist wohl zwecklos, länger zu bleiben.«

»Ja«, sagte ich, ebenso entmutigt. »Gehen wir.«

»Hat mich gefreut, euch zu sehen«, sagte Teddy Weeks. »Und danke für das Obst.«

Als ich ihn das nächste Mal sah, kam er gerade aus einer Theateragentur am Haymarket. Er trug einen nagelneuen Homburg in einem dezenten Perlgrau, passende Gamaschen und einen elegant geschnittenen blauen Flanellanzug, ebenfalls neu. Er strahlte Selbstzufriedenheit aus, und als ich an ihm vorbeiging, nahm er ein goldenes Zigarettenetui aus der Tasche.

Bald danach hatte er, wie Sie sich erinnern werden, seinen großen Erfolg als jugendlicher Liebhaber im Apollo, und das Publikum erkor ihn zum Liebling der Nachmittagsvorstellungen.

Im Kircheninnern stimmte die Orgel die vertrauten Klänge des ›Hochzeitsmarsches‹ an. Der Küster kam heraus und öffnete die Portalflügel. Die fünf Köchinnen beendeten ihren Austausch von Erfahrungen mit prachtvolleren Hochzeiten, an denen sie schon teilgenommen hatten. Die Fotografen packten ihre Kameras aus. Der Straßenhändler schob seinen Gemüsekarren ein Stückchen weiter. Ein struppiger, unrasierter Mann neben mir knurrte abschätzig.

»Reiche Faulenzer!«, sagte der struppige Mann.

Aus der Kirche trat eine blendende Erscheinung, und am Arm hatte er eine weitere Erscheinung hängen, die jedoch weit weniger blendend wirkte.

Teddy Weeks war unbestreitbar ein Blickfang. Er sah besser aus denn je. Sein pomadisiertes, in üppige Wellen gelegtes Haar glänzte in der Sonne, seine Augen waren groß und strahlend; seine schlanke Gestalt, in einen tadellosen Cutaway gekleidet, war die eines Apoll. Seine Braut dagegen machte den Eindruck, als habe Teddy Geld geheiratet. Sie blieben unter dem Portal stehen, und die Fotografen fummelten eifrig an ihren Kameras herum.

»Kannst du mir mal einen Schilling borgen, Junge?«, raunte Ukridge mir aus dem Mundwinkel zu.

»Wozu brauchst du denn einen Schilling?«

»Altes Ross«, zischte Ukridge mit Nachdruck, »ich brauche unbedingt und auf der Stelle einen Schilling.«

Ich gab ihm das Geld. Ukridge wandte sich dem struppigen Mann zu, und ich bemerkte, dass er eine riesige Tomate, die überreif und sehr saftig aussah, in der Hand hielt.

»Wollen Sie sich einen Schilling verdienen?«, fragte Ukridge.

»Immer!«, antwortete der struppige Mann.

Ukridge senkte seine Stimme zu einem Flüstern.

Die Fotografen hatten ihre Vorbereitungen beendet. Teddy Weeks, den Kopf in jener lässigen Weise zurückgeworfen, die ihm so viele Frauenherzen erobert hat, ließ seine berühmten Zähne blitzen. Die Köchinnen murmelten kritische Kommentare über das Aussehen der Braut.

»Jetzt bitte«, sagte einer der Fotografen.

Über die Köpfe der Menge hinweg zischte, präzise gezielt, eine große, saftige Tomate. Sie zerbarst wie ein Geschoss genau zwischen Teddy Weeks' ausdrucksvollen Augen und verdunkelte sie mit ihrer geballten Ladung roten Matschs. Sie spritzte auf Teddy Weeks' Kragen, sie kleckerte auf Teddy Weeks' Cutaway. Und der struppige Mann wandte sich hastig zur Seite und flitzte die Straße hinunter.

Ukridge packte mich am Arm. In seinen Augen lag ein Ausdruck tiefer Zufriedenheit.

»Wollen wir?«, fragte Ukridge.

Und Seite an Seite schlenderten wir in den sonnigen Junitag hinein.

Siegfried Lenz

Ein Bein für alle Tage

In Bollerup, Nachbarn, lässt sich der Wind nicht aufhalten: kommt frisch von der Ostsee heran, der er seine torkelnden Schaumlichter aufsetzt, staut sich an der ausgewaschenen Steilküste, wird abgelenkt, drückt sich flach durch die Rinne und hat freien Zugang zum Dorf. Da hält ihn kein Knick auf und kein beliebter Mischwald, forsch fällt er ein und verwechselt, möcht' ich mal sagen, das abfallende Roggenfeld mit der Ostsee: bringt die Halme in Aufruhr, will sie zur Flucht veranlassen, möchte sie vielleicht vor sich herwerfen wie Wellen und aus den Ähren ein bisschen planlosen Schaum schlagen, und wenn ihm dies auch nicht gelingt – dem Roggenfeld selbst verschafft er unerwartete Bewegung: duckt und schleudert es, walkt es durch, lässt es den Hang hinauflaufen und all so'n Zeug.

Immer, wenn ich in Bollerup zu Besuch bin, nehme ich mir Zeit, den Wind im Getreide zu beobachten, was er so anstellt und sich einfallen lässt, um, beispielsweise, Schatten zu machen oder das Auge derart zu täuschen, dass man mitunter glaubt, man könnte mit einem Kahn übers Feld fahren.

Als ich das letzte Mal auf dem Hünengrab saß und den Wind beobachtete, war Jens Otto Dorsch gerade beim Mähen; er ist ein Großneffe meines Schwagers und heißt, wie dieser, Feddersen, aber da in Bollerup nur wenige Leute anders heißen als Feddersen, ist man übereingekommen, sich einen Zusatznamen zu geben, damit man sich, was ich verstehen kann, gelegentlich voneinander unterscheidet. Dieser Jens Otto Dorsch also saß auf dem Wippsitz seiner Mähmaschine – er lehnte es ab, einen Mähdrescher anzuschaffen –, saß mürrisch und gedankenlos, nahm das wogende Feld von außen an, umrundete es Mal für Mal, wobei er, sagen wir mal, den Wind immer ärmer machte, ihm nur kurze Stoppeln überließ. Mähend fuhr er zur Küste hinunter, dann ein Stück parallel zum Strand – eine Strecke, auf der er wie ein Reiter erschien, der durch ein lehmhelles, mäßig bewegtes Gewässer schwamm –, wendete kurz und kam zum Mischwald herauf, nie pfeifend oder singend, obwohl es auf Feierabend zuging. Alles, was er zeigte, war ein lustloses Interesse, dem Wind das Feld wegzumähen – womit er ungefragt den Leuten von Bollerup Recht gab, die ihm den Zusatznamen Dorsch gegeben hatten.

Ich kann mich nicht erinnern, wie oft er um das Feld fuhr und da tätig war; jedenfalls hatte er das schwankende Rechteck erheblich verkleinert, ohne ein einziges Mal anzuhalten, hatte weder den Pferden ein Wort gegönnt noch sich selbst – da setzte, zu meiner Überraschung, das

Klappern aus und das ratternde Geräusch der scharfzahnigen Schneidemesser, die aus bestem Metall gearbeitet sind. Ich sprang auf, kletterte auf die zeitgraue Steinbank, womit sie dem Hünen, meinetwegen, die Brust beschwert hatten, denn ich wollte genau erfahren, warum Jens Otto Dorsch seine Arbeit unterbrach, jetzt sogar abstieg und um die Mähmaschine herumging, die wie ein – na, sagen wir: beschädigtes Rieseninsekt aussah mit ihren Greifstangen, dem schrägen Flügelarm und all ihrem schwenkbaren und ausziehbaren Gestänge.

Der Dorsch ging um die Maschine herum, trat hier mal gegen und da mal, blickte mürrisch, vorwurfsvoll, horchte mit schräggelegtem Kopf, klopfte, und schließlich beugte er sich tief über die Maschine, wobei er, allem Anschein nach, entdeckte, wo der Schaden lag. Da war etwas in die Messer geraten, in die scharfzahnigen Messerketten, die gegeneinander arbeiteten; etwas hatte sich festgeklemmt, ein Stein, ein Stück Holz, ein ganzer Ast womöglich, und um seine Maschine wieder in Gang zu bekommen, schwang sich der Dorsch auf ein Trittbrett und ließ sich von dort in die offene, luftig gebaute Maschine hinab. Er fand Boden unter den Füßen, griff, wie ich beobachten konnte, mit beiden Händen nach dem sperrenden Gegenstand, zerrte, ruckte heftig und zog aus den Messerketten, die, ich möchte wiederholen, aus allerbestem Metall gearbeitet sind, eine armdicke Astgabel, die die Messer nur deshalb nicht hatten durchsäbeln können, weil die Gabel zu elastisch war, keinen Widerstand bot.

Gut, erst einmal bis hierher, und am liebsten nur bis hierher: denn wenn's nach mir gegangen wäre, hätte ich den Jens Otto Dorsch aufsitzen, anfahren und für alle Zeit weitermähen lassen; aber die Geschichte besteht darauf, dass er noch ein Weilchen in der offenen Mähmaschine stehen bleibt, an der Astgabel zerrt und sich, von mir aus, verlegen den Kopf kratzt – was man ja mitunter von Landleuten lesen kann.

Ich jedenfalls sehe ihn dort noch tätig sein, sehe ihn zumindest mit einem Auge so, während ich mit dem andern Auge längst Lothar Emmendinger erkannt habe, einen Feinkosthändler aus Kiel, der es sich zur Aufgabe gemacht hatte, Bollerup von der Herrschaft der Kaninchen zu befreien. Der ordentliche Jagdpächter trat mit schussbereiter Flinte aus dem Mischwald, warf den Kopf nervös hin und her, hob das Gewehr, ließ es sinken, schien überall Kaninchen zu sehen, wo ich keine sah, erfreute sich weder am Abendrot noch am Spiel des Winds im Roggen, und auf einmal stürzte er auf das Feld hinaus, riss das Gewehr hoch und schoss. Schoss, ja, und lief, von üblicher Erregung getragen, bis zur Küste hinab, gerade so, als verfolge er das fliehende Kaninchen, das sein Heil, sagen wir mal, am Strand, vielleicht sogar auf dem Wasser suchte.

Auch jetzt konnte ich kein Kaninchen erkennen, wenngleich ich zugeben muss, dass der Schuss nicht wirkungslos geblieben war: wie man sich erinnert, stand Jens Otto Dorsch in der offenen Mähmaschine; die Pferde, zwei braune Holsteiner von schlichter Gemütsart, standen angeschirrt davor, und als der Schuss fiel, taten sie, was sie für ihr Recht hielten: sie gingen durch. Die Pferde sprangen panisch ins Geschirr, tief erschreckt, vor allem erschreckt, zogen mit der Kraft, die der Schrecken angeblich verleihen soll, an und sausten in unnatürlich gehemmtem Galopp übers Feld. Die Räder der Maschine begannen sich zu drehen, das Greifgestange zu greifen, die Flügelarme zu schlagen, und die scharfzahnigen Messerketten begannen zu arbeiten.

Daran konnte sie auch Jens Otto Dorsch nicht hindern, der, als die Maschine in gewaltsame Bewegung geriet, einfach herausgeschleudert wurde wie, ich möchte sagen: wie eine besonders schwere, lose gebundene Roggengarbe, auf das Feld fiel und dort liegen blieb. Doch noch während des Falls bemerkte ich – der ich von meinen Verwandten für scharfäugig gehalten werde –, dass der Jens Otto eigentümlich verkürzt war, besonders eines seiner Beine schien mir nicht die ordentliche Länge zu haben – was ich, in geschwinder Erkenntnis, der Qualität der Messerketten zuschrieb. Jedenfalls blieb der mürrische Mensch auf den Stoppeln liegen, rührte sich nicht, und das machte mich sozusagen kopflos: in dem heftigen Verlangen, dem verkürzten Dorsch Hilfe zu bringen, und zwar verständige Hilfe, stürzte ich den ausgefahrenen Weg nach Bollerup, und fand keinen, fand ein ausgestorbenes Dorf; und so klopfte ich bei Wilhelm Feddersen, der Axt. Sie nannten ihn in Bollerup die Axt, weil er unweigerlich alles spaltete, womit er in Berührung kam. Hastig teilte ich ihm mit, was ich beobachtet hatte, und merkte erst zum Schluss, dass die Axt schweißglänzend unter schwerem Zudeck lag, teilnahmslos, mit hohem Fieber.

So lief ich, ärgerlich über mich selbst, weiter zu Fedder Feddersen, dem Leuchtturm, erzählte ihm von dem Unglück, ließ es jedoch nicht genug sein, sondern weihte außerdem noch Jörn, Gudrun und Lars Feddersen ein, die, ihrer Eigentümlichkeit entsprechend, der Knurrhahn, die Krähe und der Rammler hießen. In der erwähnten Reihenfolge strebten die Genannten dem Roggenfeld zu, um dem verkürzten Jens Otto Dorsch Hilfe zu bringen. Ich kam als Letzter an.

Kam an, trat aus dem Mischwald, und sah den Dorsch auf dem Wippsitz seiner Mähmaschine, mürrisch und gedankenlos, wie es ihm entsprach. Das verblüffte mich so sehr, dass ich mir ein Herz fasste, näher heranging und meinen Blick, möcht' ich mal sagen, gleichmütig zu dem verkürzten Bein hob. Ich erkannte sofort, dass das linke Bein etwa um die Hälfte kürzer war, erkannte aber auch, an einem Haken neben dem Wippsitz, das passende Stück, das dort sachgemäß mit Hilfe von Schnürsenkeln angebunden war.

Es war ein Holzbein. Es baumelte in sanftem

Rhythmus hin und her. Fragend, vielleicht auch verstört blickte ich zu Jens Otto Dorsch auf, und er sagte: »War man nur mein Alltagsbein, das die Messer kaputtgehauen haben. Wär' mir das passiert mit der Ausführung für sonntags, hätt' ich mich mehr geärgert! Denn das Sonntagsbein, das zu Hause steht, ist aus Eiche. Dies aber ist man nur aus Fichtenholz. Hüh.«

James Herriot

Myrtle fehlt nichts

»UH ... UH-HU-HU!« Das herzzerreißende Schluchzen riss mich vollends aus dem Schlaf. Es war ein Uhr nachts.

Das Telefon an meinem Bett hatte geklingelt, und ich hatte erwartet, die brummige Stimme eines Farmers zu hören, bei dem eine Kuh kalbte. Solche nächtlichen Anrufe waren nichts Ungewöhnliches. Stattdessen hörte ich dieses schreckliche Heulen.

»Wer ist da?«, fragte ich beunruhigt. »Was, zum Teufel, ist denn los?«

Schließlich hörte ich zwischen den Schluchzern eine männliche Stimme, die stammelte: »Hier ist Humphrey Cobb. Kommen Sie um Gottes willen her, Herr Doktor, und sehen Sie nach meiner Myrtle. Ich glaube, sie stirbt.«

»Myrtle?«

»Ja, mein armer kleiner Hund. Sie ist in einem fürchterlichen Zustand! Uh-hu!«

Der Hörer in meiner Hand zitterte. »Was fehlt ihr denn?«

»Oh, sie japst und keucht so schrecklich. Ich fürchte, es ist bald vorbei mit ihr. Kommen Sie bitte ganz schnell, Herr Doktor.«

»Wo wohnen Sie denn?«

»Cedar House. Am Ende der Hill Street.«

»Ich weiß Bescheid. Ich komme sofort.«

»Oh, vielen Dank, Herr Doktor. Myrtle macht's bestimmt nicht mehr lange. Kommen Sie bitte ganz schnell!«

Ich sprang aus dem Bett und tastete nach meinen Kleidern, die über dem Stuhl hingen. In der Eile stieg ich mit beiden Füßen in dasselbe Hosenbein meiner Cordhose und fiel der Länge nach hin.

Helen war die nächtlichen Telefonanrufe gewöhnt und wachte oft nur halb auf. Ich versuchte, sie nicht zu stören, indem ich mich anzog, ohne Licht zu machen – es drang immer ein Schimmer von dem Nachtlicht herein, das wir Jimmys wegen im Treppenhaus brennen ließen.

Aber diesmal war alles umsonst: Als ich polternd zu Boden ging, fuhr Helen hoch.

»Was ist los, Jim? Was ist passiert?«

Ich kam wieder auf die Füße. »Schon gut, Helen, ich bin nur gestolpert.« Ich griff nach meinem Hemd.

»Wo willst du denn hin?«

»Ein dringender Fall. Ich muss mich beeilen.«

»Gut, Jim. Aber mit dieser Hektik bist du auch nicht schneller. Komm doch erst mal wieder zur Ruhe.« Helen hatte Recht. Ich war zu nervös – ich habe die Tierärzte, die stets die Ruhe bewahren, immer beneidet.

Ich lief die Treppe hinunter und durch den Garten zur Garage. Cedar House lag nur eine Meile entfernt, und so blieb mir unterwegs nicht viel Zeit zum Nachdenken. Aber als ich am Ende der Hill Street ankam, war ich ziemlich fest der Meinung, dass eine Störung, wie Humphrey Cobb sie beschrieben hatte, eigentlich nur durch einen Herzanfall oder eine plötzliche Allergie verursacht sein konnte.

Ich klingelte. Das Licht über der Tür ging an, und Humphrey Cobb stand vor mir. Er war ein kleiner rundlicher Mann in den Sechzigern mit einer spiegelnden Glatze.

»Oh, Mr. Herriot, kommen Sie rein, kommen Sie«, stammelte er, während ihm die Tränen über die Wangen strömten. »Ich danke Ihnen, dass Sie extra aufgestanden und mitten in der Nacht zu mir gekommen sind, um meiner armen kleinen Myrtle zu helfen.«

Während er sprach, schlug mir eine Whiskyfahne entgegen. Und als er mir voran durch den Flur ging, bemerkte ich, dass er schwankte.

Mein Patient lag in einem Korb, der in der großen, wohl ausgestatteten Küche neben dem Kochherd stand. Ein warmes Gefühl durchflutete mich, als ich sah, dass Myrtle ein Beagle war, wie mein eigener Hund. Ihre Schnauze stand offen und ihre Zunge hing heraus, aber ich hatte nicht den Eindruck, dass sie litt oder in akuter Gefahr war, und als ich ihr den Kopf streichelte, klopfte sie mit dem Schwanz auf die Decke.

Wieder erhob Mr. Cobb seine klagende Stimme:

»Was werden Sie mit ihr tun, Mr. Herriot? Es ist das Herz, nicht? Oh, Myrtle, meine Myrtle!« Der kleine Mann beugte sich über seinen Liebling und ließ seinen Tränen freien Lauf.

»Wissen Sie, Mr. Cobb«, sagte ich, »so schlecht kann es ihr eigentlich nicht gehen. Regen Sie sich doch nicht so auf, Mann. Beruhigen Sie sich, ich werde sie jetzt erst mal untersuchen.«

Ich hielt mein Stethoskop an die Rippen und hörte das stetige Klopfen eines wunderbar kräftigen Herzens. Die Temperatur war normal. Als ich den Bauch abtastete, fing Mr. Cobb wieder mit seiner Klagestimme an.

»Das Schlimme ist«, stieß er hervor, »dass ich das arme Tierchen vernachlässigt habe!«

»Was meinen Sie damit?«

»Na, ich bin den ganzen Tag in Catterick beim Pferderennen gewesen und habe gewettet und getrunken, ohne ein einziges Mal an mein armes Hündchen zu denken.«

»Sie haben sie die ganze Zeit hier im Haus allein gelassen?«

»Nein, nein, die Frau ist bei ihr gewesen.«

»Aha.« Ich spürte, dass ich langsam dem Geheimnis auf die Spur kam. »Und die Frau hat Myrtle Futter gegeben und sie in den Garten hinausgelassen?«

»Ja, sicher«, sagte er und rang die Hände. »Aber ich hätte sie nicht allein lassen sollen. Sie hängt so sehr an mir.«

Während er sprach, fühlte ich, wie die eine Seite

meines Gesichts vor Hitze zu kribbeln begann. Und plötzlich war mir alles klar.

»Sie haben sie zu dicht an den Ofen gestellt«, sagte ich. »Sie japst, weil es ihr zu heiß ist.«

Er sah mich zweifelnd an. »Wir haben den Korb heute erst hierher geschoben. Der Fliesenleger hat ein paar neue Kacheln auf dem Fußboden verlegt.«

»Sie werden sehen«, sagte ich, »sobald Sie ihn wieder dahin schieben, wo er immer stand, wird ihr nichts mehr fehlen.«

»Aber, Herr Doktor«, erwiderte er mit bebenden Lippen, »es muss mehr sein als nur das. Sie leidet. Sehen Sie sich ihre traurigen Augen an.«

Myrtle hatte wunderschöne große, schwimmende Augen, und sie wusste sie einzusetzen. Viele Hundeliebhaber glauben, der Spaniel könne die seelenvollsten Blicke von sich geben. Ich selber traue das eher den Beagles zu. Myrtle jedenfalls war eine Meisterin darin.

»Ach, da machen Sie sich mal keine Gedanken, Mr. Cobb«, sagte ich. »Glauben Sie mir, es fehlt ihr nichts.«

Aber Mr. Cobb war immer noch unglücklich. »Wollen Sie nicht doch etwas tun, Herr Doktor?«

Das war eine der großen Fragen im Leben eines Tierarztes. Wenn man nichts »tat«, waren die Leute nicht zufrieden. In diesem speziellen Fall war es so, dass Mr. Cobb dringender einer Behandlung bedurfte als sein Liebling.

Allerdings wollte ich Myrtle nicht, nur um ihn zu beruhigen, eine Spritze geben. Deshalb holte ich eine Schachtel Vitamintabletten aus meiner Tasche und schob dem kleinen Tier eine hinten über die Zunge.

»Das wär's«, sagte ich. »Die Tablette wird ihr gut tun.« Ich kam mir wie ein Scharlatan vor. Andererseits würde ihr die Tablette zumindest nicht schaden.

Mr. Cobb war sichtlich erleichtert. »Ah, das ist gut. Sie haben mein Gewissen beruhigt.« Er nahm Kurs auf einen üppig eingerichteten Salon und ging mit unsicheren Schritten auf einen Barschrank zu. »Wie wär's mit einem Gläschen, ehe Sie gehen?«

»Nein, vielen Dank, wirklich«, sagte ich. »Lieber nicht.«

»Ich brauche einen Schluck, um meine Nerven zu beruhigen. Ich war so aufgeregt.« Er goss sich einen kräftigen Schluck Whisky ins Glas und winkte mich zu einem Sessel.

Mein Bett rief nach mir, aber ich setzte mich trotzdem und leistete ihm Gesellschaft, während er trank. Er erzählte mir, dass er Buchmacher gewesen sei und erst seit einem Monat in Darrowby lebe. Aber obwohl er beruflich mit Pferderennen nichts mehr zu tun habe, versäume er kein einziges Rennen im nördlichen England.

»Ich genehmige mir ein Taxi und mache mir einen guten Tag.« Sein Gesicht strahlte, während er sich an die glücklichen Stunden erinnerte, dann zitterten seine Wangen einen Moment und der wehleidige Ausdruck kehrte in sein Gesicht zurück.

»Aber ich vernachlässige meinen Hund. Ich lasse ihn allein zu Hause.«

»Unsinn«, sagte ich. »Ich habe Sie schon draußen in den Feldern mit Myrtle gesehen. Sie geben ihr viel Auslauf, nicht wahr?«

»O ja, wir machen jeden Tag lange Spaziergänge.«

»Na, dann hat sie doch ein gutes Leben. Sie machen sich unnötige Sorgen.«

Er sah mich mit strahlender Miene an und goss einen Schluck Whisky in sich hinein. »Sie sind ein guter Kerl«, sagte er. »Kommen Sie, nehmen Sie wenigstens *einen,* bevor Sie gehen.«

»Also gut, aber nur einen kleinen, bitte.«

Während wir tranken, wurde er immer sanfter, bis er mich schließlich fast unterwürfig ansah.

»James Herriot«, lallte er. »Ich vermute, das ist Jim, was?«

»Ja.«

»Dann werde ich Sie Jim nennen, und Sie nennen mich Humphrey.«

»Gut, Humphrey«, sagte ich und trank das letzte Tröpfchen von meinem Whisky. »Aber jetzt muss ich wirklich gehen.«

Draußen legte er die Hand auf meinen Arm, und sein Gesicht wurde wieder ernst. »Ich danke dir, Jim. Myrtle ging es wirklich ziemlich schlecht. Ich bin dir sehr dankbar.«

Als ich nach Hause fuhr, wurde mir klar, dass ich es nicht geschafft hatte, ihn davon zu überzeugen, dass seinem Hund überhaupt nichts gefehlt hatte. Er war überzeugt, dass ich Myrtle das Leben gerettet hatte. Es war ein ungewöhnlicher Besuch gewesen, und während mir der Zwei-Uhr-nachts-Whisky im Magen brannte, kam ich zu dem Schluss, dass dieser Humphrey Cobb zwar ein recht komischer kleiner Mann war, dass ich ihn aber trotzdem mochte.

Nach dieser Nacht sah ich ihn häufig mit Myrtle über die Wiesen und Felder gehen. Wegen seiner fast kugeligen Gestalt schien es fast, als rollte er durch das Gras, aber er benahm sich immer vernünftig, außer dass er mir jedes Mal überschwänglich dafür dankte, dass ich Myrtle den Klauen des Todes entrissen hätte, wie er sagte.

Dann plötzlich waren wir wieder am Anfang der Geschichte. Eines Nachts, kurz nach Mitternacht, klingelte das Telefon, und als ich den Hörer abnahm, hörte ich die weinerliche Stimme schon, bevor der Hörer mein Ohr berührte.

»Uuh ... Uuh ... Jim! Myrtle geht es wieder so schlecht. Kommst du bitte?«

»Was ... was ist es denn diesmal?«

»Sie hat so komische Zuckungen.«

»Zuckungen?«

»Ja, sie zuckt irgendwie ganz schrecklich. Bitte, komm, Jim, lass mich nicht warten. Ich habe eine Todesangst. Bestimmt hat sie Staupe.« Wieder Schluchzen.

Ich überlegte. »Sie kann nicht die Staupe haben, Humphrey. Die Staupe tritt nicht so plötzlich auf.«

»Ich bitte dich, Jim«, sagte er wieder, als ob er nichts gehört hätte. »Sei ein guter Kerl. Bitte, komm, und sieh dir Myrtle an.«

»Gut«, sagte ich müde. »Ich bin in ein paar Minuten bei dir.«

»Du bist wirklich ein guter Kerl, Jim, ein guter Kerl ...«

Ich legte den Hörer auf.

Ich zog mich in Ruhe an – nicht so hektisch wie beim ersten Mal. Es klang ganz nach einer Wiederholung. Aber warum wieder nach Mitternacht? Ich war überzeugt, dass es auch diesmal wieder falscher Alarm war. Und doch – man konnte nie wissen.

Die gleiche Schwindel erregende Whiskywolke schlug mir bei der Begrüßung entgegen. Und Humphrey polterte zweimal schnaufend und stöhnend gegen mich, als er mich zur Küche hin drängte. Er deutete auf den Korb in der Ecke.

»Da liegt sie«, sagte er und rieb sich die Augen. »Ich komme gerade aus Ripon zurück und hab sie so vorgefunden.«

»Wieder beim Rennen gewesen, was?«

»Ja, ich habe gewettet und getrunken und meinen armen leidenden Hund allein zu Hause gelassen. Ich bin ein Schuft, Jim, ja, das bin ich.«

»Unsinn, Humphrey. Das habe ich dir doch schon damals gesagt. Du tust ihr nichts damit zu Leide, wenn du mal einen Tag fort bist. Aber was ist mit den Zuckungen? Sie sieht doch völlig in Ordnung aus – im Moment jedenfalls.«

»Ja, jetzt hat sie damit aufgehört. Aber als ich nach Hause kam, machte ihr Hinterbein immer so ...« Und er machte eine zuckende Bewegung mit der Hand.

Ich stöhnte im Stillen. »Vielleicht wollte sie sich kratzen oder eine Fliege wegjagen.«

»Nein, es war irgendwie anders. Ich weiß, dass sie leidet. Sieh dir doch diese Augen an.«

Ich sah, was er meinte. Myrtles Beagleaugen waren ganze Seen voller Gefühl, und es war nicht schwer, einen schmelzenden Vorwurf in ihnen zu lesen.

Obwohl ich wusste, dass es überflüssig war, untersuchte ich sie. Ich kannte das Ergebnis, die Diagnose – ohne Befund.

Aber als ich versuchte, dem kleinen Männchen zu erklären, dass seinem Liebling nichts fehlte, wollte er es nicht wahrhaben.

»Bitte, gib ihr doch eine von deinen wunderbaren Tabletten«, bat er. »Letztes Mal ist sie gleich davon gesund geworden.«

Ich spürte, dass ich ihn beruhigen musste. Also bekam Myrtle eine neue Vitaminzufuhr.

Humphrey war außerordentlich erleichtert und schwankte zufrieden auf den Salon und die Whiskyflasche zu.

»Ich brauche ein bisschen was, was mich aufrichtet nach diesem Schock«, sagte er. »Und du brauchst auch einen, nicht wahr, Jim, mein Junge?«

Dieses Spielchen wiederholte sich in den folgenden Monaten noch mehrere Male – immer dann, wenn er beim Rennen gewesen war, und immer zwischen Mitternacht und ein Uhr. Ich hatte also reichlich Gelegenheit, das Geschehen zu analysieren und kam zu einem auf der Hand liegenden Schluss.

Meistens war Humphrey ein ganz normaler, gewissenhafter Hundebesitzer, aber wenn er zu viel Alkohol getrunken hatte, schlug seine Zuneigung in weinerliche Sentimentalität um, und er wurde von Schuldgefühlen geplagt. Ich fuhr jedes Mal zu ihm, wenn er nachts anrief, denn ich wusste, dass er in tiefer Not war und todunglücklich gewesen wäre, wenn ich mich geweigert hätte zu kommen. In Wirklichkeit behandelte ich Humphrey, nicht Myrtle.

Es amüsierte mich, dass er mir meine Beteuerungen, mein Besuch sei eigentlich unnötig gewesen, nicht ein einziges Mal glaubte. Jedes Mal wieder war er überzeugt davon, dass meine Zaubertabletten dem Hund das Leben gerettet hätten.

O nein, ich ließ nie die Möglichkeit außer Acht, dass Myrtle ihn ganz bewusst mit ihrem traurigen Blick traktierte. Hunde können sehr wohl ihre Missbilligung ausdrücken. Ich nahm meinen eigenen Hund fast überall mit hin, aber wenn ich ihn einmal zu Hause ließ, um mit Helen ins Kino zu gehen, legte er sich unter unser Bett und schmollte, und wenn er wieder hervorkam, ignorierte er uns mindestens ein, zwei Stunden lang.

Ich zitterte, als Humphrey mir erzählte, dass er beschlossen habe, Myrtle belegen zu lassen. Ich ahnte, dass mir eine schwere Zeit bevorstand. Genauso war es dann auch. Der kleine dicke Mann flüchtete sich in eine Reihe von alkoholischen Angstzuständen, die alle unbegründet waren, und entdeckte während der neun Wochen immer wieder neue eingebildete Symptome an Myrtle.

Ich war sehr erleichtert, als sie fünf gesunden Jungen das Leben schenkte. Nun, dachte ich, würde ich etwas mehr Ruhe haben. Tatsache war, dass ich Humphreys nächtliche Anrufe satt hatte. Ich hatte es mir zum Prinzip gemacht, mich nie zu weigern, nachts aufzustehen und zu ihm zu gehen. Aber das Maß war voll. Und bei einem der nächsten Male würde ich Humphrey das sagen müssen.

Der Fall trat ein, als die Jungen ein paar Wochen alt waren. Ich hatte einen schrecklichen Tag hinter mir. Morgens um fünf ein Uterus-Vorfall bei einer Kuh, dann stundenlange Fahrten zu verschiedenen Höfen, ohne Unterbrechung, ohne Mittagessen, und am Abend hatte ich mich mit behördlichen Formularen abgequält, von denen ich einige, wie ich vermutete, falsch ausgefüllt hatte. Als ich hundemüde ins Bett ging, brummte mir der Kopf, so sehr hatte ich mich verkrampft. Ich lag lange wach und versuchte, die Formulare zu vergessen, und es war schon ein ganzes Stück nach Mitternacht, als ich endlich einschlief.

Ich habe immer die komische Vorstellung gehabt, dass, wenn ich wirklich einmal dringend Schlaf brauche, prompt nachts ein Anruf kommt. Als das Telefon in mein Ohr schrillte, war ich also im Grunde nicht überrascht.

Die Leuchtzeiger des Weckers zeigten, dass es 1 Uhr 15 war. »Hallo«, brummte ich.

»Uuh ... Uuh ... Uuh!« Das Gejaule kam nur nur zu bekannt vor. Ich biss die Zähne zusammen. Das harte nur gerade noch gefehlt!

»Humphrey! Was ist denn nun schon wieder?

»O Jim, Myrtle stirbt, wirklich, ich weiß, dass sie stirbt. Komm schnell, Junge, komm schnell!«

»Sie stirbt?« Ich holte ein paar Mal rasselnd Luft. »Woher weißt du das?«

»Also ... sie liegt auf der Seite und zittert.«

»Sonst noch was?«

»Ja, die Frau sagte, Myrtle hätte so gequält ausgesehen und sei so steifbeinig gelaufen, als sie sie heute Nachmittag in den Garten ließ. Ich bin noch nicht lange aus Redcar zurück, verstehst du?«

»Du bist also wieder beim Pferderennen gewesen, ja?«

»Stimmt ... und ich habe meinen Hund vernachlässigt. Ich bin ein Schuft, ein ganz gemeiner Schuft.«

Ich schloss die Augen in der Dunkelheit. Es würde immer so weitergehen mit den eingebildeten Symptomen. Diesmal zitterte sie, sah gequält aus, lief steifbeinig. Keuchen, Zuckungen, Kopfnicken, die Ohren schütteln, das hatten wir alles schon gehabt – was würde das Nächste sein?

Genug war genug. »Hör zu, Humphrey«, sagte ich. »Mit deinem Hund ist alles in Ordnung. Ich habe dir doch immer wieder gesagt ...«

»O Jim, red nicht so lang. Bitte, komm. Uuh ... Uuh!«

»Ich komme nicht, Humphrey.«

»Bitte, Jim, sag das nicht! Es geht mit ihr zu Ende, ich sage es dir.«

»Ich meine es ernst. Wir vergeuden nur meine Zeit und dein Geld. Geh lieber ins Bett. Myrtle fehlt nichts.«

Während ich zitternd unter meiner Bettdecke lag, merkte ich, dass es eine ziemlich zermürbende Sache war, sich zu weigern, irgendwohin zu fahren. Es hätte mich weniger Kraft gekostet, aufzustehen und einer weiteren Vorstellung im Cedar House beizuwohnen, als zum ersten Mal in meinem Leben »Nein« zu sagen. Aber so konnte es nicht weitergehen. Ich musste fest bleiben.

Von Gewissensbissen hin und her gerissen, sank ich endlich in einen leichten Schlaf. Aber das Unterbewusstsein, das auch während des Schlafs weiterarbeitet, ließ mir keine Ruhe. Plötzlich war ich wieder hellwach. Der Wecker zeigte 2 Uhr 30.

»Mein Gott!«, rief ich und starrte an die dunkle Zimmerdecke. »Myrtle hat Eklampsie!«

Ich sprang aus dem Bett und zog mich an.

»Was ist? Was ist los?«, fragte Helen mit verschlafener Stimme.

»Humphrey Cobb!«, stieß ich hervor und band mir den Schuh zu.

»Humphrey? Aber du hast doch gesagt, das sei nie eilig ...«

»Heute ist es eilig. Sein Hund stirbt.« Ich sah wieder auf die Uhr, griff nach meiner Krawatte, warf sie aber wieder zurück auf den Stuhl. »Verdammt! Die brauche ich nicht!« Ich sauste aus dem Zimmer.

Ich lief durch den Garten zur Garage. Unterwegs malte ich mir die Lage aus. Eine kleine Hündin, die fünf Junge säugte, Anzeichen von Angst und Steifheit heute Nachmittag, und jetzt lag sie entkräftet da und zitterte. Eine klassische Wochenbett-Eklampsie! Die ohne Behandlung schnell zum Tode führte. Und es war fast anderthalb Stunden her, seit er angerufen hatte. Ich mochte gar nicht daran denken.

Humphrey war noch auf. Er hatte sich offensichtlich mit der Flasche getröstet. Er konnte kaum noch stehen.

»Du bist also doch gekommen, Jim, mein Junge«, murmelte er und blinzelte mich mit tränenden Augen an.

»Ja, wie geht's ihr?«

»Immer noch dasselbe.«

Ich umklammerte das Kalzium und die Spritze und drängte mich hinter ihm in die Küche.

Myrtle lag ausgestreckt da und schüttelte sich

in Krämpfen. Sie atmete keuchend, zitterte heftig, und Speichelfäden tropften aus ihrer Schnauze. Die Augen hatten ihren weichen Glanz verloren, sie wirkten glasig und hatten einen starrenden Blick. Aber sie lebte ... sie lebte.

Ich hob die winselnden Jungen hoch und legte sie auf ein Tuch, schnitt dann schnell ein paar Haare ab und reinigte die Stelle über der Radialvene. Ich führte die Nadel in die Vene ein und begann mit unendlicher Sorgfalt und sehr langsam den Kolben in die Spritze zu drücken. Bei dieser Krankheit war Kalzium *das* Heilmittel, doch wenn man es zu schnell injizierte, bedeutete es den sicheren Tod des Patienten.

Ich brauchte mehrere Minuten, um die Spritze zu leeren. Dann hockte ich mich hin und wartete. In manchen Fällen war außer dem Kalzium auch noch ein Narkotikum erforderlich, und ich hatte Nembrutal und Morphium bereitgelegt. Aber Myrtles Atem wurde ruhiger, und die starren Muskeln begannen sich zu entspannen. Als sie anfing, ihren Speichel hinunterzuschlucken, und als ihre Augen zu mir wanderten, wusste ich, dass sie am Leben bleiben würde.

Ich wartete, bis das letzte Zittern aus ihren Gliedern geschwunden war. Plötzlich legte sich eine Hand auf meine Schulter, Humphrey stand mit der Whisky-Flasche in der Hand hinter mir.

»Willst du einen Schluck, Jim?«

Er brauchte mich nicht zu überreden. Der Schrecken, dass ich beinahe verantwortlich für

Myrtles Tod gewesen wäre, war mir in die Knochen gefahren.

Meine Hand zitterte noch, als ich das Glas hob. Ich hatte kaum den ersten Schluck getrunken, als Myrtle aufstand und zu ihren Jungen ging und sie beschnupperte.

Manche Eklampsien reagierten langsam auf das Medikament, aber bei manchen wirkte es überraschend schnell. Ich war, meiner Nerven wegen, dankbar, dass es in diesem Fall so schnell gewirkt hatte.

So schnell, dass es kaum zu glauben war, denn nachdem Myrtle ihre Kinder beschnüffelt hatte, kam sie um den Tisch herum, um mich zu begrüßen. Ihre Augen sahen mich freundlich an, und sie wedelte, nach echter Beagle-Art mit steil in die Höhe stehendem Schwanz.

Ich streichelte ihr die Ohren, als Humphrey in ein kehliges Gelächter ausbrach.

»Weißt du, Jim, heute Abend habe ich was gelernt.« Er sprach schleppend, aber er war noch im Besitz seines Verstandes.

»Und was hast du gelernt, Humphrey?«

»Ich habe gelernt ... hi-hi-hi ... ich habe kapiert, was für ein alberner Geselle ich in all diesen Monaten gewesen bin.«

»Wie meinst du das?«

Er hob den Zeigefinger und bewegte ihn ernst hin und her. »Tja, du hast es mir ja immer wieder gesagt. Du hast jedes Mal gesagt, ich hätte dich für nichts und wieder nichts aus dem Bett geholt und hätte mir nur eingebildet, dass mein Hund krank sei.«

»Ja«, sagte ich. »Das stimmt.«

»Und ich habe dir nie geglaubt, nicht wahr? Ich wollte es nicht hören. Aber jetzt weiß ich, dass du Recht hattest. Ich bin ein Dummkopf gewesen, und es tut mir aufrichtig Leid, dass ich dich in all den vielen Nächten gestört habe.«

»Ach, mach dir deswegen keine Sorgen, Humphrey.«

»Ja, aber es war nicht recht.« Er machte eine Handbewegung zu seinem strahlenden, mit dem Schwanz wedelnden Hündchen hin. »Sieh sie dir doch an. Jeder sieht, dass ihr heute Abend nicht das Geringste gefehlt hat.«

Inge Helm

Kraut gegen blauen Dunst

Als ich aus der Stadt früher als beabsichtigt zurückkam, sah ich schon vom Gartentor aus meine älteste Tochter Zigaretten paffend in ihrem geöffneten Zimmerfenster hängen. Allerdings flog bei meinem unerwarteten Anblick der verbotene Glimmstängel im hohen Bogen nach draußen. Während ich die Treppe nach oben stieg, überlegte ich: Wenn ich es ihr verbiete, wird die Sache noch interessanter, und sie raucht heimlich weiter. Nichts fördert ein Laster so sehr wie ein mütterliches Verbot, und nichts macht mehr Spaß, als es zu ignorieren. Also grub ich aus dem reichen Schatz familiärer Schauergeschichten die vom Großvater aus, der sich ein chronisches Magenleiden holte, weil er nach dem Krieg Tabak im Garten anbaute und vor lauter Gier grün rauchte. Und ich berichtete dramatisch, wie ich auf der Straße Kippen sammelte, um ihm zum Geburtstag eine große Freude zu bereiten.

»Igitt«, schüttelte sie sich, »hat er die etwa geraucht?«

»Nee«, sagte ich, »die Oma hat sie zu seinem großen Leidwesen alle ins Klo geschüttet ... aber er hätte, so süchtig war er.«

Auch der klassische Spruch: »Wer raucht, der trinkt« wurde ohne Schamröte von mir zitiert.

»Ja ja«, unterbrach mich da meine Tochter, »den Spruch kenne ich. Wer lügt, der klaut, wer raucht, der hascht und so weiter«, leierte sie her. Aber sie rauche schließlich nur eine in der Pause und eine nach den Schularbeiten bei ihrer Freundin.

»Siehste«, sagte ich penetrant, »erst rauchst du eine, dann zwei, dann fünf oder noch mehr. Und schon bist du abhängig und suchst immer neue Anlässe, um dir eine anzustecken.«

»Nein«, sagte sie, »bei mir nicht!« Sie habe nämlich Charakter, und wenn sie nicht wolle, dann brauche sie auch nicht ...

Ich gab nicht auf: »Dann besuche ich mit dir eine frühere Kollegin. Die sitzt mit Fünfzig und Raucherbein im Rollstuhl, kann nicht mehr arbeiten und qualmt und qualmt.«

»Na ja«, sagte meine Tochter da nachdenklich, »vielleicht ist ihr jetzt sowieso alles egal. Aber mit Fünfzig habe ich das Rauchen längst aufgegeben.«

Ich machte ihr einen Vorschlag: »Du bekommst pro zigarettenlose Woche drei Mark.« Blitzartig rechnete sie nach, und von Stund an war Rauchen für sie erledigt.

Zwei Monate später hatte sie sechs Pfund zugenommen. »Wie kommt denn das?« fragte ich erstaunt.

»Na ja«, antwortete sie sauer, »von dem gesparten Geld kaufe ich immer Schokolade, damit ich besser über die Zigaretten wegkomme.«

Und während ich noch überlegte, dass mich das Nichtrauchen meiner Tochter auch noch neue Klamotten kosten würde, verliebte sie sich in einen Primaner, der auf schlanke Gazellen stand und Pfeife rauchte. »Dagegen«, fiel mir mein Mann in den Rücken, »ist – außer Tabak – leider kein Kraut gewachsen«, und er zog genüsslich an seiner Pfeife.

Ludwig Thoma

Besserung

Wie ich in die Ostervakanz gefahren bin, hat die Tante Fanny gesagt: »Vielleicht kommen wir zum Besuch zu deiner Mutter. Sie hat uns so dringend eingeladen, dass wir sie nicht beleidigen dürfen.«

Und Onkel Pepi sagte, er weiß es nicht, ob es geht, weil er so viel Arbeit hat, aber er sieht es ein, dass er den Besuch nicht mehr hinausschieben darf. Ich fragte ihn, ob er nicht lieber im Sommer kommen will, jetzt ist es noch so kalt, und man weiß nicht, ob es nicht auf einmal schneit. Aber die Tante sagte: »Nein, deine Mutter muss böse werden, wir haben es schon so oft versprochen.« Ich weiß aber schon, warum sie kommen wollen; weil wir auf Ostern das Geräucherte haben und Eier und Kaffeekuchen, und Onkel Pepi isst so furchtbar viel. Daheim darf er nicht so, weil Tante Fanny gleich sagt, ob er nicht an sein Kind denkt. Sie haben mich an den Postomnibus begleitet, und Onkel Pepi hat freundlich getan und hat gesagt, es ist auch gut für mich, wenn er kommt, dass er den Aufruhr beschwichtigen kann über mein Zeugnis.

Es ist wahr, dass es furchtbar schlecht gewesen

ist, aber ich finde schon etwas zum Ausreden. Dazu brauche ich ihn nicht.

Ich habe mich geärgert, dass sie mich begleitet haben, weil ich mir Zigarren kaufen wollte für die Heimreise, und jetzt konnte ich nicht. Der Fritz war aber im Omnibus und hat zu mir gesagt, dass er genug hat, und wenn es nicht reicht, können wir im Bahnhof in Mühldorf noch Zigarren kaufen.

Im Omnibus haben wir nicht rauchen dürfen, weil der Oberamtsrichter Zirngiebl mit seinem Heinrich darin war, und wir haben gewusst, dass er ein Freund vom Rektor ist und ihm alles verschuftet.

Der Heinrich hat ihm gleich gesagt, wer wir sind. Er hat es ihm in das Ohr gewispert, und ich habe gehört, wie er bei meinem Namen gesagt hat: »Er ist der Letzte in unserer Klasse und hat in der Religion auch einen Vierer.«

Da hat mich der Oberamtsrichter angeschaut, als wenn ich aus einer Menagerie bin, und auf einmal hat er zu mir und zum Fritz gesagt:

»Nun, ihr Jungens, gebt mir einmal eure Zeugnisse, dass ich sie mit dem Heinrich dem seinigen vergleichen kann.«

Ich sagte, dass ich es im Koffer habe, und er liegt auf dem Dache vom Omnibus. Da hat er gelacht und hat gesagt, er kennt das schon. Ein gutes Zeugnis hat man immer in der Tasche. Alle Leute im Omnibus haben gelacht, und ich und der Fritz haben uns furchtbar geärgert, bis wir in Mühldorf ausgestiegen sind.

Der Fritz sagte, es reut ihn, dass er nicht gesagt hat, bloß die Handwerksburschen müssen dem Gendarm ihr Zeugnis hergeben. Aber es war schon zu spät. Wir haben im Bahnhof Bier getrunken, da sind wir wieder lustig geworden und sind in die Eisenbahn eingestiegen.

Wir haben vom Kondukteur ein Rauchcoupé verlangt und sind in eines gekommen, wo schon Leute darin waren. Ein dicker Mann ist am Fenster gesessen, und an seiner Uhrkette war ein großes, silbernes Pferd.

Wenn er gehustet hat, ist das Pferd auf seinem Bauch getanzt und hat gescheppert. Auf der anderen Bank ist ein kleiner Mann gesessen mit einer Brille, und er hat immer zu dem Dicken gesagt, Herr Landrat, und der Dicke hat zu ihm gesagt, Herr Lehrer. Wir haben es aber auch so gemerkt, dass er ein Lehrer ist, weil er seine Haare nicht geschnitten gehabt hat.

Wie der Zug gegangen ist, hat der Fritz eine Zigarre angezündet und den Rauch auf die Decke geblasen, und ich habe es auch so gemacht.

Eine Frau ist neben mir gewesen, die ist weggerückt, und hat mich angeschaut, und in der anderen Abteilung sind die Leute aufgestanden und haben herübergeschaut. Wir haben uns furchtbar gefreut, dass sie alle so erstaunt sind, und der Fritz hat recht laut gesagt, er muss sich von dieser Zigarre fünf Kisten bestellen, weil sie so gut ist.

Da sagte der dicke Mann: »Bravo, so wachst die Jugend her«, und der Lehrer sagte: »Es ist kein

Wunder, was man lesen muss, wenn man die verrohte Jugend sieht.«

Wir haben getan, als wenn es uns nichts angeht, und die Frau ist immer weitergerückt, weil ich so viel ausgespuckt habe. Der Lehrer hat so giftig geschaut, dass wir uns haben ärgern müssen, und der Fritz sagte, ob ich weiß, woher es kommt, dass die Schüler in der ersten Lateinklasse so schlechte Fortschritte machen, und er glaubt, dass die Volksschulen immer schlechter werden. Da hat der Lehrer furchtbar gehustet, und der Dicke hat gesagt, ob es heute kein Mittel gibt für freche Lausbuben.

Der Lehrer sagte, man darf es nicht mehr anwenden wegen der falschen Humanität, und weil man gestraft wird, wenn man einen bloß ein bisschen auf den Kopf haut.

Alle Leute im Wagen haben gebrummt: »Das ist wahr«, und die Frau neben mir hat gesagt, dass die Eltern dankbar sein müssen, wenn man solchen Burschen ihr Sitzleder verhaut. Und da haben wieder alle gebrummt, und ein großer Mann in der anderen Abteilung ist aufgestanden und hat mit einem tiefen Bass gesagt: »Leider, leider gibt es keine vernünftigen Öltern nicht mehr.«

Der Fritz hat sich gar nichts daraus gemacht und hat mich mit dem Fuß gestoßen, dass ich auch lustig sein soll. Er hat einen blauen Zwicker aus der Tasche genommen und hat ihn aufgesetzt und hat alle Leute angeschaut und hat den Rauch durch die Nase gehen lassen.

Bei der nächsten Station haben wir uns Bier gekauft und wir haben es schnell ausgetrunken. Dann haben wir die Gläser zum Fenster hinausgeschmissen, ob wir vielleicht einen Bahnwärter treffen.

Da schrie der große Mann: »Diese Burschen muss man züchtigen«, und der Lehrer schrie: »Ruhe, sonst bekommt ihr ein paar Ohrfeigen!« Der Fritz sagte: »Sie können's schon probieren, wenn Sie eine Schneid haben.« Da hat sich der Lehrer nicht getraut, und er hat gesagt: »Man darf keinen mehr auf den Kopf hauen, sonst wird man selbst gestraft.« Und der große Mann sagte: »Lassen Sie es gehen, ich werde diese Burschen schon kriegen.«

Er hat das Fenster aufgemacht und hat gebrüllt: »Konduktör, Konduktör!«

Der Zug hat gerade gehalten, und der Kondukteur ist gelaufen, als wenn es brennt. Er fragte, was es gibt, und der große Mann sagte: »Die Burschen haben Biergläser zum Fenster hinausgeworfen. Sie müssen arretiert werden.«

Aber der Kondukteur war zornig, weil er gemeint hat, es ist ein Unglück geschehen, und es war gar nichts.

Er sagte zu dem Mann: »Deswegen brauchen Sie doch keinen solchen Spektakel nicht zu machen.« Und zu uns hat er gesagt: »Sie dürfen es nicht tun, meine Herren.« Das hat mich gefreut, und ich sagte: »Entschuldigen Sie, Herr Oberkondukteur, wir haben nicht gewusst, wo wir die Gläser hinstellen müssen, aber wir schmeißen jetzt kein Glas nicht mehr hinaus.« Der Fritz fragte ihn, ob er keine Zigarre nicht will, aber er sagte, nein, weil er keine so starken nicht raucht.

Dann ist er wieder gegangen, und der große Mann hat sich hingesetzt und hat gesagt, er glaubt, der Kondukteur ist ein Preuße. Alle Leute haben wieder gebrummt, und der Lehrer sagte immer: »Herr Landrat, ich muss mich furchtbar zurückhalten, aber man darf keinen auf den Kopf hauen.«

Wir sind weiter gefahren, und bei der nächsten Station haben wir uns wieder ein Bier gekauft. Wie ich es ausgetrunken habe, ist mir ganz schwindlig geworden, und es hat sich alles zu drehen angefangen. Ich habe den Kopf zum Fenster hinausgehalten, ob es mir nicht besser wird. Aber es ist mir nicht besser geworden, und ich habe mich stark zusammengenommen, weil ich glaubte, die Leute meinen sonst, ich kann das Rauchen nicht vertragen.

Es hat nichts mehr geholfen, und da habe ich geschwind meinen Hut genommen.

Die Frau ist aufgesprungen und hat geschrien, und alle Leute sind aufgestanden, und der Lehrer sagte: »Da haben wir es.« Und der große Mann sagte in der anderen Abteilung: »Das sind die Burschen, aus denen man die Anarchisten macht.«

Mir ist alles gleich gewesen, weil mir so schlecht war.

Ich dachte, wenn ich wieder gesund werde, will ich nie mehr Zigarren rauchen und immer folgen und meiner lieben Mutter keinen Verdruss nicht mehr machen. Ich dachte, wie viel schöner möchte es sein, wenn es mir jetzt nicht schlecht wäre, und ich hätte ein gutes Zeugnis in der Tasche, als dass ich jetzt den Hut in der Hand habe, wo ich mich hineingebrochen habe.

Fritz sagte, er glaubt, dass es mir von einer Wurst schlecht geworden ist.

Er wollte mir helfen, dass die Leute glauben, ich bin ein Gewohnheitsraucher.

Aber es war mir nicht recht, dass er gelogen hat.

Ich war auf einmal ein braver Sohn und hatte einen Abscheu gegen die Lüge.

Ich versprach dem lieben Gott, dass ich keine Sünde nicht mehr tun wollte, wenn er mich wieder gesund werden lässt. Die Frau neben mir hat nicht gewusst, dass ich mich bessern will, und sie hat immer geschrien, wie lange sie den Gestank noch aushalten muss.

Da hat der Fritz den Hut aus meiner Hand genommen und hat ihn zum Fenster hinausgehalten und hat ihn ausgeleert. Es ist aber viel auf das Trittbrett gefallen, dass es geplatscht hat, und wie der Zug in der Station gehalten hat, ist der Expeditor hergelaufen und hat geschrien: »Wer ist die Sau gewesen? Herrgottsakrament, Kondukteur, was ist das für ein Saustall?«

Alle Leute sind an die Fenster gestürzt und haben hinausgeschaut, wo das schmutzige Trittbrett gewesen ist. Und der Kondukteur ist gekommen und hat es angeschaut und hat gebrüllt: »Wer war die Sau?«

Der große Herr sagte zu ihm: »Es ist der nämliche, der mit den Bierflaschen schmeißt, und Sie haben es ihm erlaubt.«

»Was ist das mit den Bierflaschen?«, fragte der Expeditor.

»Sie sind ein gemeiner Mensch«, sagte der Kondukteur, »wenn Sie sagen, dass ich es erlaubt habe, dass er mit die Bierflaschen schmeißt.«

»Was bin ich?«, fragte der große Herr.

»Sie sind ein gemeiner Lügner«, sagte der Kondukteur, »ich habe es nicht erlaubt.«

»Tun Sie nicht so schimpfen«, sagte der Expeditor, »wir müssen es mit Ruhe abmachen.«

Alle Leute im Wagen haben durcheinander geschrien, dass wir solche Lausbuben sind, und dass man uns arretieren muss. Am lautesten hat der Lehrer gebrüllt, und er hat immer gesagt, er ist selbst ein Schulmann. Ich habe nichts sagen können, weil mir so schlecht war, aber der Fritz hat für mich geredet, und er hat den Expeditor gefragt, ob man arretiert werden muss, wenn man auf einem Bahnhof eine giftige Wurst kriegt. Zuletzt hat der Expeditor gesagt, dass ich nicht arretiert werde, aber, dass das Trittbrett gereinigt wird, und ich muss es bezahlen. Es kostet eine Mark. Dann ist der Zug wieder gefahren, und ich habe immer den Kopf zum Fenster hinausgehalten, dass es mir besser wird.

In Endorf ist der Fritz ausgestiegen, und dann ist meine Station gekommen.

Meine Mutter und Ännchen waren auf dem Bahnhof und haben mich erwartet.

Es ist mir noch immer ein bisschen schlecht gewesen und ich habe so Kopfweh gehabt.

Da war ich froh, dass es schon Nacht war, weil man nicht gesehen hat, wie ich blass bin. Meine Mutter hat mir einen Kuss gegeben und hat gleich gefragt: »Nach was riechst du, Ludwig?« Und Ännchen fragte: »Wo hast du deinen Hut, Ludwig?« Da habe ich gedacht, wie traurig sie sein möchten, wenn ich ihnen die Wahrheit sage, und ich habe gesagt, dass ich in Mühldorf eine giftige Wurst gegessen habe, und dass ich froh bin, wenn ich einen Kamillentee kriege.

Wir sind heimgegangen, und die Lampe hat im Wohnzimmer gebrannt, und der Tisch war aufgedeckt.

Unsere alte Köchin Theres ist hergelaufen, und wie sie mich gesehen hat, da hat sie gerufen: »Jesus Maria, wie schaut unser Bub aus? Das kommt davon, weil Sie ihn so viel studieren lassen, Frau Oberförster.«

Meine Mutter sagte, dass ich etwas Unrechtes gegessen habe, und sie soll mir schnell einen Tee machen. Da ist die Theres geschwind in die Küche, und ich habe mich auf das Canapé gesetzt.

Unser Bürschel ist immer an mich hinaufgesprungen und hat mich abschlecken gewollt. Und alle haben sich gefreut, dass ich da bin. Es ist mir ganz weich geworden, und wie mich meine liebe Mutter gefragt hat, ob ich brav gewesen bin, habe ich gesagt, ja, aber ich will noch viel braver werden.

Ich sagte, wie ich die giftige Wurst drunten hatte,

ist mir eingefallen, dass ich vielleicht sterben muss, und dass die Leute meinen, es ist nicht schade darum. Da habe ich mir vorgenommen, dass ich jetzt anders werde und alles tue, was meiner Mutter Freude macht und viel lerne und nie keine Strafe mehr heimbringe, dass sie alle auf mich stolz sind.

Ännchen schaute mich an und sagte: »Du hast gewiss ein furchtbar schlechtes Zeugnis heimgebracht, Ludwig?«

Aber meine Mutter hat es ihr verboten, dass sie mich ausspottet, und sie sagte: »Du sollst nicht so reden, Ännchen, wenn er doch krank war und sich vorgenommen hat, ein neues Leben zu beginnen. Er wird es schon halten und mir viele Freude machen.« Da habe ich weinen müssen, und die alte Theres hat es auch gehört, dass ich vor meinem Tod solche Vorsätze genommen habe. Sie hat furchtbar laut geweint, und hat geschrien: »Es kommt von dem vielen Studieren, und sie machen unsern Buben noch kaputt.« Meine Mutter hat sie getröstet, weil sie gar nicht mehr aufgehört hat.

Da bin ich ins Bett gegangen, und es war so schön, wie ich darin gelegen bin. Meine Mutter hat noch bei der Türe hereingeleuchtet und hat gesagt: »Erhole dich recht gut, Kind.« Ich bin noch lange auf gewesen und habe gedacht, wie ich jetzt brav sein werde.

»Lieber einen Freund verlieren – als einen Witz.«

(nach Quintilian)

Barbara Noack

Benjamin spinnt

Neulich kam eine entfernte Verwandte zu Besuch. Sie betrachtete den dreieinhalbjährigen Benjamin ausführlich auf der Suche nach Familienähnlichkeiten, fand keine, wohl aber, dass seine Augen viel zu nah beieinander ständen.

»Passt bloß auf«, warnte sie, »Menschen mit so eng stehenden Augen nehmen es selten mit der Wahrheit genau.«

»Wo hast du denn den Quatsch her?«, wurde sie ausgelacht.

»Ich habe eben Erfahrungen.«

»Und die hast du bei dir zu Haus in Unterpfaffenhofen gesammelt?«

Darauf war die Verwandte beleidigt und ist einen Zug früher als vorgesehen heimgefahren. Benjamin war das nur recht so, schon wegen Mucky Fantl, der sich während des Verwandtenbesuchs im Klavier hatte verstecken müssen. Nun durfte er wieder vorkommen und am Familienleben teilnehmen.

Es handelte sich bei Mucky um einen niedlichen jungen Elefanten, den Benjamin eines Abends erfunden hatte, um das Ins-Bett-Gehen hinauszuzögern. Ein liebes, zutrauliches Tierchen. Er konnte mit seinem Rüssel Kringel malen. Manchmal ritt Benjamin auf ihm, und manchmal saß ihm Mucky auf der Schulter. Er wedelte wie ein Hund, wenn Bennys Vater nach Hause kam, und er ist es auch gewesen, der die große Vase im Wohnraum kaputtgeschmissen hat. Benjamin kann es beschwören!

Eines Tages zog ein gleichaltriges Mädchen ins Nachbarhaus. Benjamin, von Natur aus kontakt- und mädchenfreudig, lernte sie bereits am Umzugsvormittag auf der Straße zwischen abgestellten Küchenmöbeln kennen.

Er war begeistert von ihr. Sprach in den folgenden Tagen nur noch von Carola Nebenan. Ging sie bereits zur Frühstückszeit besuchen. Als er sie gut genug kannte, nahm er einmal Mucky Fantl mit ins Nebenhaus. Außer bei den Großeltern hatte Mucky sonst noch nie Besuch gemacht.

Aber Carola war ein realistisch denkendes Mädchen. Sie konnte mit einem unsichtbaren Elefanten nichts anfangen.

Da verlor auch Benjamin die Lust an ihm.

Seine Mutter erkundigte sich: »Was macht eigentlich der Mucky?«

»Ach«, sagte Benjamin, »der ist krank und möchte Ruhe haben.«

»Der Mucky krank?« Das tat ihr aber Leid. Es ist erstaunlich, wie leicht man sich an einen unsichtbaren Elefanten gewöhnen kann, wenn man ein paar Wochen mit ihm gelebt hat.

»Was hat er denn?«

»Rüsselschmerzen.«

»Aber dann müssen wir uns um ihn kümmern!«

»Ich sage dir doch, dass er seine Ruhe haben will«, und Benjamin ging zu Carola Nebenan. Seine Mutter hatte dennoch ein schlechtes Gewissen dem kleinen, unsichtbaren Elefanten gegenüber, der irgendwo in der Wohnung vor sich hinlitt. Sie hätte ihn gern getröstet, denn sie hing inzwischen an ihm.

Nicht so Benjamin. Er ging ganz unsentimental mit seinen Erfindungen um. Wenn sie ihm keinen Spaß mehr machten, wurden sie einfach vergessen. Aus und vorbei. Dafür – von Carola Nebenan entzückt – hatte er einen neuen Einfall. Er wollte auch ein Mädchen sein. Und zwar mit Kleid.

»Benjamin mit Kleid!? Jetzt reicht's«, erklärte sein Vater, worauf Benjamin sich an seine Mutter mit der Frage wandte: »Wozu brauchen wir eigentlich einen Vater?«

Drei Tage lang lag er ihr in den Ohren und auf den Nerven herum: Ich will ein Kleid, ein Kleid, ein Kleid, ich will ein Kleid ... bis sie, vom steten Fordern gehöhlt, zu Carola Nebenans Mutter ging und ihr Benjamins Anliegen vortrug. Sie kriegte ein Dirndl gepumpt.

Benjamin war selig, zog es überhaupt nicht mehr aus und verlangte, dass man ihn von jetzt an Elisabeth rufen möge.

Ersparen wir uns den Kommentar des Vaters dazu, die elterlichen Diskussionen. Auch die

Nachbarn schüttelten die Köpfe: Der geht bestimmt mal zum Ballett!

Fremden dagegen fiel nichts Absonderliches an dem kleinen, schwarzschöpfigen Dirndlkind auf, solange es nicht sein kreischendes Spiel unterbrach, um an einem Baum sein Röckchen zu heben und – nein! Ein Dirndl, das in hohem Bogen pinkelt, das gibt's doch nicht.

»Wie heißt du denn, mein Kind?«

»Elisabeth.« Und dazu ein unschuldiger Blick aus eng stehenden Augen.

Zu seinem vierten Geburtstag wünschte sich Elisabeth ein Plättbrett und ein Bügeleisen und gab gleichzeitig kund, dass er auf keinen Fall vier Jahre alt werden würde ohne Plättbrett und Bügeleisen.

Seine Mutter sagte in Gottes Namen ja. Sein Vater sagte, nun spinnen bereits zwei in der Familie. »Es muss dringend was geschehen.«

Sie meldeten ihren Elisabeth im Kindergarten an.

»Aber nicht im Dirndl«, heulte der Vater auf.

Benjamin, der daneben stand, schüttelte bloß den Kopf. Wie dumm doch dieser Vater manchmal war.

Dann brachte er sein Plättbrett und das Bügeleisen zu Carola Nebenan und gab auch das Dirndl zurück, denn nun war er lange genug Elisabeth gewesen.

»Nun bist du endlich wieder unser Benjamin«, freuten sich die Eltern.

»Nein«, sagte Benjamin, »jetzt bin ich Sheriff Kitteler.« Und malte sich einen heftigen schwarzen Bart ins Gesicht.

Dagegen protestierte nicht einmal sein Vater. Es war ihm immer noch lieber, Benjamin ging mit Bart als mit Dirndl in den Kindergarten.

Aber im Stillen fragte er sich manchmal: Was ist das bloß für ein Kind? Was ist das für eine Fantasie mit diesem Kind? Sollte es vielleicht doch etwas mit seinen eng stehenden Augen zu tun haben?

An »Elisabeth« erinnerte sich Benjamin nur noch, wenn er einmal Fotos aus dieser Zeit in die Hände bekam.

»Ach ja, das war, als ich noch ein Mädel war ...«

Nach sechs Wochen Kindergarten kam er eines Mittags wutschnaubend nach Haus, schimpfte vor moralischer Entrüstung nur so um sich herum: »Der Uli, Mensch, der Uli!« (Sein Kindergartenfreund.) »Der lügt. Das ist ein Lügner!! Der lügt mir alles nach!«

Damit hätte der Uli dem Benjamin um ein Haar den Spaß an der schönen Spinnerei verdorben.

Barbara Noack

Entschuldigungszettel

Es ist kurz nach sieben. Max öffnet zart die Schlafzimmertür. Seine Mutter schläft. Es tut ihm so Leid. Er traut sich nicht, sie zu wecken, deshalb schickt er seine Hündin Auguste hinein. Sie soll der Mutter auf die Brust springen, damit diese davon aufwacht, ihn, Max, in der Schlafzimmertür stehen sieht und fragt: »Was ist denn?«

Und er, an ihr Bett tretend: »Ich brauch 'n Entschuldigungszettel wegen gestern.«

»Kannst du damit nicht rechtzeitig kommen? Nein? Immer fünf Minuten vor Schulbeginn fällt es dir ein.«

Er legt ihr Block und Tintenkuli auf das Deckbett. Sie schaut beides unerfreut an: »Was soll ich denn schreiben?« Sie ist kein Schnelldichter, schon gar nicht um sieben in der Früh.

»Sag doch mal.«

»Nicht die Wahrheit«, sagt Max.

»Das weiß ich selber.« ›Mein Sohn musste leider die Schule schwänzen, weil das Wetter in den Bergen so schön war‹, ist kein akzeptabler Entschuldigungsgrund für einen Lehrer. Obgleich es natürlich ein Grund zum Schwänzen ist, wenn man – so zum Verzweifeln gesund wie Max – nie aus

Krankheitsgründen fehlen kann, aber auch mal gerne möchte.

Es war ein schöner Tag. Mutter, Max und Auguste sind in die Berge gefahren und haben den blau-gold-grünroten Herbst in ihr Gedächtnis eingespeichert und dabei Kaiserschmarrn mit Kompott gegessen.

»Schreib, ich hatte die Grippe.«

»Bei Grippe fehlt man nicht nur einen Tag.«

»Ich würde ja auch länger fehlen«, versichert Max.

»Der eine Tag war schon zu viel«, sagt seine Mutter mit nachträglich pflichtschuldig-schlechtem Gewissen.

»Der Poldi, der neben mir sitzt, hatte Angina. Der könnte mich angesteckt haben«, überlegt er.

»Und im Bett hast du dir den Sonnenbrand geholt, ja?«

»Nein, geht auch nicht.« Max tritt eilig überlegend von einem Fuß auf den andern, er muss zur Schule, es ist ja schon so spät. Plötzlich steht er still, auch an den Füßen, und hat ein Leuchten in den Augen, Illumination eines schönen Einfalls.

»Nun sag schon!«

»Durchfall! Bei Durchfall kann man Sonnenbrand kriegen, wenn man schnell genug flitzt.«

»Okay«, sagt seine Mutter und schreibt: »Sehr geehrter Herr – he, Max, wie heißt der Lehrer?«

»Stutenbäcker«, sagt er, noch einmal zurückkommend.

»Wie schreibt sich das? Buchstabier mal!«

»Also – S wie Sonntag – T wie Tomate – U wie – na, wie U-Boot – noch mal Tomate – E wie Eltern – N wie Nachttopf und dann Bäcker hintendran wie Konditor.«

Sie schreibt aufrecht im Bett sitzend, auf ihrem hochgestellten Kniepult: »Sehr geehrter Herr Stutenbecher …« Falsch. Verdammt! Sie reißt den Zettel ab, fängt einen neuen an.

Neben ihr steht Max. Seine trampelnde Nervosität bringt sie ganz durcheinander.

»Junge, tut mir Leid, aber ich kann nicht hexen.«

Und bei dem Gedanken an das Lehrerauge, das ihren Zettel lesen wird, ist sie von vornherein orthografisch verunsichert. Schreibt man das DAS hinterm Komma nun mit ss oder mit s?

»O Mami«, stöhnt Mäxchen.

»Nur noch die Unterschrift – ich muss den Schwindel schließlich unterschreiben –«

Er reißt ihr das Blatt aus der Hand, schmeißt einen Kuss zum Dank in ihre Richtung und folgt Omas Ruf aus der Küche: »Max, dein Kakao!«

Als die Mutter wenig später aufsteht, um sich einen Kaffee zu kochen, findet sie neben Mäxchens halbgeleerter Tasse den Entschuldigungszettel. Er hat ihn vergessen.

Aber so ist das – erst kommt er in letzter Minute damit an und treibt sie zu höchster Eile – dann lässt er ihre gemeinsame Zangengeburt liegen.

Jetzt muss er seine Entschuldigung mündlich vorstottern. Hoffentlich erinnert er sich noch an den Grund, für den sie sich entschieden haben.

Inge Helm

Kleine Katastrophen

Epidemie fünf Minuten vor den Feiertagen

Wie allgemein bekannt, sind Kinderkrankheiten bei der Aufzucht des Nachwuchses eine unerlässliche Begleiterscheinung. Wenn nun zum Beispiel ein Kind etwas Ansteckendes bekommt, ist das zwar recht unerfreulich, doch noch lange kein Beinbruch. Ärgerlich wird es erst, wenn drei Kinder etwas Ansteckendes bekommen. Die absolute Spitze allerdings ist, wenn drei Kinder nacheinander etwas Ansteckendes bekommen, und das mit tödlicher Sicherheit immer kurz vor den Feiertagen.

Neulich behauptete meine jüngste Tochter: »Ich habe Kopfschmerzen, mir tun die Ohrläppchen weh, und ich friere so.«

»Das bildest du dir bloß ein«, beruhigte ich sie, »bis Heiligabend sind es noch sechs Wochen.«

Mein Mann besah sich die Kleine und fand, dass sie ziemlich heiß sei und ins Bett gehöre. Das Fieberthermometer stieg auf 37,8 Grad. Ich machte Tee und besorgte Zwieback. Am nächsten Morgen rief mich meine Tochter ins Badezimmer und deutete entsetzt auf ihr Spiegelbild. Es zeigte eine vertrackte Ähnlichkeit mit Pucki, unserem Goldhamster selig, wenn er sich die Backentaschen voll gestopft hatte.

Unser Hausarzt diagnostizierte Mumps. Die Kleine wurde in ihr Zimmer verbannt, auf der oberen Etage die Seuchenflagge gehisst.

Während sie sich nun ihrer Genesung entgegenlangweilte, bekam das Gesicht ihrer älteren Schwester ebenfalls fatale Ähnlichkeit mit oben genanntem Nagetier. Ein weiteres Zimmer wurde Krankenstation.

Im Gegensatz zu unserer Jüngsten war die Große eine sehr unleidliche Patientin. Einmal wollte sie Saft, und als sie ihn bekam, wollte sie lieber Milch. Dann schwitzte sie so, dass ich ihr das Sommer-Babydoll anziehen musste. Zehn Minuten später klapperte sie mit den Zähnen und verlangte fünf weitere Wolldecken. Doch endlich genas auch sie.

Kaum hatte ich oben gründlich gelüftet und die Betten frisch bezogen, da klagte ihr Bruder: »Mir ist so schwindelig, und ich habe lauter Pünktchen vor den Augen.« Auch wenn ich glaubte, dass der Schwindel und die Pünktchen mit der Mathe-Arbeit zusammenhingen, die an diesem Morgen geschrieben werden sollte, steckte ich ihn vorsorglich ins Bett.

Er erholte sich aber schnell, und der Heilige Abend konnte störungsfrei über die Bühne gehen ... bis auf die Kleinigkeit, dass mir meine Weisheitszähne furchtbar zu schaffen machten.

Ein Anruf bei meiner Mutter erinnerte mich allerdings daran, dass ich diese bereits vor zehn Jahren hatte entfernen lassen, und auch daran, dass ich als Kind zwar Windpocken, Masern und Keuchhusten gehabt hatte, aber an Mumps, nee, an den konnte sie sich beim besten Willen nicht erinnern.

Grippe ohne jede Gleichberechtigung

Dass wir Frauen die Kinder kriegen müssen, betrachte ich als unabwendbares Schicksal... schließlich ist der liebe Gott auch bloß ein Mann. Dass wir dann kein Recht haben, uns mit beruflichen Besprechungen vor der Pflicht zu drücken, wenn Elternsprechtage sind und Kindergeburtstagsfeiern, nehme ich gerade noch so hin. Aber einmal wenigstens möchte ich erleben, dass eine weibliche Grippe ebenso ernst genommen wird wie eine männliche.

Neulich wachte ich völlig erschlagen auf. Meine Nase lief wie ein Kränchen, mein Kopf stand kurz vorm Zerspringen, und ich konnte mich vor Kreuzschmerzen kaum bewegen.

»Mir geht es nicht gut«, sagte ich zu meinem Mann, »ich glaube, mich hat's erwischt.«

»Willst du damit andeuten, dass du heute im Bett bleibst?« fragte er entgeistert.

Ich krächzte verzweifelt: »Stell um Himmels willen den Wecker ab! Mein Kopf schmerzt, als ob einer ein Brett davor schlägt, aber mit den Nägeln nach innen.«

Mein Mann lächelte nachsichtig: »So fühle ich mich auch immer, wenn ich einen über den Durst getrunken habe. Du musstest ja gestern unbedingt fünf Klare gegen die Viren trinken ... Wo willst du hin?«

Ich schleppte mich in die Küche, und während ich Wasser für Tee kochte, mordete ich jeden Ehemann still vor mich hin, der einer Dahinsiechenden einreden will, sie habe einen Kater.

Als die Kinder noch im Haus und Vorschulalter waren, begegneten mir wenigstens diese mit der fürsorglichen Behutsamkeit, die einer Schwerkranken zukommt. Ich durfte mich schonen und bekam zum Frühstück im Bett blaugekochte Eier, schwarz-verbrannten Toast und eine Plörre, die sie Kaffee nannten.

Nun zog ich mich mit neununddreißig Fieber und triefender Nase an, spülte Geschirr ab, putzte das Haus, wusch Wäsche und führte die Hunde Gassi.

Einen Tag später musste mein Mann zweimal niesen. Er legte sich umgehend ins Bett, verbannte Hunde und jeden Besuch aus der oberen Etage und ernannte mich zu seiner privaten Krankenpflegerin. »Ich will ja nicht übertreiben«, sagte er, »aber hol lieber den Arzt. Ich fürchte, ich werde bald vor unserem lieben Herrgott stehen.«

Und dann zählte ich in den nächsten zwei Wochen Nasentropfen, Hustentropfen und Pillen, schleppte schwere Tabletts mit Lieblingsspeisen treppauf und treppab und raste mit dem Auto in die Stadt, um Sonderwünschen nachzukommen. Ich schüttelte stündlich Kissen auf, massierte ihm den Nacken und sauste jeden Morgen um sechs Uhr im Bademantel und in Pantoffeln durch den Garten zum Briefkasten, damit er vor dem Ableben wenigstens noch die Zeitung lesen könne. Auf den leisesten Ruf stürzte ich an sein Lager und brachte ihm auch das Radio, obwohl ich gerade einen interessanten Vortrag Alice Schwarzers gegen die Männer und für ihre Zeitschrift hörte. Das erinnerte mich wieder daran, dass man mir noch nicht einmal zwölf Stunden zugestanden hatte, um meinen Virus auszukurieren.

Also, ich werde Ihnen was sagen: Sollte ›Emma‹ für die Gleichberechtigung der weiblichen Grippe eintreten, werde ich die Zeitung sofort abonnieren.

Leiden Sie etwa auch unter Migräne?

Es gibt in unserer westlichen Hemisphäre etwas, das bereits seit Jahrhunderten von vielen völlig ohne Respekt behandelt wird: Migräne! Ich weiß, wovon ich spreche, ich gehöre selbst zu der runden Million Menschen unserer abendländischen Gesellschaft, die dieses Universalthema miteinander verbindet. Jeder einzelne dieser Leute hat mindestens einmal im Jahr Migräne ... hatte vor Jahren Migräne ... wartete auf Migräne, da seit Generationen die Familie mütterlicherseits mit diesem Leiden behaftet ist ... kennt eine Verwandte mit Migräne oder ist schon mal mit jemandem ausgegangen, der Migräne hatte.

Auf Partys versammeln sich Migränekranke am kalten Büfett, beim Friseur unter der Trockenhaube und zum Tanken an der Zapfsäule, um jedes Gespräch mit einem einzigen gezielten Satz zu eröffnen: »Können Sie sich noch erinnern, was Sie taten, als Sie Ihren letzten Anfall hatten?«

Migränekranke kennen sämtliche Nervenstränge und Gefäßwände in ihren Köpfen beim Vornamen und scheuen sich niemals, in aller Öffentlichkeit ihre jeweiligen Behandlungsmethoden an Leidensgenossen und -genossinnen weiterzuempfehlen, wie zum Beispiel: In der Dusche hängen und sich das kochend heiße Wasser auf den Nacken brausen lassen, damit die Nervenstränge Brandblasen bekommen und dieser Schmerz den der Migräne bei weitem in den Schatten stellt. Eine Wärmflasche mit Eisstückchen füllen und sich so lange auf die Stirn legen, bis der Verstand eingefroren und die Gefäßwände total gefühllos sind, oder eine Diät aus Brennnesseln, Augentrost und klein gehackten Fischeiern, um dem Magen vorzuspiegeln, nur davon sei ihm speiübel. Und jeder Einzelne schwört obendrein auf eine andere Kapazität, die ihm Pillen, Zäpfchen und Tropfen verordnet hat, die ihn angeblich mit einem Schlag von seinem Übel befreit haben.

Doch ich sage Ihnen, nicht das Geringste davon ist eine wirkliche Lösung des Problems; denn solange die Medizin sich nicht vorrangig mit diesem Phänomen befasst, wird die Migräne auch nicht aufhören, uns als fabelhaftes zwischenmenschliches Kommunikationsmittel zu dienen.

Ich persönlich heiratete sogar vor einiger Zeit einen Chemiker in der Hoffnung, dass dieses heiße Thema eine Herausforderung an seinen wissenschaftlichen Forschungsdrang sei. Doch das Einzige, was ich herausforderte, war, dass er versprach, dafür zu sorgen, jedwede unverständliche Handlung meinerseits aufgrund des Kopfwehs von allen Mitgliedern der Familie kommentarlos entschuldigen zu lassen.

Wollte ich eine langweilige Party bereits nach einer halben Stunde wieder verlassen, so brauchte ich nur zu verkünden: »Ich habe Migräne«, und schon geleitete mich mein Mann umgehend nach Hause. Riefen die Kinder vom Bahnhof an, um mit dem Auto abgeholt zu werden, sagte ich bloß: »Migräne«, und sie nahmen brav den Bus. Zog ich mich abends frühzeitig zurück, um noch zu lesen, dann ausschließlich mit Migräne.

Und so lebte ich in dem Glauben, dass dieses letzte große Geheimnis unserer Tage nie angezweifelt oder je gelüftet werden würde, bis zu dem Tag, an dem meine jüngste Tochter ein paar Kleinigkeiten per Rad aus der Stadt besorgen sollte. Sie sah mich entsetzlich gequält an und rief theatralisch: »Mutter, bitte, ich habe Migräne!«

Komme, was da wolle: Zähne zusammenbeißen

Mittlerweile hat es sich ja wohl herumgesprochen, dass ich schon als Angsthase auf die Welt gekommen bin. Ich fürchte mich davor, Leuten auf der Straße zu begegnen, die sich nach meinen auswärts studierenden Kindern erkundigen, weil mir dann noch nicht einmal deren Namen so auf die Schnelle einfallen. Ich habe Angst davor, bei einem Gewitter vom Blitz erschlagen zu werden ... im Haus, wenn ich nicht beim ersten Donnerschlag allen Schmuck, meine goldgefasste Lesebrille und sämtliche Kleidungsstücke mit Metallreißverschlüssen, Haken und Druckknöpfen abgelegt habe. Aber geradezu in Panik gerate ich, wenn ein Zahnarztbesuch unumgänglich ist.

Dabei gab es einmal eine Zeit, in der ich täglich zu einem Dentisten hinlief und mir auch da Plomben machen lassen wollte, wo gar keine nötig waren. Ich war sogar bereit, mir sämtliche Zähne ziehen zu lassen, hätte meine Mutter sich nicht eines Tages geweigert, weitere Arztbesuche zu finanzieren. Ich war vierzehn Jahre alt und unsterblich in den Mann verliebt. Also kletterte ich notgedrungen auf den Holunderbaum, der an der Mauer zwischen unseren Grundstücken stand, bloß um meinen Schwarm wenigstens aus der Ferne anzuhimmeln. Ein Junge aus der Nachbarschaft leistete mir dabei Gesellschaft, nicht, weil er auch sein Herz verloren hatte, sondern weil ihn die technische Seite der Sache brennend interessierte; er wollte in Zukunft selbst dieses Handwerk erlernen. Leider wurde weder etwas aus seinem Berufswunsch noch aus meiner Liebe.

Während wir eines Tages miterlebten, wie man einen Weisheitszahn herausoperierte, fiel ich vor Schreck vom Baum ... in den Nachbargarten, und als ich wieder zu mir kam, lag der zukünftige Zahnarzt mit blassen Lippen neben mir. Spontan entschloss er sich, etwas Unblutigeres zu wählen. Mein Angebeteter dagegen verpetzte mich bei meiner Mutter und heiratete, ohne mich zu fragen, wenig später seine Assistentin.

Selbst ein Angebot einer Zahnpastafirma, meine Zähne für Werbezwecke zu fotografieren, half mir nur mühsam über diesen schweren Schlag hinweg.

Dreißig Jahre danach musste ich, trotz monatelang tapfer ertragener Schmerzen, erneut einen Zahnarzt aufsuchen. Abgesehen davon, dass dieser sich weigerte, mir meinen Zahn unter Vollnarkose aufzubohren, fuhr er auch noch übers Wochenende nach Berlin und überließ mich meinem Schicksal. Dabei war ich sicher, hätte er mich mitgenommen, so wären die entstandenen Kosten vollständig bei der Krankenkasse absetzbar gewesen, sozusagen als Prophylaxe gegen eintretende Komplikationen. Doch so schwor ich mir, im eventuellen Falle als gerechte Strafe lieber in die ewigen Jagdgründe als zu einem Notarzt zu gehen.

Allerdings verlief alles glatt, und ich musste nur eine Zeit lang einmal wöchentlich zur weiteren Behandlung in seiner Praxis erscheinen.

Aber ich will nicht ungerecht sein, auch auf die Gefahr hin, dass Sie mich für schizophren halten: Wenn Sie einen netten Doktor gefunden haben, der Ihrer Phobie mit freundlicher und sanfter Nachsicht begegnet, sollten Sie ihn möglichst mit beiden Händen festhalten, oder besser gesagt, mit allen noch verfügbaren Zähnen.

Runter mit den Pfunden

Um es ganz offen zu sagen: Als wir uns eines Abends im trauten Familienkreis den Videofilm aus unserem letzten Bornholm-Urlaub ansehen, muss ich leider zugeben, dass mein Bikini verteufelt knapp sitzt. Ich werde hysterisch und schreie: »Warum hat mir das denn niemand gesagt«, und »schaltet um Himmels willen den Kasten ab!«

Mein Mann drückt völlig verstört auf einen Knopf, aber nicht auf den richtigen; denn nun bleibe ich als flimmerndes Standbild minutenlang auf dem Fernsehschirm stehen. Meine Kinder wollen sich schieflachen, aber mir ist eher nach weinen.

Und so beschließe ich umgehend, mit einer Diät

zu beginnen und Kalorien zu zählen. Pro Tag darf ich mir eintausendfünfhundert davon gönnen, weiß ich aus früheren Versuchen. Als Erstes lege ich mir eine neue, gut funktionierende Personenwaage zu. Mein Mann schüttelte nur den Kopf, er steht nämlich auf »Mollige« – »die sind so gemütlich und immer gut gelaunt«. Doch ich bin bloß frustriert und habe eine entsetzliche Laune. Selbst die Hunde schlagen einen Riesenbogen um mich.

Und mit den Kalorien ist das heute auch so eine Sache. Seit einiger Zeit heißen sie Joule, und davon gehen genau vierkommaeinsachtsechsacht auf eine Kalorie. In Kopfrechnen war ich noch nie gut, und so habe ich nach zwei Wochen bereits drei Pfund zugenommen. Jeden Morgen steige ich erwartungsvoll auf die Waage. Julchen nebenan, die unsere Hunde besucht, schaut mir dabei über die Füße. Meine Kinder dürfen nicht, die können nämlich schon lesen. Seufzend steige ich jedes Mal wieder hinunter. Julchens Mutter sagt, Zerstreuung sei alles, und nimmt mich zu einem ausgiebigen Schaufensterbummel mit.

Jetzt bin ich im Besitz einer Kollektion zauberhafter Kleider, in die ich nur mit dem Schuhlöffel hineinkomme, aber dafür hat mein Konto einfach fabelhaft abgenommen.

Mein Sohn spielt mit mir Tischtennis, bis ich einen Anfall von akuter Arthritis im Schultergelenk habe. Und weil ich so schlecht Schmerztabletten auf nüchternen Magen vertrage, würge ich mir eine Tafel Schokolade hinunter. Meine jüngste

Tochter macht mit mir eine Radtour, dass ich anschließend Schwierigkeiten mit dem Abheben der Schuhsohlen vom Fußboden habe und eine gekränkte Kehrseite. Zum Trost putzt mein Mann sämtliche Fenster im Haus und nimmt die Pfunde ab, die ich zu viel mit mir herumschleppe. Da schleift mich meine älteste Tochter in eine Sauna, wo ich mir eine handfeste Grippe hole, die mich mit vierzig Fieber, Wadenwickel, Obstsäften und Zwieback aufs Krankenlager wirft.

Als es mir besser geht, besucht mich Julchen nebenan mit Busenfreundin, sieht die verflixte Waage, steigt darauf und seufzt: »Jaja, sieben Uhr.« Und zur Freundin: »Jetzt du.« Als diese dann auf der Waage steht, ruft Julchen verzweifelt: »Du liebes bisschen, acht Uhr!« Na ja, aber ich habe endlich abgenommen dank der Grippe haarscharf so kurz vor zwölf Uhr.

»Wer den Schaden hat, braucht für den Spott nicht zu sorgen.«

(Sprichwort)

Erma Bombeck

Das Große Goldene Buch des Jogging

Jim Fixits Beine waren das erste, was ich morgens, und das letzte, was ich abends sah.

Sie waren auf dem Schutzumschlag seines Bestsellers DAS GROSSE GOLDENE BUCH DES JOGGING. Die letzten zwei Jahre war mein Mann ein getreuer Jünger des St. James Fixit gewesen. Er aß Jims Frühstücksflocken, machte Jims Warmlaufübungen, befolgte sein Programm in jedem Punkt, lief, wann immer es möglich war, Jimmys Rennen mit und stellte sich gelegentlich, wenn er glaubte, keiner sähe es, vor dem Spiegel so in Positur wie auf dem Titelbild des Buches.

Brütete er nicht gerade über diesem Werk, so lag es griffbereit auf dem Nachttisch neben unserem Ehebett, gleich neben der muskelentspannenden Einreibesalbe.

Mein Mann war sich über meine Einstellung zu körperlicher Fitness durchaus klar. Ich hasse Skifahren und ähnliche Sportarten, bei denen der Krankenwagen schon am Fuß des Abhangs wartet. Als Golfspielerin mit Rechtsdrall fühlte ich mich beim Spielen sehr einsam. Und mir war schon vor langer Zeit klar geworden, dass der liebe Gott mir, hätte er mich als Tennisspielerin programmiert, weniger Beine und mehr Raum zur Unterbringung des Tennisballs mitgegeben hätte.

Trotzdem wusste ich, es war nur mehr eine Zeitfrage, bis er davon anfing, dass mein innerer Friede mir äußeres Fett angemästet hätte, und versuchen würde, mich zum Joggen zu bekehren.

So waren Jogger eben. In keiner anderen Sportart gibt es so viele Apostel und Bekehrer. Sie sprechen von nichts anderem. Die Kinder der Jogger hocken in kleinen Gruppen beieinander und tuscheln: »Sag doch mal, wer hat dir von Jogging erzählt, deine Mami oder dein Papi? Oder hast du's von den Straßenkindern?«

Kam eine Gruppe von vier zusammen, eröffnete einer die Unterhaltung mit: »Wo waren Sie und was taten Sie gerade, als Sie hörten, dass Bill Rogers den Boston Marathon gewonnen hat? Ich weiß noch, ich wusch mir gerade die Haare, als die Nachricht im Radio kam.«

Als ich eines Abends mit einem Freund meines Mannes tanzte, flüsterte er mir zu: »Selbstverständlich könnte ich am Wochenende mit Ihnen joggen, aber hätten Sie dann am nächsten Morgen noch Achtung vor mir?«

Sie gaben an mit den Blasen, die sie sich gelaufen hatten, mit ihren gezerrten Achillesfersen, ihren Knorpelprellungen, Schleimbeutelentzündungen, Muskelrissen und Rückenschmerzen. Ihre Geschichten waren so, dass man bedauerte, den Zweiten Weltkrieg verpasst zu haben.

Jeden Morgen beobachtete ich die Jogger aus meinem Küchenfenster. Sie sahen aus wie ein organisierter Todesmarsch, wenn sie mit ihren schweißnassen, schmerzverzerrten Gesichtern vorüberkeuchten und -wankten. Es kam mir nie auch nur der leiseste Wunsch, mitzumachen. Als ich eines Abends ins Bett kroch, warf ich versehentlich mein Kräuterbier um, es floss über Jim Fixits Buch. Entsetzt griff mein Mann danach und wischte den Schutzumschlag mit dem Pyjamaärmel trocken.

Ich war darauf gefasst, dass jetzt die übliche Predigt käme, der Sermon über das Thema »Du wärst ein anderer Mensch, wenn du um halb sechs Uhr früh aufstehen und 15 km laufen würdest.« Aber mein Mann schwieg bedeutungsvoll.

Ich belohnte meine Frustrationen weiterhin mit Essen, und er lief weiter täglich und prahlte mit seinem Jogger-Ellbogen (den hatte er sich an der Kreuzung an einem Stoppschild angehauen). Eines Morgens, nach dem Laufen, fragte er strahlend: »Rate mal, wen ich im Park habe laufen sehn.«

Noch ehe ich antworten konnte, kam es: »Louise Cremshaw. Erinnerst du dich noch an sie?«

Louise Cremshaw! Wir pflegten ihr überallhin zu folgen, wenn wir Schatten haben wollten. »Klar erinnere ich mich an Louise«, sagte ich. »Sie war die Einzige in unserer Klasse, die zur Abschlussfeier die Ärmel ihres Kleides weiter machen lassen musste.«

»Jetzt nicht mehr«, sagte er und griff nach der

Packung von Jim Fixits Frühstücksflocken. »Die läuft jetzt und ist einfach eine Wucht.«

Damit hatte er es geschafft. »Meinetwegen«, sagte ich und warf das Handtuch (ein Geschirrhandtuch übrigens). »Du hast gewonnen. Du hast die Schranke des gesunden Menschenverstandes bei mir niedergerissen. Du hast mich überzeugt. Ich werde anfangen zu joggen. Jetzt sag mir nur noch, welche Kapitel im Großen GOLDENEN BUCH DES JOGGING ich als erstes lesen muss.«

»Ach, es gibt da eine Menge Bücher, die du lesen könntest«, wich er aus. »VERINNERLICHTES LAUFEN von Tad Victor. Das ist der, der auch VERINNERLICHTES KEGELN, VERINNERLICHTES ROLLSCHUHLAUFEN und VERINNERLICHTES GOLF geschrieben hat.«

»Wieso darf ich denn das GROSSE GOLDENE BUCH DES JOGGING nicht lesen?«

»Warte ab, bis es dir damit ernst ist. Außerdem musst du erst gehen lernen, ehe du joggen kannst.«

In VERINNERLICHTES LAUFEN hieß es, ich hätte zwei Menschen in mir (mein Bauch sah ja tatsächlich so aus). Der äußere Mensch sei ganz instinktiv auf Wettbewerbsdenken eingestellt. Der innere Mensch aber brauche Bestätigung. Ich müsse lernen, mich zu konzentrieren, und dabei alle Zweifel an der eigenen Person und ihren Fähigkeiten ablegen.

Es hätten, hieß es weiter, bereits eine Menge Sportler die Verinnerlichungstheorie praktiziert, deren Leitsatz lautet: In deinem Inneren ist ein besseres Ich, als du bisher geglaubt hast.

Ich las von Skifahrern, die dieser Theorie anhingen und die Hubbel auf der Piste nicht als etwas Feindliches, sondern etwas Freundliches ansahen. Sie fuhren darüber und sagten, »danke, Hubbel«.

Ich las von Keglern, die den Ball in die Rinne besorgten und dann sagten, »Danke, Rinne, dass du da warst.« Von Golfspielern, die zwar keine Pokale gewannen, aber dankbar waren, wenn der Ball nicht gerade mitten auf der Schnellstraße landete.

Zwischen den Zeilen aber stand, dass ich erst mal psychisch aufgebaut werden müsse, um mit dem Zu-Fuß-Gehen anzufangen.

Hatte ich einen Kiesel im Schuh, sagte ich: »Danke, lieber Stein, dass du mir beinah die Zehe vom Fuß getrennt hast.«

Als mich ein Wagen mit dem Aufkleber: WER SUCHT, DER FINDET fast in den Graben schubste, sagte ich: »Danke, lieber Wagen, dass du mich nicht auf den Kühler gehoben hast, um jedermann zu zeigen, WAS du heute gefunden hast.«

Als ich in unsere Garage einbog, sagte mein Mann: »Ich dachte, du willst das Zu-Fuß-Gehen üben?«

»Bin ja zu Fuß gegangen«, keuchte ich, »bis ich keine Hundekuchen mehr hatte, um mir die Köter vom Leibe zu halten.«

Jetzt, fand er, sei ich reif für Jim Fixit's Buch. Abends brachte er es an den Esstisch und legte es behutsam vor mich hin wie ein Heiligtum. Dem Anlass entsprechend beugte ich die Knie und sprach ein kurzes Gebet.

Das Großartige beim Joggen ist seine rein sportliche Natur. Man ist allein mit seinen ausgefransten Turnschuhen, kurzer Hose, ein Stück einsamer Rennstrecke vor sich. Das war schön.

Es hätte tadellos geklappt, wären Laufhosen mit Gummiverstärkung über Bauch und Hüften im Handel gewesen. Aber meine Beine vom Knie aufwärts konnte ich nun wirklich nicht zeigen. Ich kaufte daher einen Trainingsanzug aus rosa Samt für 65 Dollar.

Mit den Schuhen war es kniffliger. Es gab 147 Modelle, alle zwischen 40 und 80 Dollar. Ich wählte ein Paar ohne jegliche Fußstütze, aber mit rosa Schnürsenkeln genau im Ton meines rosa Samtanzugs (tolles Glück gehabt, was?). Meine Handtasche passte auch einigermaßen dazu.

Aber der Schlager war und blieb das Stück einsame Rennstrecke. Die Straße vor meinem Haus kam selbstverständlich nicht in Frage, weil dort alle Jogger vor Hunden und Wagen flüchteten.

Mein Mann riet mir, ein Trainingstagebuch anzulegen, welche Entfernungen ich in welcher Zeit zurücklegte, und war gern erbötig, mich zum Radfahrweg am Kanal zu bringen.

Ich hatte scharfes, anhaltendes Seitenstechen, erinnerte mich aber, bei Mr. Fixit irgendwo gelesen zu haben: »An Seitenstechen ist noch keiner gestorben«, und atmete tief, wobei ich noch Zeit für ein hastig gemurmeltes »danke, liebes Seitenstechen« fand.

»Hast du was gesagt?«, fragte mein Mann.

Ich sagte ihm, ich hätte Seitenstechen, aber das würde sicherlich vergehen, wenn ich es als Freund ansähe. Er meinte, was mich zwickte, sei wohl eher die Sonnenbrille, die ich mir an den Hosenbund gehängt hätte, und der Schmerz würde beim Aussteigen vergehen. Wir parkten den Wagen, und ich sah mir den Radfahrweg an. Ich hatte schon einsamere Rennstrecken gesehen.

»Was sind das alles für Leute?«, fragte ich.

»Das sind die Rollschuhläufer, Radler, Skate-Boardfahrer, Drachensteiger und Jogger.« Die Jogger fielen einem sofort ins Auge. Sie standen in einer Duftwolke von Einreibsalbe, bückten und streckten sich abwechselnd und sprachen fließend joggerisch über Euphorie, Milchsäureaustausch, Punktsystem und Anaerobische Übungen. Es unterschied sie etwas von allen anderen, was ich nicht sofort erkannte. Dann dämmerte es mir: keiner von ihnen war schwerer als 80 Pfund. Ich kam mir vor wie ein Meilenstein an einer Prozessionsstraße.

Einige Stunden später schleppte ich mich in Ednas Küche, wo sie gerade Geschirr wusch. »Was ist denn los?«, fragte sie.

»Ich weiß nicht genau. Entweder bin ich euphorisch und *high*, oder ich brüte eine Grippe aus. Kann ich bitte die Reste von den Pommes frites haben?«

»Ich dachte, du musst auf dein Gewicht achten?«

»Ja, aber ich horte Kohlehydrate. Ich sage dir, Edna, ich habe es satt, zufrieden mit mir zu sein. Der so genannte innere Seelenfrieden kann nur eines: mir Appetit machen. Du meinst, warum ich dir das so offen sage? Mein Inneres liegt eben vor euch wie ein offenes Buch.«

»Stimmt gar nicht«, sagte Edna, und stellte die gespülten Teller auf zum Abtropfen. »Du bist äußerst konservativ und behältst dein Privatleben für dich. Du gibst dir größte Mühe, nie etwas über dich zu verraten. Dadurch haben die, die dir helfen wollen, es sehr schwer.«

»Wer behauptet das?«

»Das erkenne ich an der Art, wie du immer mit dem ganzen Körper zur Tür zeigst und deine Knie und Füße steif hältst.«

»Edna, mein ganzer Körper ist steif, weil ich von Kopf bis Fuß mit Vaseline beschmiert bin und an Morton's Zeh leide.«

»Was ist Morton's Zeh?«

»Das ist Joggerlatein. Es bedeutet, dass meine zweite Zehe länger ist als meine große, dass sie entzündlich gerötet ist und jeden Moment abfallen kann.«

»Hat dir nie jemand gesagt, dass du eine schlechte Körpersprache sprichst?«

»Schlechte Körpersprache? Willst du mich aufheitern?«

»Nein, ich meine es ernst. Wenn ich eine Frau

sehe, die so sitzt wie du, weiß ich sofort, das ist eine Frau mit sexuellen Hemmungen, defensiv, introvertiert und neuen Ideen nicht zugänglich.«

»Und das alles weißt du, wenn du mich nur anschaust?«

»Aber ja doch. Ich kann dir auch sagen, dass Bello«, sie zeigte auf ihren Hund, »unerfüllt und unruhig ist und Angst und Frust abreagiert.«

Ich schüttelte ungläubig den Kopf. »Das ist ja wirklich toll. Wie hast du denn das herausgekriegt?«

»Er hat eben auf deinen Schuh gepinkelt.«

Ich ging nach Hause, hinkte ins Schlafzimmer und nahm mein Jogger-Tagebuch zur Hand. Auf Seite 1 schrieb ich das Datum und darunter: »Erma begann mit dem Training und beließ es dann bei der alten Kondition.« Dann schlug ich es zu.

Dicht daneben lag Jim Fixits Buch auf dem Nachttisch. Ich betrachtete mir den Einband, stellte mich vor den Spiegel und hielt meine Beine so wie er. Meine Schuhe zu 40 Dollar waren bespritzt von Dreck und Bello. Die rosa Senkel hingen trübselig herab, und auf meinen schönen rosa Samthosen waren Ölspritzer.

Ich zog die Hosenbeine hoch:

Meine Beine sahen *nicht* aus wie die von Mr. Fixit.

Erma Bombeck

Die Kur

Seit den Feiertagen sieht Mutter ein bisschen elend aus. Es ist nichts Besonderes, sie schleppt sich nur seufzend von einem Sessel zum anderen.

Als ich ihren Arzt auf einer Party traf, erwähnte ich Mutters Zustand, und er schlug eine Serie F. M. vor.

»Was bitte sind F. M.?«, fragte ich.

»Flohmärkte«, sagte er und biss in eine Käsestange. »Leiern Sie am Griff einer alten Eismaschine und sagen ihr ›Für einen Dollar geb ich sie her‹. Zeigen Sie ihr eine Porzellandose mit einem Sprung im Deckel, die Sie für einen Vierteldollar opfern wollen und sehen Sie zu, wie sie reagiert.«

»Und davon soll sie gesund werden?«

»Ich habe schon Frauen gesehen, Todeskandidatinnen, die fünf Kilometer zu Fuß marschiert sind, um einen Kalender vom vorigen Jahr zu ersteigern. Oder eine Schachtel geschmolzener Kerzenstummel. So was wirkt ebenso gut wie eine Spritze.«

Als ich Mutter das nächste Mal traf, erwähnte ich beiläufig, ich besäße Manschettenknöpfe mit einem Skorpion darauf, einen Liegestuhl, der sich nicht öffnen ließ, einen Becher mit dem Porträt der

Beatles, einen Schmuckkasten, der LA PALOMA spielte, und vier milchfleckige Kinderlätzchen.

Mutters abwesendes Gesicht belebte sich langsam. Ihre hängenden Schultern strafften sich, ihre schlaffen Hände ballten sich zu Fäusten. Sie stand auf und verkündete: »Das klingt ja wie der Anfang eines Flohmarkts.«

Von diesem Augenblick an war sie nur noch ein verschwommener Fleck in der Landschaft. Sie fuhr den Wagen aus der Garage, um die Schätze unterbringen zu können. Sie spannte Wäscheleinen für auszustellende Stücke. Sie schleppte Klapptische vors Haus, klebte Plakate, gab Anzeigen auf, organisierte ein- und ausgehende Warenposten und brüllte Befehle wie ein Dockarbeiter, der die Ladung der QUEEN ELIZABETH löscht.

Sie veränderte sich zusehends: Ihr Schritt beschleunigte, ihre Wangen röteten sich, sie fand ihren Humor wieder, ihr Wesen wurde sichtlich heiterer, und dabei hätte ich wetten mögen, dass diese zarte Frau noch vor einer Woche nicht einmal einen Grillspieß hätte halten können.

Der Tag des Flohmarktes sah sie in Hochform. »Nein, meine Liebe, Änderungen können wir nicht annehmen.«

»Wollen Sie den ausgestopften Hamster, ja oder nein? Ich habe bereits drei andere Interessenten.«

»Aber das können Sie sich doch selber sagen: Wenn die Stiefel *kein* Loch hätten, bekämen Sie sie doch nicht für 50 Cent.«

»Frei Haus liefern wir nicht. Für wen halten Sie

uns denn, für einen Luxusladen auf der Fifth Avenue?«

»Nein, was da liegt, ist ein Ehemann, – unverkäuflich. Der ruht sich nur aus.«

Ich fragte den Arzt, ob alle F. M.-Serien so erfolgreich seien.

Er sagte: »Wenn eine Frau nicht mehr auf Flohmärkte reagiert, gebe ich ihr offen gestanden kaum noch Überlebenschancen.«

Unvorhergesehenes

Da gibt es Leute, die behaupten, es gäbe keine Überraschungen auf der Welt. Alles sei im Voraus berechenbar, nichts mehr unvorhergesehen.

Wir kennen die Wahlergebnisse, noch ehe die Wahllokale schließen.

Wir können das Geschlecht eines ungeborenen Kindes exakt voraussagen.

Wir wissen, wann unsere Haushaltsgeräte kaputtgehen. (Dazu brauchen wir nur das Datum auf dem Garantieschein anzusehen und einen Monat hinzuzurechnen.)

Und wenn eine Frau ihrem Ehemann zum Abendessen gedünstete Papageienzungen auf Reis vorsetzt, kann sie sich darauf verlassen, dass er das gleiche Gericht schon mittags hatte.

Ihr, die ihr das Unvorhergesehene, das Abenteuer liebt: Fasst neuen Mut! Es gibt noch ein paar Geheimnisse, obwohl die Technologie unser ganzes Leben beherrscht. Solange wir leben, werden einige Dinge stets unberechenbar bleiben.

Zum Beispiel die Preise eines Medikaments. Ich weiß oft erst, wie krank ich wirklich bin, wenn mir der Apotheker sagt, was das mir verschriebene Mittel kostet. Da stehe ich, habe Fieber und überall Schmerzen, schlecht ist mir auch, ich fürchte, dass es sich nicht mehr lohnt, noch eine größere Arbeit anzufangen, und der Mann im weißen Kittel äußert ganz schlicht: »Macht 12 Dollar 17.«

Was? 12 Dollar 17? Mann, da habe ich schon manchmal für Sonnenöl mehr ausgegeben.

Ein anderes Mal stehe ich voller Selbstvertrauen in der Apotheke am Verkaufstisch, loses Kleingeld in der Hand und in der Flanke ein bisschen Seitenstechen. Da gibt mir der Apotheker ein Fläschchen von der Größe eines Fingerhuts und sagt: »So, bitte, macht 47 Dollar 93.« So viel Bargeld habe ich seit dem letzten Flohmarkt, den wir in unserer Garage veranstalteten, nicht mehr beisammen gesehen.

Apropos Garage: In welcher lassen Sie Ihren Wagen überholen? Erzählen Sie mir nicht, dass man auf dieser Welt nicht noch Schocks erleben kann. Die Werkstatt, in die ich meinen Wagen bringe, ist ein Nationalheiligtum: Sie ist die Geburtsstätte des nachdatierten Schecks. In Autoreparaturwerkstätten kommt es wesentlich häufiger zu Herzbeklemmung und Atemnot als in jedem anderen Handwerksbetrieb. Egal, wie der Kostenvoranschlag gelautet hat, es kommt immer ein unvorhergesehener Posten hinzu. Einmal habe ich von jemandem gehört, dessen Wagen man in eine Werkstatt schieben musste, und der dann nur einen kleinen Schlauch zu 15 Cent brauchte. Allerdings kenne ich diesen glücklichen Menschen nicht persönlich.

Wir Amerikaner sind keine Naivlinge und wissen, dass Service nicht nach Einheitspreisen erbracht werden kann, aber kürzlich habe ich ein junges Mädchen im Wartezimmer eines Tierarztes beobachtet: Sie wollte ihren Hund abholen, der irgendwelche Impfungen bekommen hatte. Erst holte sie ihr Portemonnaie heraus, dann, als ihr immer mehr zusätzliche Kosten berechnet wurden, die Brieftasche und schließlich das Scheckbuch.

Apropos Überraschungen: Mich würde es nicht überraschen, wenn dieser Hund 137 Jahre alt werden müsste, bevor er sich endlich amortisiert hat.

Kopfschmerzen ...

Es gibt in unserer abendländischen Gesellschaftsordnung etwas, das uneingeschränkten Respekt genießt: Kopfweh.

Sie wollen eine Party früher verlassen? Sie brauchen nur zu verkünden, dass Sie Kopfweh haben.

Sie wollen Ihre Besprechung mit dem Steuerprüfer absagen? Rufen Sie ihn an und schützen Sie Kopfschmerzen vor.

Sie wollen auf der Hochzeitsreise mal in Ruhe gelassen werden? Ziehen Sie sich zeitig zurück – mit Kopfschmerzen.

Kopfweh ist das letzte große Mysterium dieser Welt. Warum? Weil niemand es je anzweifelt oder auszukurieren versucht. Kopfschmerzen sind durch nichts zu ersetzen.

Wenn man nicht einkaufen gehen kann, weil man Bauchgrimmen hat, so reagiert die Umwelt mit: »Aber selbstverständlich kannst du gehen – vermutlich brauchst du nur ein Abführmittel!«

Wenn man Tante Olgas Begräbnis absagen möchte, weil man einen stechenden Schmerz in der Lendengegend hat, bekommt man zu hören: »Ach was, es ist dir nur lästig. Hol dir deinen Mantel, du vergisst es dann schon.«

Wenn Sie ins Bett wollen, weil Ihnen Funken vor den Augen tanzen, versichert man Ihnen: »Mach einfach mal die Augen zu, dann siehst du sie nicht mehr.«

Wenn Sie aber wegen Kopfweh Ihre Urlaubsreise nicht antreten wollen, rät Ihnen jeder: »Leg dich erst mal hin, wir reden weiter, wenn dir besser ist.«

Frauen aller Nationen schulden einer gewissen Winona Haslipp großen Dank, die 1813 in London das Kopfweh erfand – übrigens rein zufällig. Winona war Mutter von elf Kindern. Eines Abends stieß sie sich beim Kerzenausblasen den Kopf an einem Wandbrett voller Zinnkrüge. Als ihr Mann rief: »Was ist, kommst du nicht ins Bett?«, verkündete sie: »Mir tut der Kopf weh.« Als sie die oberste Treppenstufe erreichte, stellte sie zu ihrem großen Erstaunen fest, dass er bereits eingeschlafen war.

Diese Geschichte verbreitete sich wie ein Lauffeuer. Innerhalb von Tagen stießen sich sämtliche Frauen Londons den Kopf an Wandbrettern voller Zinnkrüge und riefen: »Ich habe Kopfweh.«

Dieser eine Satz verschaffte Winona nicht nur einen Platz in der Geschichte, sondern auch 136 schriftliche Wahlstimmen für das Amt der Königin.

Vor ein paar Wochen erzählte mir ein Witwer, er habe seiner dreizehnjährigen Tochter gegenüber ein heikles Thema angeschnitten und ihr vorgeschlagen, sie solle sich versuchsweise mal einen Büstenhalter kaufen. Sie sah ihn gequält an und rief hysterisch: »Vater, bitte! Ich habe Kopfschmerzen.« Er sagte, er verstehe vollkommen.

Ja, das sagen alle. Aber *wirklich* verstehen tun sie natürlich gar nichts.

... und andere

Seit Jahren suche ich nach einem gemeinsamen Nenner, der alle Menschen verbindet, nach einem Universal-Thema, das auf der Suche nach der Wahrheit die widerstrebendsten Elemente eint.

Ich habe es gefunden. Eine Kur gegen Rückenschmerzen.

Jeder Mensch hat Rückenschmerzen, hat vor zehn Jahren Rückenschmerzen gehabt, wird Rückenschmerzen bekommen, kennt jemanden mit Rückenschmerzen oder ist einmal mit jemandem essen gegangen, der Rückenschmerzen hatte. Keiner dieser Menschen ist glücklich. Sie versammeln sich um Bowlen ebenso wie um Benzinzapfsäulen und eröffnen ein Gespräch mit Sätzen wie: »Können Sie sich noch erinnern, wo Sie waren und was Sie gerade taten, als Ihr Rücken aushakte?«

Rückenleidende kennen sämtliche Bandscheiben ihrer Wirbelsäule beim Vornamen. Noch etwas anderes ist ihnen gemeinsam: Sie können einen von allen Beschwerden heilen, wenn man die Qual nicht scheut, sich die jeweilige Behandlungsmethode anzuhören:

- bei laufender Dusche kopfüber von der Handtuchstange hängen und den Dampf so heiß einatmen, wie die Lungen ihn aushalten,
- zwölf Aerobic-Lehrer aus Korea importieren und sie auf der Wirbelsäule tanzen lassen,
- in Embryostellung in einer Wiege schlafen, einen Teddybären zwischen den Knien,
- auf einer elektrischen Vibrationsmatratze schlafen,
- auf eine Diät aus Seetang, Kelpkraut, rohem Fisch mit zusätzlichen hohen Vitamindosen umstellen,
- sich von einem Familienmitglied von hinten unvermutet und heimlich ins Kreuz treten lassen. (Vor Anwendung dieser Methode einen guten Rechtsanwalt konsultieren!)

Irgendjemand wird unweigerlich einen Arzt empfehlen, auf den er schwört, weil er ihn nach jahrelangem Leiden mit einer einzigen Behandlung geheilt hat. Dieser Arzt ist immer schon vor zwei Jahren gestorben.

Obwohl einige dieser Geschichten vierzig oder fünfzig Jahre alt sind, werden sie von Bandscheibenleidenden so farbig erzählt, als sei alles erst gestern gewesen. »Ich fuhr gerade auf der A 66, ungefähr mit achtzig Sachen, da fliegt mir so'n bisschen Blütenstaub in die Nase, nicht mehr als was unter einen Kleinfingernagel geht. Ich weiß noch, dass ich zu Carl hinüberschaute – du erinnerst dich doch an Carl, unseren braunen Hühnerhund –, und niese. Im selben Moment wusste ich es: Jetzt hat mein Kreuz ausgehakt. Florence hat noch schnell ins Steuer gegriffen und irgendwie haben wir es noch bis zum Seitenstreifen geschafft ...«

Rückenschmerzen sind 200 Jahre vor der Entdeckung des Feuers erfunden worden und haben es vermocht, Jahrtausende hindurch jeder Patentkur zu widerstehen.

Vermutlich sollten wir uns damit trösten, dass uns diese Herausforderung an die medizinische Wissenschaft verblieben ist und wir noch dazu ein Thema haben, das in der ganzen Welt der zwischenmenschlichen Kommunikation dient.

Nun reicht es aber ...

Hin und wieder geschieht in unserem Leben etwas, das uns die Wertschätzung aller Dinge neu überdenken lässt.

Manchmal ist es ein traumatischer Geburtstag oder eine Krise, in der eine Freundin steckt. Für mich war es neulich die Beerdigung einer langjährigen Bekannten. Betroffen und verstört kam ich danach zurück und fragte mich, wozu ich eigentlich auf der Welt sei.

Da wollte ich plötzlich mein gesamtes Sparguthaben abheben und nach Tahiti ziehen. Wollte alle Plastikteller in der Garageneinfahrt nebeneinander stellen und mit dem Wagen drüberfahren. Ich wollte Ballettstunden nehmen. Alle künstlichen Blumen wegwerfen und sie durch einen Dschungel aus grünen Pflanzen und Schlinggewächsen ersetzen. Ich wollte alle Fußabstreifer entfernen und den Dreck fallen lassen, wo er wollte.

Noch am gleichen Abend überdachte ich mein Leben, verteilte die Karten des Spieles neu und tat einen Schwur. Auf keinen Fall würde ich mich so verhalten wie die Frau auf der *Titanic,* die beim Besteigen eines Rettungsboots gequält schluchzte: »Hätte ich gewusst, dass es *so* kommt, dann hätte ich doch Schokoladencreme zum Nachtisch genommen.«

O lausche, Welt! Frau Praktisch wird jetzt anfangen, jeden Tag so zu leben, als sei es ihr letzter! Wissen Sie, was ich mit den seit Jahren in einem Schubfach gehorteten Strumpfhosen gemacht habe, – denen, die Laufmaschen an unauffälligen Stellen haben und mich jedes Mal deprimieren, wenn ich sie sehe?

Ich habe sie weggeworfen!

Erinnern Sie sich an die große Kerze in Form einer Rose, die bei uns im Flur steht? Die immer

Staub fängt und im Sommer weich wird? Ich habe sie gestern angezündet und zu einem Stummel niederbrennen lassen.

Und das Seitenfenster auf der Beifahrerseite, mit dem zehn Zentimeter langen Sprung, von dem wir immer sagen, wir wollten es reparieren lassen, bevor wir den Wagen verkaufen? Ich habe es richten lassen.

Und dreimal dürfen Sie raten, wer am Sonntag zum Essen kommt! Evie und Jack, die ich schon auf sechzehn Hochzeiten getroffen und denen ich jedes Mal dasselbe gesagt habe: »Wir müssen uns unbedingt bald sehen.«

Und die Riesendose Tunfisch, die ich nie habe aufmachen wollen? Ich bin die Einzige bei uns, die Tunfisch gern isst, konnte aber den Gedanken nicht ertragen, den Rest verderben zu lassen.

Na, wenn schon.

Als ich mir die Hände mit der kleinen rosa Muschel aus Seife wusch, sagte mein Mann: »Ich dachte immer, die wolltest du aufheben? Jetzt hast du sie nass gemacht und sie sieht gar nicht mehr aus wie eine Muschel!«

Ich blickte auf die Hand voll Seifenschaum herunter. Auch eine Muschel ist ja nur ein Symbol. Ich hatte ihr eben Gelegenheit gegeben, mehr zu sein.

Einen letzten Wunsch der ganz besonderen Art wünscht sich der todkranke Professor Elbe: Er lässt sich mit den Hirnströmen eines Neugeborenen verbinden, um seine wahnwitzige Theorie vom Ur-Schrei zu beweisen. Das Ergebnis ist wahrhaft zum Schreien: Professor Elbe erwacht als Baby. Hilflos sieht er sich von nun an den zärtlichen Attacken seiner ahnungslosen Eltern ausgesetzt, und mit Schnuller und Rassel muss er sich der Anschläge gemeiner Krabbelkumpane erwehren – oder einen Besuch beim Kinderarzt überstehen ...

Ansgar Kraiker

Hilfe, ich bin ein Baby

Die schlimmste Zeit glaubte ich hinter mir zu haben. Ich sah inzwischen ganz gut, konnte meine Arm- und Beinbewegungen immer besser koordinieren und war den größten Katastrophen durch Glück entkommen. So hatte sich zum Beispiel der Haken des Mobiles genau in dem Moment aus der Decke gelöst, als Mutter mein Bettchen machte. Mit einem kurzen ›Plop‹ rasselte ihr der Holzzirkus auf den Schädel. Zu Tode erschrocken rannte sie zu meinem Vater und machte ihm eine heftige Szene, dass er mit seinem Unvermögen das Leben ihres Kindes aufs Spiel gesetzt hatte. Mein Vater betrachtete die tobende Furie, an deren Ohr noch der Affe baumelte, und bekam einen Lachanfall. Mutters Stimme überschlug sich, und ich konnte eine Eskalation nur noch dadurch verhindern, indem ich fürchterlich zu heulen anfing. Sofort eilten beide an mein Bettchen, um mich zu beruhigen.

»Wegen dir«, zischte Mutter.

»Wer hat denn hier geschrien«, konterte Vater, »und häng dir endlich den Affen da aus dem Gesicht, du siehst auch so schon doof genug aus.«

Das war einer von seinen polemischen Tiefschlägen, zu denen er immer dann ausholte, wenn er im Unrecht war oder sich gegen das penetrante Gemecker seiner Frau nicht zu wehren wusste. Normalerweise endete ihre Streiterei damit, dass Mutter heulend davonlief und Vater ein mehr oder weniger schlechtes Gewissen bekam. Wobei ich zugeben muss, dass dieses ewige Gezanke, so nervend es auch war, zumindest eine gewisse Abwechslung bot in meinem stupiden Babydasein.

Bald darauf fiel ich unter die Wölfe. Das Rudel versammelte sich regelmäßig unter dem Deckmantel einer Einrichtung, die ›Stillgruppe‹ genannt wurde. Bei dem Begriff könnte man glauben, es versammelten sich ein paar vergeistigte Menschen, um schweigend miteinander zu meditieren. Weit gefehlt, das Gegenteil war der Fall! Es handelte sich vielmehr um eine Versammlung der geschwätzigsten Sorte Mensch, die es gibt: junge Mütter. Bei so einem Treffen, das offiziell dem Erfahrungsaustausch diente und dem gegenseitigen Helfen bei den vielfältigen Problemen der Erziehung, traktierten sich die Frauen gnadenlos (und vor allem endlos) mit Erzählungen über das Werden und Wachsen ihrer Brut. Daran war an sich noch nichts Schlimmes. Aber wie sie es taten! Da erzählte eine detailliert, wie ihr Kleiner vorgestern zu Bett gebracht worden war, was sie gesungen hatte, wie oft er den Kopf gehoben und den Schnuller rausgespuckt hatte ... Mit ausführlichen Exkursionen über die Sensibilität von Kindern im Allgemeinen und über die von ihrem ›Butzibären‹ im ganz Besonderen wartete eine andere Mutter auf. Von der Länge der Rede ermutigt, berichtete gleich darauf die nächste von den Einschlafschwierigkeiten ihres Lieblings, die sich allerdings von denen der Vorrednerin nur dadurch unterschieden, dass sie ihren ›Mausemops‹ dreimal wenden musste. Ansonsten enthielt ihr Bericht die gleichen ermüdenden Details und Erläuterungen über die Sensibilität der Kinder wie der andere Vortrag auch. Das hinderte aber die nächste Mutter nicht daran, sich zu erdreisten, den gleichen Sermon nochmals durchzukauen, mit der Variante, dass ihr ›Dickerchen‹ nur einmal gewendet zu werden brauchte. Trotzdem wiederholte auch sie die übrigen Details in epischer Breite. Einfach grauenhaft! Für die anderen Babys mag das gleichmäßig laute Geplapper ja beruhigend gewesen sein, für mich, der alles Gesagte verstand, waren diese Treffen die reinste Folter.

Mit der Zeit lief dieser ›Erfahrungsaustausch‹ nach einem bestimmten, paradoxen Schema ab. In der ersten ›Halbzeit‹ wetteiferten die Mütter miteinander darüber, wessen Kind das schwierigste sei und wer am meisten unter den Allüren seines Nachwuchses zu leiden hatte. Denn das bedeutete, dass man den größten Anspruch auf das kollektive Mitleid der Gruppe hatte. Wobei nicht das Jammern das Schlimme daran war, sondern die endlosen Wiederholungen. So brachte es eine gewisse Edith fertig, nachdem sie das Wort ergriffen hatte, die Einschlafschwierigkeiten ihrer ›Kröte‹ in den letzten zehn Tagen nacheinander minutiös zu beschreiben, einschließlich ihrer Versuche, diese zu beheben. So konnte der interessierte Zuhörer vernehmen, dass ›Krötchen‹ am Dienstag gar nicht auf das Schlaflied, welches ihr am Montag noch so gefallen hatte, reagierte und am Mittwoch bereits morgens Anzeichen mittelschwerer Müdigkeit gezeigt hatte etc. ...

Währenddessen gierten die anderen Weiber auf eine Atempause in Ediths Redeschwall, um ihre eigenen Nachterlebnisse loszuwerden. Hatte eine der Mütter ein Problem, bestand die Hilfe der anderen in erster Linie darin, zu sagen: »Ach, das ist noch gar nichts! ›Schnuffilein‹ hatte letztens ...«

Paradoxerweise versuchten dieselben Damen in der ›zweiten Halbzeit‹ die anderen davon zu überzeugen, dass die eigene Erziehungsmethode das einzig Wahre sei. Und zwar um so penetranter, je mehr sie vorher ihre Schwierigkeiten bejammert hatten. Auch hier tat sich Edith besonders hervor. Obwohl ihre ›Kröte‹ während der ersten Halbzeit in der Kategorie ›Verhaltensgestörte Wutanfälle‹ den ersten Platz belegt hatte. Es war offensichtlich, dass erheischtes Mitleid allein das Treffen noch nicht zu einem Erfolg machte, sondern erst die Anerkennung der eigenen pädagogischen Fähigkeiten wahre Befriedigung verschaffte. Dabei ertappte ich meine Mutter, wie sie verzweifelt irgendwelche Geschichten über mich erfand, die sie meistens aus den Fragmenten der anderen Erzählungen zusammenstellte. Denn selbstverständlich lag es mir fern, zu krakeelen, wenn ich nachts aufwachte. Auf Schnuller konnte ich verzichten, und Schwierigkeiten mit dem Einschlafen gab es bei mir auch nicht. Im Gegenteil, ich tat immer möglichst schnell so, als würde ich schlafen, damit Mutter mit ihrem schrägen Gesang aufhörte. Von daher war meine Erzieherin die absolute Außenseiterin, weil sie diesbezüglich nichts zu berichten hatte. Jedenfalls nichts Wahres! Dabei mussten ihr beim Zuhören der anderen Schauergeschichten Bedenken über meinen geistigen Zustand gekommen sein, denn sie betrachtete mich immer häufiger mit besorgtem Blick. Ich ahnte, dass die ganze Sache wieder auf einen Termin beim Kinderarzt hinauslaufen würde, und beschloss, ihr die ›erwünschten‹ Katastrophen zu liefern.

Ich entwarf einen Plan und setzte ihn gleich am nächsten Morgen in die Tat um. Normalerweise wurde ich so um 5 Uhr wach, döste noch eine Stunde vor mich hin, bis ich Hunger bekam, und machte mich dann bemerkbar. Mutter verabreichte mir im Halbschlaf das Fläschchen und ging dann wieder ins Bett, während ich wieder vor mich hindämmerte, bis ich erneut einschlief.

An diesem Morgen jedoch fing ich gleich um fünf Uhr an zu brüllen. Es dauerte eine ganze Weile, bis zwei verquollene Augen über meinem Bettchen auftauchten und mich ungläubig anblinzelten. Nach einem Blick auf die Uhr schwankte meine liebe Mama stöhnend in die Küche und bereitete meinen Brei. Beim Verzehr desselben ließ ich mir unendlich viel Zeit, sodass meine Fläschchenhalterin ein paar Mal fast einschlief. Als sie sich danach zurückziehen wollte, fing ich wieder an zu schreien. Sie kam zurück und schaukelte mich ein wenig, bis ich wieder ruhig war. Ich konnte meiner armen Kehle ja auch nicht zu viel zumuten. Lieber sammelte ich die Kraft, um sofort loszuheulen, sobald sie Anstalten machte, wegzugehen. Auf diese Weise wurde ich nach und nach durch die Wohnung getragen, frisch gewickelt und mit einer Rassel traktiert. Letzteres ging mir ziemlich auf die Nerven, und ich schrie so lange, bis ich sah, dass meiner Mutter der Hals anschwoll und ihre Mundwinkel zuckten. Zufrieden dachte ich, dass sie mich jetzt am liebsten an die Wand werfen würde und nur von ihrem Mutterinstinkt zurückgehalten wurde. Oder vielleicht doch nicht? Sicherheitshalber unterbrach ich das Weinen und lächelte sie an, um damit den angeborenen Aggressionsblocker auszulösen. Der Hals schwoll etwas ab, dafür schien sie am Rande eines Kreislaufkollapses zu sein. Auch ich hätte eigentlich sofort einschlafen können, doch ich war noch nicht fertig mit ihr und musste durchhalten. Es fehlte noch das gemeine, geniale Finale. Wie erwartet gab sie kurze Zeit später die Hoffnung auf, doch noch ins Bett zu kommen, und ging mit mir auf dem Arm in die Küche, um sich resigniert einen Kaffee zu kochen. Ab und zu nölend wartete ich ab, bis sie ihren zweiten Becher getrunken hatte und es klar war, dass sie nun nicht mehr schlafen konnte. Das war für mich der Moment, friedlich zu entspannen, lächelnd die Augen zu schließen und davon zu träumen, wie Mama mich mit rot geränderten Augen entgeistert anstarrte und sich fragte, was sie mit sich so früh am Morgen, halb tot und speiübel, anfangen sollte.

Trotz meiner letzten heimtückischen Tat wurde mir in den nächsten Tagen eine ›Krabbelecke‹ eingerichtet. Bis dahin hatte ich nicht im Traum daran gedacht, mich irgendwelchen albernen Turnübungen wie ›Rollen‹ oder ›Robben‹ hinzugeben – was ich bald bedauern sollte. Die Krabbelecke bestand aus einer bezogenen Schaumstoffmatte, über der zu meinem Leidwesen wieder das Zirkusmobile mit dem Affen und dem anderen Viehzeug schwebte. Der Haken, an dem dieses öde Holzensemble baumelte, hatte diesmal gewaltige Ausmaße und sah so aus, als würden normalerweise Weinfässer an ihm hochgehievt. Auf besagter Matte wurde ich vorsichtig hingesetzt, und man wartete, bis ich hintenüber kippte, um festzustellen, ob der Schaumstoff auch dick genug wäre. Da ich von diesem Test nichts ahnte, fiel ich auch nicht um, sondern ließ mich von meinem Vater minutenlang anglotzen. Irgendwann verlor er die Geduld und ich meinen Halt, da er mich einfach umschubste. Ich knallte auf meinen Hinterkopf und brachte vor Überraschung keinen Ton heraus. Der Alte grunzte zufrieden über sein Werk, richtete mich auf, um mich sofort wieder umzustoßen.

Anscheinend wollte er sichergehen, dass ich mir auch wirklich nicht weh tun würde. Ich weiß nicht, wie lange dieser Blödmann seine Versuche fortgeführt hätte, wenn nicht Mutter in der Tür erschienen wäre, um ihn wegen seines Treibens anzufauchen. Sie beruhigte sich aber bald wieder, um sachkundig den Bezugsstoff der Matte zu prüfen. Er war zwar nicht buntkariert, schien aber trotzdem ihrem Urteil standzuhalten. Danach setzten sich beide doch wahrhaftig vor meine Matte und hofften, dass ich sofort loskrabbeln würde. Eigentlich hätte ich ihnen ja den Gefallen tun können, um ihnen zur Abwechslung mal etwas Freude zu bereiten. Aber wenn ich jetzt losgewackelt wäre, hätten meine Eltern stundenlang vor mir auf dem Boden gesessen und mich mit ihrem ›Hach, guck mal wie süß, wie tapsig, wie schnuffig, etc.‹ genervt. Außerdem hätten sie mich todsicher angeschubst, meine Beine und Arme bewegt und mir irgendwelchen Mist vor die Nase gehalten, um meinen Vorwärtsdrang zu aktivieren. Doch Rasselchen und Schnullerchen aktivierten bei mir gar nix, und um weiteren Belästigungen zu entgehen, beschloss ich eine meiner Zen-Meditationen abzuhalten, mit denen ich in meinem früheren Leben oft für meine Entspannung gesorgt hatte.

Wenn man mir statt Schnuller ein Glas Bier hingestellt hätte, wäre ich wahrscheinlich eher zu motivieren gewesen, aber da die Chancen hierfür denkbar schlecht standen, versank ich in Erstarrung. Das hatte zwar den gewünschten Effekt, dass meine Eltern ihr Warten aufgaben, aber an dem Gesichtsausdruck meiner Mutter erkannte ich, dass bald wieder ein Besuch beim Kinderarzt fällig sein würde. Es war zum Heulen.

Tags darauf bereute ich bitter, dass ich bisher meine motorischen Fähigkeiten und meine Muskeln so vernachlässigt hatte. Ich entdeckte nämlich zu meinem Entzücken eine Zeitschrift, die über den Rand eines niedrigen Tischchens hing, gar nicht weit entfernt von meiner Krabbelmatte. Endlich mal die Chance, andere Informationen zu erhalten als den Tratsch der Mütter. Die Vorstellung, wieder einmal etwas lesen zu können, ließ mich vor Erregung fast platzen. Mutter hantierte in der Küche, Vater war fort, also war die Luft rein. Ich versuchte loszukrabbeln und fiel sofort auf die Klappe (auf mein kleines Näschen wollte ich sagen). Ich war überrascht, wie wenig es schmerzte, was wohl mit der geringen Fallhöhe zusammenhing und damit, dass bei einem Baby die Knorpel und Knochen noch sehr weich sind. Nichtsdestotrotz kam ich so nicht weiter. Es fehlten eindeutig die Koordination und das Training der Gliedmaßen. Also quälte ich mich mühsam durch Wälzen, Rollen, Drehen etc. nach vorne. Es schien mir unendlich lange zu dauern, aber endlich hatte ich das Tischchen erreicht. Nach einer ausgiebigen Verschnaufpause reckte ich mich, auf dem Rücken liegend, nach dem Zipfel der Zeitschrift. Nach zwei Fehlversuchen gelang es mir, ihn zu grabschen und die Illustrierte herunterzuziehen. Plötzlich schlug ein Riesenhammer gegen meinen Kopf. Sterne glitzerten vor meinen Augen, und Ascheregen fiel auf mich herab. Mein Schädel dämpfte das Geräusch des aufschlagenden Glasaschenbechers, der auf der Zeitschrift gestanden hatte, sodass meine Mutter nichts bemerkte. Angeschlagen wie ein Boxer, den man bis 66 angezählt hat, eierte ich, die Beute im zahnlosen Mund verzweifelt festgeklemmt, zurück zu meiner Krabbeldecke. Dort versteckte ich mit letzter Kraft das Journal unter der Schaumstoffmatte und lauschte dem Pochen in meinem Hirn, bis mich der Schlaf erlöste.

Geweckt wurde ich von dem Gezeter meiner Mutter wegen des umgestürzten Aschenbechers, den Dementis meines Vaters sowie dessen Vorwürfen, sie habe die Zeitschrift verschlampt. Als Mutter mich erblickte, stieß sie einen Schrei aus.

»Ramonaaa, wo hast du denn das blaue Auge her? Du mit deiner verdammten Matte«, schrie sie ihren Mann an. »Sieh sie dir an!«

»Ach Quatsch«, konterte mein Vater, »der Schaumstoff ist okay. Bestimmt ist sie gegen den Blumenhocker gefallen. Ich hab' dir schon tausendmal gesagt, du sollst ihn aus der Ecke dort wegschaffen.«

»Wo soll ich denn den Ficus hinstellen, der passt doch so gut dahin?«

»Dann musst du eben in Kauf nehmen, dass eines Tages der Blumentopf samt Ficus unser Kind erschlägt.«

»Ramona, armes Mäuschen.« Meine Mutter erinnerte sich wieder an mich und eilte herbei. »Schlimm siehst du aus, ganz ganz schlimm. Und du bist so tapfer und weinst gar nicht.«

Vater sah mich misstrauisch an. »Stimmt! Eigentlich müsste sie doch bei so einer Beule wie am Spieß geschrien haben! Du musst doch etwas gehört haben! – Oder warst du gar nicht da?«

»Bist du verrückt? Glaubst du, ich gehe weg und lass das Kind allein zurück? Du hast sie wohl nicht mehr alle!«

»Hmm, warst du denn allein in der Wohnung?«

»Was meinst du damit? – Sag mal, hast du 'nen Sprung in der Schüssel?«

»Du wirst doch wohl zugeben, dass es äußerst merkwürdig ist, dass Ramona sich so ein Ei an die Rübe holt und du davon nichts mitkriegst, oder?«

»Was weiß denn ich! Ich war die ganze Zeit in der Küche und habe gespült und gekocht. Wenn sie geschrien hätte, müsste ich es doch gehört haben.«

»Eben!«

»Sie hat aber nicht geschrien«, fauchte Mutter ihn an und nahm mich hoch. Unglückseligerweise kam mir der Gedanke loszuheulen, da ich damit schon öfter den Zank meinen Eltern unterbrochen hatte.

»Sieh mal an«, regte sich Vater auf. »Kaum spricht man ein bisschen lauter, schon fängt unser Sensibelchen an zu weinen. Aber bei so einem blauen Auge, da bleibt sie angeblich ganz still!« Er machte auf dem Absatz kehrt und schlug die Zimmertür hinter sich zu.

»Edgar! Ich schwöre dir, sie hat nicht geschrien!«

Und ich schwöre bei Gott, das hatte ich nicht gewollt. So legte ich unbedachterweise den Arm um den Hals meiner schluchzenden Mutter und streichelte ihr zum ersten Mal die Wange. Sie sah mich völlig irritiert an, und mir wurde klar, dass mein Verhalten mindestens sieben Monate zu früh kam. Jetzt war der Besuch beim Kinderarzt zu hundert Prozent sicher. Meine Tarnung aufrechtzuerhalten gestaltete sich immer schwieriger. Ich konnte von Glück sagen, wenn man mich nicht zum Kinderpsychologen schleppte. Ich musste nämlich zu meiner Schande gestehen, dass ich mich fast ausschließlich um den ›Urschrei‹ und die daraus resultierende Psyche der Erwachsenen gekümmert hatte. Was dazwischen lag, hatte ich sträflich vernachlässigt. So konnte ich einfach nicht mehr zusammenkriegen, wann ein Kleinkind sich wie verhält. Ich beschloss, in der Stillgruppe die Kinder meines Alters genauer zu studieren. Leider ließ Mutter das anstehende Treffen ausfallen, vermutlich, weil sie den anderen Müttern kein derart lädiertes Kind präsentieren wollte, was eindeutig nach verletzter Aufsichtspflicht aussah. Zudem setzte sie mein blaues Auge mit Krankheit gleich, und so wanderte ich erst mal für drei Tage ins Bett. Ich zitterte die ganze Zeit bei dem Gedanken, jemand könnte die Schaumstoffmatratze wegräumen und die Zeitschrift entdecken. Ansonsten nutzte ich die Tage, um meinen kleinen Körper zu trainieren und Versäumtes nachzuholen. So versuchte ich auf allen vieren zu stehen, zu schaukeln und so weiter. Liegestütz konnte ich natürlich nur üben, wenn keiner zusah. Als die drei Tage vorbei waren, wurde ich wieder in meine Krabbelecke gebracht und auf meine Matte gesetzt. Ich strahlte meine Eltern an, beglückte sie mit ein paar Kieksern, und zur Feier des Tages ließ ich mich sogar zu einem kurzen fröhlichen Lachen hinreißen. Vater nahm Mutter in den Arm, und beide glotzten wonnetrunken auf ihr ›Mausiherz‹. Na also, alles war wieder in Ordnung. Endlich hatten sie sich genug an ihrem Glück berauscht. Vater ging zur Arbeit, und Mutter zog sich seufzend in die Küche zurück.

Meine Stunde war gekommen. Langsam tastete meine Hand unter der Matte entlang, bis sie Papier fühlte. Die Zeitschrift war noch da! Ich hatte bis zu diesem Tag nicht gewusst, wie wunderbar sich Papier anfühlen konnte. Bedrucktes Papier, Zeilen voller Nachrichten, Informationen, Hintergrundberichten und vielleicht sogar einer psychologischen Abhandlung! Der Schluck Wasser in der Wüste, das Feuer in arktischer Nacht, Manna für meine Hirnzellen! Vor Spannung zitternd zog ich meine Beute hervor: ›Das Goldene Blatt‹! Ich hätte es mir denken können. Doch wer glaubt, ich wäre vor Schreck zusammengebrochen, der irrt sich. Ich war, was mein Lesebedürfnis angeht, derart ausgehungert, dass ich mich sogar über das Vereinsblatt der Taubenzüchter gefreut hätte. So verschlang ich fiebernd die Hochzeiten von Grafen und Prinzessinnen, erfuhr, was für Socken der Bundeskanzler bevorzugt, welche Übungen gut gegen Verstopfung sind, und als ich las, dass Charles und Lady Di wieder Krach gehabt hatten, kamen mir fast die Tränen. Keine Tränen des Mitleids, sondern Tränen des Glücks. Schließlich war das ja schon fast eine politische Meldung, nicht wahr? Ich war so im Lesegenuss versunken, dass ich gar nicht bemerkte, wie Mutter das Zimmer betrat. Sie sah gerade, wie ich mir den Finger im Mund anfeuchtete, um eine Seite umzublättern, und stürzte sich auf mich.

»Nein, nein, nein! Papier kann man nicht essen! Gibst du es mir her.«

Panisch rammte sie mir ihren Zeigefinger in den Mund und fingerte rücksichtslos nach einem Fetzen Papier, der gar nicht existierte. Wenn ich schon Zähne gehabt hätte, dann ...! Sie wurde bleich.

»Hast du es schon runtergeschluckt, hmm, hast du es schon runtergeschluckt?«

Diese ständigen Satzwiederholungen nervten mich. Erwartete sie etwa, dass ich antwortete? Oder lag es an ihrer mangelnden sprachlichen Fantasie, dass sie einmal kreierte Sätze mehrmals hintereinander verwendete? Sie untersuchte die Zeitschrift, um die Menge meines ›Verzehrs‹ einschätzen zu können. Da sie weder angenagte noch weichgelutschte Stellen fand, beruhigte sie sich wieder etwas.

»Die Zeitung ist nichts für kleine Babys, nein, nein, nein«, singsangte Mutter, »die schmeckt ganz bäh! Ganz bäh schmeckt die! Warte, ich hole dir was zum Angucken.«

Da entschwand ›Das Goldene Blatt‹, in dem ich gerade zu meiner Begeisterung ein Kreuzworträtsel entdeckt hatte. Doch das Schicksal schwang noch einmal seinen Hammer in Form eines Bilderbuches, welches Mutter anschleppte und vor mir aufbaute.

»Sieh mal, wie schön.« Sie schlug den Kartonband auf. »Aah, ein großer, großer, grüner Frosch!«

Das war zu viel für mich! Ich ließ meinem Frust

freien Lauf und schrie hemmungslos meine Verzweiflung in die Welt hinaus.

»Oh, hat dich der Frosch erschreckt? Der böse, böse Frosch! Komm, Mama bringt dich ins Heiabettchen.«

Ich beschloss, aktiver zu werden, denn wenn ich mich weiterhin der Apathie hingab, würde ich bald vor die Hunde gehen. Zeitweise überlegte ich sogar, als Wunderkind aufzutreten, um mir den ganzen Firlefanz wie Kindergarten und Schule zu ersparen und endlich wieder normal kommunizieren zu können. Aber ich fand, dass zum jetzigen Zeitpunkt das Wunder doch ein bisschen zu groß wäre und daher mehr Aufmerksamkeit auf sich ziehen würde, als mir lieb sein konnte. Denn sicher würde man meinen Werdegang genau rekonstruieren und am Ende auf jenes seltsame Experiment stoßen, zu dem sich meine Mutter gegen gute Bezahlung hatte überreden lassen, ohne später von irgendwelchen Resultaten zu hören. Meine Eltern hatten auch nie nachgefragt und das Ganze über den Aufmerksamkeiten für das neue Familienmitglied bald vergessen. Aber wenn ich als ›Wundergirl‹ in die Schlagzeilen der Presse käme, würde man schnell fragen, was denn das für ein Experiment gewesen sei. Die Gefahr, dass man dabei zwei und zwei zusammenzählte und ich vor Gericht landete, war zu groß, und so hieß es abwarten und Fläschchen trinken.

Trotzdem, ich musste dringend etwas für meine

Psyche tun, sonst würde ich bald in der Kinderklapsmühle landen. Zwar nicht als ›wunderbar‹, aber dafür als ›unheilbar‹! Die Aktion mit der Zeitschrift war schon ein hoffnungsvoller Anfang gewesen, auch wenn es nicht so richtig geklappt hatte. Aber wenn ich erst mal durch die Wohnung krabbelte, würden sich noch genügend andere Möglichkeiten auftun. Auch wäre es bestimmt nicht zu auffällig, die Nachrichten im Radio zu hören, ich musste dabei nur in einem Bilderbuch blättern oder auf Vaters Schlappen herumkauen.

Von frischem Schwung gepackt und von neuen Zeiten beseelt, machte ich mich daran, das Krabbeln zu erlernen. Oder vielmehr zu trainieren, wie es ging, wusste ich ja. Meine Eltern nahmen es mit Freude und mit Erstaunen zur Kenntnis, denn es ging natürlich alles viel zu schnell und wahrscheinlich auch viel zu früh. Das war mir im Moment jedoch völlig egal, ein paar Konzessionen musste man auch an mich machen, fand ich. Mutter hingegen fand, ich solle drei Wochen vor Termin zur Untersuchung zum Kinderarzt. Wobei ich nicht wusste, ob sie gerade wegen dieser Auffälligkeit den Entschluss fasste oder ob der Auslöser jener anerkennende Pfiff war, den ich aus einem Reflex heraus ausstieß, als ich sie eines Tages nackt aus dem Bad kommen sah. Ich muss dabei betonen, dass ich – zu meinem eigenen Erschrecken und Leidwesen – keinerlei Gefühle oder Begierde verspürte. Es war einfach nur der chauvinistische, aus der Erinnerung geborene Kommentar zu einer gutgebauten Figur. Im Alter von sechzig ist man ja über vieles hinaus, aber schließlich war ich wieder jung; und auch wenn ich jetzt selber eine Frau war, war ich in meiner Denkweise ein Mann geblieben.

Jedenfalls beschloss ich, in Zukunft etwas netter zu meiner Mutter zu sein. Ich verzieh ihr sogar, dass sie mich schon wieder zum Kinderarzt schleppte, was in mir ein sehr mulmiges Gefühl hervorrief.

Dr. Schiemer empfing uns mit neuer Brille, modisch rosa, hinter der er seine gelichtete Stirn in Falten legte.

»Sie sind drei Wochen zu früh.«

»Ich weiß, aber Ramona war in letzter Zeit so seltsam und ...«

»Ja, ja, das haben Sie mir schon am Telefon erzählt«, unterbrach er meine Mutter. »Na, da wollen wir mal sehen.« Er seufzte abgrundtief, als wäre sie verantwortlich für das Heer der anderen überbesorgten Frauen, die seine Nerven wegen jeder Kleinigkeit überflüssigerweise strapazierten. Blasierter Affe, dachte ich bei mir, aber Mutter war so eingeschüchtert, dass sie kein Wort mehr zu sagen wagte. Was etwas heißen sollte!

Der Doktor schaute mir zuerst in die Augen. Er erinnerte sich wohl an das letzte Mal, denn er tat es aus gebührendem Abstand. Danach machte er die üblichen Hör- und Reaktionstests, aber diesmal war ich vorbereitet. Ein positiver Aspekt der Treffen der Stillgruppe war nämlich, dass die Damen ausführlich von ihren Kinderarztbesuchen erzählten. Gingen mir normalerweise die minutiösen Ausschweifungen auf den Geist, so lauschte ich den Erzählungen der Mütter älterer Kinder sehr genau, um bei meinen bevorstehenden Vorsorgeuntersuchungen gewappnet zu sein. Daher wusste ich, was die einzelnen Übungen bedeuteten und wie ich zu reagieren hatte. Am Schluss rollte er eine Holzkugel, in deren Hohlraum eine Schelle bimmelte, vor mir hin und her; brav grabschte ich nach ihr. Dr. Schiemer verzog die Mundwinkel.

»Tja, also ich kann nichts entdecken, gute Frau. Sie haben das normalste Kind, das man sich vorstellen kann.« Er sagte dies so genervt und verächtlich, dass meine Mutter stumm errötete. »Vielleicht sollten Sie das nächste Mal erst Ihre Mutter fragen, wenn Ihnen etwas seltsam vorkommt.«

Bei allem Respekt vor den Strapazen des Arztberufes und trotz der Tatsache, dass meine Mutter eine Nervensäge war, das war zu viel! Ich holte aus und knallte ihm die Holzkugel an den Kopf, dass es nur so schepperte und klingelte. Unglücklicherweise traf ich ihn seitlich am Auge, sodass die Brille von der Nase rutschte und am Boden zersprang. So weit hatte ich wirklich nicht gehen wollen, andererseits hatte ihm das rosa Gestell sowieso nicht gestanden. Jetzt bekam der Doktor einen hochroten Kopf und knirschte mit den Zähnen.

»Interessant, sehr früh, muss ich sagen, sehr früh, wirklich interessant.«

Das war zunächst alles, was er unter größter Selbstbeherrschung hervorbrachte. Nachdem sein Puls unter zweihundert gesunken war, versicherte er meiner Mutter, dass trotz allem kein Grund zur Beunruhigung bestand, man sollte nur weiter beobachten. Zum Schluss erkundigte er sich noch so nebenbei, ob sie denn keinen Kinderarzt kenne, der näher an unserer Wohnung praktiziere, und verabschiedete uns, nach Verneinung der Frage, mit einem schmerzhaften Lächeln.

Dieses Erlebnis versetzte mich in ein absolutes Hochgefühl; ich war berauscht von dem Gefühl der Macht. Der Macht des Schwachen, dem man nichts tun darf, der alle Freiheiten genießt und der sich alles herausnehmen kann. Wie viel faszinierender und unbeschwerter als jene Macht, die der Starke über den Schwachen ausübt. Man hatte ein viel weniger schlechtes Gewissen, obwohl diese Art der Machtausübung sehr bösartig war. Weil derjenige, welcher unter ihr zu leiden hatte, nicht einmal das Recht besaß, denjenigen, der sie ausübte, zu hassen, sondern im Gegenteil noch dazu verpflichtet war, Verständnis für den Tyrannen aufzubringen. Ah, welch ein Genuss! Ich würde es allen zeigen, den Blasierten und Arroganten dieser Welt, den Lehrern, den Beamten und so weiter. Ich freute mich schon so richtig auf den nächsten Besuch beim Kinderarzt. Wie wohl seine Brille dann aussehen würde?

Übersetzer und Copyrightnachweise

Kerstin Gier, *Drei-Bett-Zimmer,* © 2002 by Kerstin Gier. Mit freundlicher Genehmigung der Autorin.

Lillian Beckwith, *Unpässlichkeiten,* aus: *Auf den Inseln auch anders,* aus dem Englischen von Isabella Nadolny, © 1964 by Lillian Beckwith; © für die deutschsprachige Ausgabe by Deutscher Taschenbuch Verlag, München, 1994

Willy Breinholst, *Ich habe ein Ei verschluckt, Doktor,* aus: *Hallo, nimms nicht so tragisch!,* © 2000 by Willy Breinholst; hrsg. von: Verlagsgruppe Lübbe. Mit freundlicher Genehmigung des Autors.

Ephraim Kishon: *Schlaflose Narkose,* aus: *Hausapotheke für Gesunde,* ins Deutsche übertragen von Friedrich Torberg, Gerhard Bronner und Ephraim Kishon, © für die deutschsprachige Ausgabe 1988 by Langen Müller in der F. A. Herbig Verlagsbuchhandlung GmbH, München

Willy Breinholst, *Nächster Patient bitte;* aus: *Hallo, nimms nicht so tragisch!,* © 2000 by Willy Breinholst; hrsg. von: Verlagsgruppe Lübbe. Mit freundlicher Genehmigung des Autors.

Eva Völler, *Mitleid mit dem besten Stück*, © 2002 by Eva Völler. Mit freundlicher Genehmigung der Autorin.

Nina Kresswitz, *Liebe - bis der Arzt kommt*, © 2002 by Nina Kresswitz. Mit freundlicher Genehmigung der Autorin.

P. G. Wodehouse, *Der Stolz der Woosters wird verletzt* und *Des Helden Lohn*, aus: *The Inimitable Jeeves*, aus dem Englischen von Fred Schmitz; Copyright by the Trustees of the Wodehouse Estate; © der deutschen Übersetzung 1995 by Rowohlt Taschenbuch Verlag GmbH, Reinbek bei Hamburg

Steve Martin, *Nebenwirkungen*, aus: *Blanker Unsinn*, aus dem Amerikanischen von Detlev Ullrich; © 1998, 1999 by Share Productions, Inc; © der deutschsprachigen Ausgabe 2000 by Wilhelm Goldmann Verlag, München, einem Unternehmen der Verlagsgruppe Random House

Jerome K. Jerome, *Drei Männer in Not*, ins Deutsche übertragen von Dr. Julia Schade; aus: *Three Men in a Boat*; © der deutschen Übersetzung 2002 by Verlagsgruppe Lübbe GmbH & Co. KG., Bergisch Gladbach

Ephraim Kishon, *Aus Gesundheitsgründen;* aus: *Der Fuchs im Hühnerstall,* ins Deutsche übertragen von Emi Ehm; © der deutschen Ausgabe 1969 by Langen Müller in der F. A. Herbig Verlagsbuchhandlung GmbH, München

P. G. Wodehouse, *Ukridges Unfall-Syndikat,* aus: *Ukridge,* aus dem Englischen von Harald Raykowski; Copyright by the Trustees of the Wodehouse Estate; © der deutschen Übersetzung by Deutscher Taschenbuch Verlag, München

Siegfried Lenz, *Ein Bein für alle Tage,* aus: *Der Geist der Mirabelle -Geschichten aus Bollerup;* © 1975 by Hoffmann und Campe Verlag, Hamburg

James Herriot, *Myrtle fehlt nichts,* aus: *Meine Tiere, mein Leben - Geschichten von Zweibeinern und Vierbeinern,* aus dem Englischen von Ursula Bahn; © 2000 by Rowohlt Verlag GmbH, Reinbeck bei Hamburg

Inge Helm, *Kraut gegen blauen Dunst,* aus: *Männer vom Umtausch ausgeschlossen;* © 1987 by Inge Helm und 2003 by Verlagsgruppe Lübbe GmbH & Co. KG., Bergisch Gladbach

Ludwig Thoma, *Besserung,* aus: *Lausbubengeschichten. Aus meiner Kinderzeit.* Erstmals erschienen 1905 im Albert Langen Verlag für Literatur und Kunst.

Barbara Noack, *Benjamin spinnt*, aus: *Flöhe hüten ist leichter*; © 1997 by Langen Müller in der F. A. Herbig Verlagsbuchhandlung GmbH, München

Barbara Noack, *Entschuldigungszettel*, aus: *Flöhe hüten ist leichter*; © 1997 by Langen Müller in der F. A. Herbig Verlagsbuchhandlung GmbH, München

Inge Helm, *Kleine Katastrophen*, aus: *Männer vom Umtausch ausgeschlossen*; © 1987 by Inge Helm und 2003 by Verlagsgruppe Lübbe GmbH & Co. KG., Bergisch Gladbach

Erma Bombeck, *Das große goldene Buch des Jogging*, aus: *Ich schenk mir täglich rote Rosen*, aus dem Amerikanischen von Isabella Nadolny; © 1979 by Erma Bombeck; © für die deutschsprachige Ausgabe 1982 by Verlagsgruppe Lübbe GmbH & Co. KG., Bergisch Gladbach

Erma Bombeck, *Die Kur*, aus: *Ich stell mein Herz auf Sommerzeit*; aus dem Amerikanischen von Isabella Nadolny; © 1972, 1973, 1975, 1976 by Erma Bombeck, 1980, 1981, 1982 by Fields Enterprises Inc./ Bulls Pressedienst; © für die deutschsprachige Ausgabe by Verlagsgruppe Lübbe GmbH & Co. KG., Bergisch Gladbach

Ansgar Kraiker, *Hilfe, ich bin ein Baby*, aus dem gleichnamigen Roman; ©1991 by Ansgar Kraiker

Wir empfehlen: Kishons Hausapotheke – denn Lachen ist stets die beste Medizin!

Eine heitere und ironische Geschichtensammlung um gesunde Patienten und kranke Kassen, zu niedrigen Bluthochdruck und kalorienreiche Diäten, melodiösen Keuchhusten, schlaflose Narkosen, umweltfreundliche Gene, Kleptomanie, Gruppensex zu zweit und andere populäre Alterserscheinungen.
Unser Mittel der Wahl für alle chronisch Gesunden – und für Gelegenheitspatienten, die den praktischen Nutzen einer Krankheit zur rechten Zeit am rechten Ort durchaus zu schätzen wissen.

Gute Besserung!

ISBN 3-404-14816-9

BASTEI
LÜBBE

und Verlagsgruppe Lübbe GmbH & Co. KG., Bergisch Gladbach. Mit freundlicher Genehmigung des Autors.

Der Herausgeber bedankt sich bei allen Autorinnen und Autoren sowie den Verlagen und Agenturen für die freundliche Abdruckgenehmigung der Geschichten.